離騷賦補注 屈賦微

[清]朱駿聲 撰
[清]馬其昶 撰
李鳳立 黄靈庚 點校

楚辭要籍叢刊

主編 黄靈庚

上海古籍出版社

本書爲「十三五」國家重點圖書出版規劃項目
本書爲二〇一一—二〇二〇年國家古籍整理出版規劃項目
本書爲二〇一九年國家古籍整理出版資助項目
本書爲浙江師範大學中國語言文學一流學科建設成果
本書爲教育部人文社會科學規劃基金項目成果

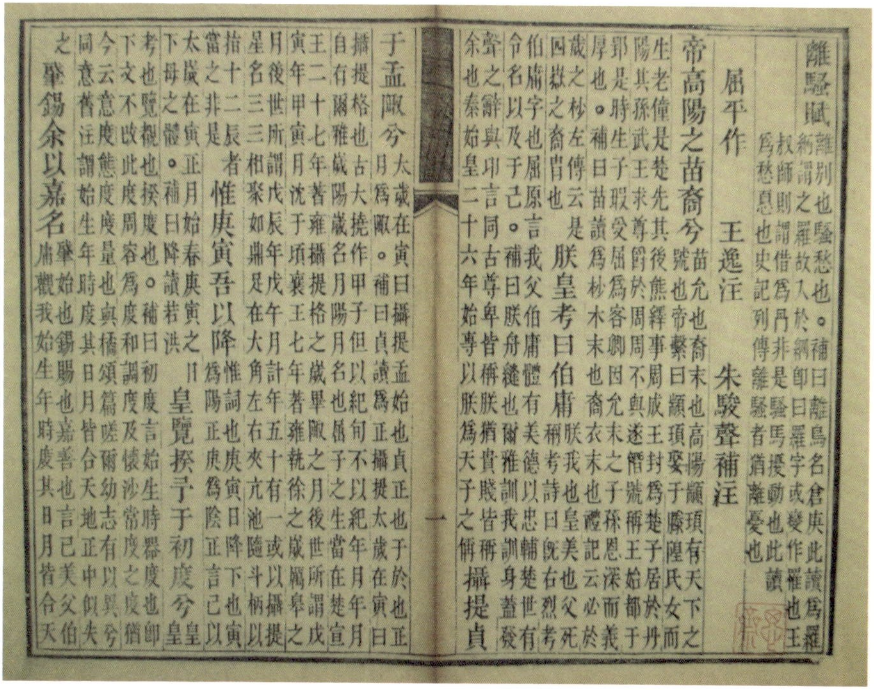
離騷賦 離別也騷愁也。補曰離鳥名倉庚此讀爲羅紼謂之羅故入於網卽曰羅字或變作羅也王叔師則謂借爲丹非是騷馬擾動也此讀爲愁思也史記列傳離騷者猶離憂也

屈平作　王逸注　朱駿聲補注

帝高陽之苗裔兮 苗允也裔末也高陽顓頊有天下之號也帝繫曰顓頊娶于滕隍氏女而生老僮是楚先其後熊繹事周成王封爲楚子居於丹陽其孫武王求尊爵於周周不與遂僭號稱王始都于郢是時生子瑕受屈爲客卿因允末之子孫恩深而義厚也。補曰苗讀爲杪木末也裔衣末也禮記云必於歲之杪左傳云是四嶽之裔胄也

朕皇考曰伯庸 朕我也皇美也父死稱考詩曰既右烈考伯庸字也屈原言我父伯庸體有美德以忠輔楚世有令名以及于己。補曰朕舟縫也爾雅訓我訓身蓋發聲之辭與卬言同古尊卑皆稱朕猶貴賤皆稱余也秦始皇二十六年始尊以朕爲天子之偁

攝提貞于孟陬兮 太歲在寅曰攝提孟始也貞正也于於也正月爲陬。補曰貞讀爲正攝提太歲在寅曰攝提格也古大撓作甲子但以紀旬不以紀年月年月自有爾雅歲陽歲名月陽月名也屈子之生當在楚宣王二十七年著雍攝提格之歲畢陬之月後世所謂戊寅年甲寅月沈于項襄王七年著雍執徐之歲厲皐之月後世所謂戊辰年戊午月計年五十有一或以攝提星名三三相聚如鼎是在大角左右夾亢池隨斗柄以指十二辰者當之非是

惟庚寅吾以降 惟詞也庚寅日降下也寅爲陽正庚爲陰正言己以太歲在寅正月始春庚寅之日下母之體。補曰降讀若洪

皇覽揆予于初度兮 皇皇考也覽觀也揆度也。補曰初度言始生時器度也卽下文不改此度周容爲度和調度及懷沙常度之度猶今云意度態度度量也與橘頌篇嗟爾幼志有以異兮同意舊注謂始生年時度其日月皆合天地正中似失之

肇錫余以嘉名 肇始也錫賜也嘉善也言己美父伯庸觀我始生年時度其日月皆合天

清光緒八年臨嘯閣刻朱氏群書本《離騷賦補注》書影

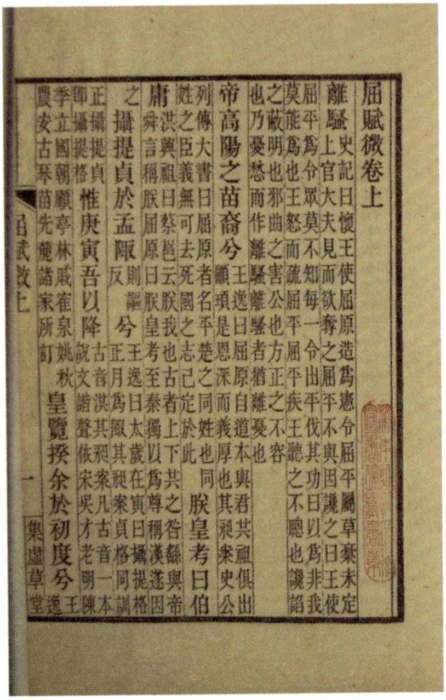
屈賦微卷上
離騷史記曰懷王使屈原造爲憲令屈平屬草藁未定上官大夫見而欲奪之屈平不與因讒之曰王使屈平爲令衆莫不知每一令出平伐其功曰以爲非我莫能爲也王怒而疏屈平屈平疾王聽之不聰也讒諂之蔽明也邪曲之害公也方正之不容也乃憂愁而作離騷離騷者猶離憂也
帝高陽之苗裔兮王逸曰屈原自道本與君共祖俱出顓頊是恩深而義厚也其祀案史公列傳大書曰屈原者名平楚之同姓也同姓之臣義無可去死國之志已定於此朕皇考曰伯庸洪興祖曰蔡邕云朕我也古者上下共之咎繇與帝舜言稱朕屈原曰朕皇考至秦獨以爲尊稱漢遂因之攝提貞於孟陬則諏反兮王逸曰太歲在寅曰攝提格正月爲陬其其祀案貞格同訓正攝提貞即攝提格惟庚寅吾以降古音洪其祀案凡古音一本說文諧聲依宋吳才老明陳季立國朝顧亭林戚崔泉姚秋農安古琴苗先麓諸家所訂皇覽揆余於初度兮王逸
屈賦微上　一　集虛草堂

清光緒三十二年刊集虛草堂本《屈賦微》書影

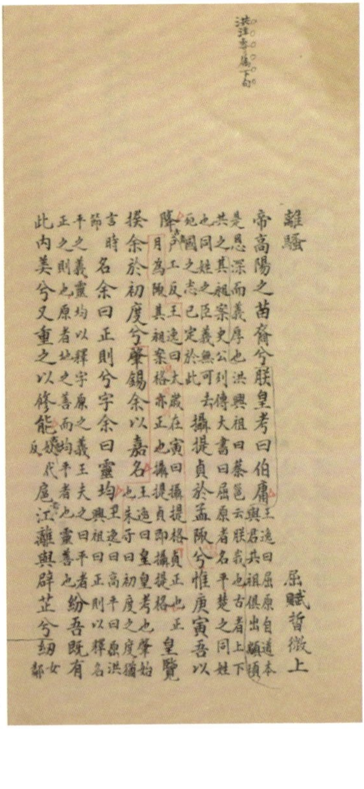
屈賦哲微上
離騷
帝高陽之苗裔兮朕皇考曰伯庸
攝提貞於孟陬兮惟庚寅吾以降
皇覽揆余於初度兮肇錫余以嘉名
名余曰正則兮字余曰靈均
紛吾既有此內美兮又重之以修能
扈江離與辟芷兮紉

清光緒三十一年《屈賦哲微》稿本

楚辭要籍叢刊導言

黃靈庚

楚辭首先是詩，與詩經是中國詩歌史上的兩大派系，好比是長江與大河，同發源於崑崙山，然後分南北兩大水系。大河奔出龍門，一瀉千里，蜿蜒於中原大地，孕育出帶上北國淳厚氣息的國風；而長江闖過三峽，九曲十彎，折衝於江漢平原，開創出富有南國絢麗色彩的楚辭。

「楚辭」這個名稱，始於漢代，是漢人對於戰國時期南方文學的總結。「楚辭」既指繼承詩經之後，在南方楚國發展起來的新體詩歌，標誌着中國文學又進入了一個輝煌的時代；又是中國詩歌由民間集體創作進入了詩人個性化創作的時代，而屈原無疑是創作這種新歌體的最傑出的代表，創造出了「驚采絕豔，難與並能」的離騷、九歌、天問、九章、遠遊、卜居、漁父等不朽的名作。

屈原的弟子宋玉、景差及入漢以後的辭賦作家，承傳屈原開創的詩風，相繼創作了九辯、招魂、大招、惜誓、招隱士、七諫、哀時命、九懷、九歎、九思等摹擬騷體之作，被後世稱之爲「騷體詩」。據説是西漢之末的劉向，將此類詩賦彙輯成一個詩歌總集，取名爲「楚辭」。再以後，東漢王逸爲劉向的這個總集做了注解，這就是至今還在流傳的王逸楚辭章句十七卷的本子，是現存的最早的楚辭文獻，也是我們今天學習楚辭最好的讀本。

「楚辭」之所以名「楚」，表明了所輯詩歌的地方特徵。宋黄伯思業已指出：「蓋屈、宋諸騷，皆書楚語，作楚聲，紀楚地，名楚物，故可謂之『楚詞』。若些、只、羌、誶、蹇、紛、侘傺者，楚語也；頓挫悲壯，或韻或否者，楚聲也；沅、湘、江、澧、修門、夏首者，楚地也；蘭、茝、荃、葯、蕙、若、蘋、蘅者，楚物也；他皆率若此，故以『楚』名之」。其雖然説出了「楚辭」所以名「楚」的緣由，而沒有進一步指出名「辭」的來歷。辭，也可以寫作「詞」。楚辭詩句之中都有感歎詞「兮」字。這個「兮」字，古人統歸屬於「詞」，古音讀作「呵」，是最富於表達、抒發詩人的情感的感歎詞。這也是楚辭句式的顯著特點。「楚辭」之又所以稱「辭」，是與用了這個「兮」字有關係。

楚辭的句式比較靈活，四言、五言、六言、七言不等，參差變化，不限一格，一改詩經以四言爲主的呆板模式。詩經的篇章結構以短章重疊爲主，短則數十字，長則百餘字，内容相對單一，只截取生活中一個片斷，無法敘述比較複雜、曲折、完整的故事。楚辭突破了這個局限，像離騷這樣的宏篇巨製，洋洋灑灑，三百七十三句，二千四百九十字，至今仍是最偉大的浪漫主義抒情長詩，表現了詩人自幼至老、從參與時政到遭讒被疏，極其曲折的生命歷程；撫今思古，上天入地，抒瀉了在較大時空跨度中的複雜情感。從音樂結構分析，楚辭和詩經一樣，原本都是配上音樂的樂歌。詩經只是一遍又一遍的短章重複演奏，而楚辭有「倡曰」、「少歌曰」、「重曰」，表示樂章的變化，比詩經豐富得多。最後一章，必是衆樂齊鳴，五音繁會，氣勢宏大的「亂曰」。

楚辭的地方特徵，不僅僅是詩歌形式上的變化和突破，更重要的在於精神内容方面的因素。南國楚地三千里，風光秀麗，山川奇崛，楚人既沾濡南國風土的靈氣，又秉習其民族素有「剽輕」的遺風，陶鑄了楚人所特有的品格。楚辭更是「得江山之助」，在聲韻、風情、審美取向、精神氣質等方面，無不深深地烙上了南方特色的印記，染上了濃厚的「巫風」、神怪氣象，動輒駕龍驂鳳，驅役神鬼，遨遊天庭，無所不至。至其抒發情感，激越獷放，一瀉如注，較少淳厚平和的理性思辨，和中原文化所宣導的「不語怪力亂神」、「温柔敦厚」風氣比較，確實有些區别。

屈原是一位富於創造精神的文化巨匠，他置身於大河、長江的崑崙源頭，俯視於南北文化交融的臨界綫。一方面既保持着楚人特有民族性格，自强不息的精神面貌，富有想象的浪漫情調；另一方面又廣泛吸取、融會中原的理性思想，繼承詩經的道德傳統精神。故而在他的作品中，儘管有大江兩岸、南楚沅湘的旖旎風光、濃豔色彩，但幾乎不曾提到楚國的先王先賢，而連篇累牘的都是爲中原文化所公認的歷史人物：堯、舜、禹、湯、啓、后羿、澆、桀、紂、周文王、武王、皋陶、伊尹、傅説、比干、吕望、伯夷、叔齊、甯戚、伍子胥、百里奚等。在屈原的神話傳説中，除九歌中的湘君、湘夫人、山鬼三篇外，像太一、雲中君、東君、司命、河伯、女岐、望舒、雷師、屏翳、伏羲、女媧、虙妃等，都不是楚國固有的神靈，也没有一個是楚人所獨有的神話故事。離騷開頭稱自己是「帝高陽之苗裔」，高陽是黄帝的孫子，其發祥之地，在今河南省的濮陽，不也是中原人的先祖嗎？總之，楚辭是承接詩經之後的一種新詩體，二者同源於大中華文化，是不能割切開來的。更不能説，楚辭是獨立於中華文化以外的另一文化系統。如果片面强調楚辭的地域性、獨立性，也是不妥當的。

楚辭對於後世文學創作的影響是非常巨大的，像司馬遷、揚雄、張衡、曹植、阮籍、郭璞、陶淵明、李白、杜甫、李賀、李商隱、蘇軾、辛棄疾等各個歷史時期的名家巨子，沿波討源，循聲得實，都不同程度地從屈原的辭賦中汲取精華，吸收營養，形成了一個與詩經並峙的浪漫主義傳統的創作風格。在中國文學史上，後世習慣上説「風、騷並重」，指的是現實主義和浪漫主義的兩大傳統精神。由此想見，屈原對於中國文學的偉大貢獻是無與倫比的，屈騷傳統精神更是永恒不朽的。

正因如此，研究中國詩學，構建中國文學史及中國文化史，楚辭無論如何是繞不開的。而讀楚辭、研究楚辭，必須從其文獻起步。據相關書目文獻記載，自東漢王逸楚辭章句以來至晚清民初的兩千餘年間，各種不同的楚辭注本大約有二百十餘種。綜觀現存楚辭文獻，大抵以王逸章句與朱熹集注爲分界：在朱熹集注以前，基本上是承傳王逸章句，而明、清以後，基本上是承傳朱子集注。由我主編且於二〇一四年國家圖書館出版社出版的楚辭文獻叢刊，輯集了二百〇七種，應該蒐録的注本，基本上已彙輯於其中了。遺憾的是，由於這部叢書部帙巨大，發行量也極有限，普通讀者很難看到。且叢書爲據原書的影印本，没作校勘、標點，對於初學楚辭者，尤爲不便。

有鑑於此，我們與上海古籍出版社合作，從中遴選了二十五種，均在楚辭學史上具有影響，爲楚辭研究者必讀之作，分别予以整理出版，滿足當下學術研究的需要，而顔之曰楚辭要籍叢刊。其二十五種書是：漢王逸楚辭章句，宋洪興祖楚辭補注，宋朱熹楚辭集注，宋吴仁傑離騷草木疏，清祝德麟離騷草木疏辨證，宋錢杲之離騷集傳，明汪瑗楚辭集解，明陸時雍楚辭疏，明周拱辰離騷草木史，明陳第屈宋古音義，明黄文焕楚辭聽直，清林雲銘楚辭燈，清王夫之楚辭通釋，清丁晏楚辭天問箋，清蔣驥山帶閣注楚辭，清戴震屈原賦注附初稿本，清胡濬源楚辭新注求確，清陳本禮屈辭精義，清劉夢鵬屈子楚辭章句，清朱駿聲離騷賦補注，清王闓運楚辭釋，清馬其昶屈賦微附初稿本屈賦哲微，日本西村時彦楚辭纂説、屈原賦説，日本龜井昭陽楚辭玦等。

參與點校者，皆多年從事中國古典文獻研究、尤其是楚辭文獻研究，是學養兼備的「行家裏手」，其對於所承擔整理的著作，從底本、參校本的選定，出校的原則及其前言的撰寫等，均一絲不苟，功力畢現，令人動容。但是，由於經驗、水平不足，受到各種條件限制（如個别參校本未能使用），且多數作品爲首次整理，頗有難度，因而存在各種問題，在所難免，其責任當然由我這個主編來承擔。敬請讀者批評指瑕，便於再版改正。

總目

離騷賦補注

目録

前言

離騷賦補注，清朱駿聲（一七八八—一八五八）之所作也。駿聲以離騷王叔師注「有不溉於心者」，「輒爲補訂」，而成補注。是書先録離騷原文，次列王氏章句，後系以「補曰」，旁紹遠引，以補王注之所未備，蓋仿宋洪氏補注之法式也。

駿聲字豐芑，號允倩，晚號石隱，江蘇元和縣人。乾隆五十三年（一七八八）生，三歲識字數百，四歲能解四聲，吴中目爲神童。年十五爲諸生，從錢大昕受業於紫陽書院。嘉慶二十三年（一八一八）舉於鄉，七赴禮部試，皆不第，迭主江陰、吴江、荆溪、嵊縣、蕭山書院。道光十六年（一八三六），官黟縣訓導，與俞正燮、程鴻詔及門人程朝鉦、朝儀等講學，成經史答問，黟之學者宗之。咸豐元年（一八五一），以截取知縣入京，呈禮部奏進所著説文通訓定聲、古今韻準、説雅等。文宗優詔褒嘉，以爲「引正尚爲賅洽，頗于小學有裨」，加賞國子監博士銜。尋遷揚州府學教授，引疾，未之官。僑居黟縣石村，唯以著述爲業，咸豐八年（一八五八）卒，年七十一。生平事蹟詳見朱氏自撰石隱山人自訂年譜、説文通訓定聲後所附朱孔彰朱駿聲行述、清史稿卷四百八十一儒林傳、清史列傳卷六十九儒林傳、徐世昌清儒學案卷一百四十九豐芑學案、吴縣志卷六十八下、碑傳集補卷四十孫詒讓朱博士事略。

朱氏生平著述頗豐，有周易彙通八卷、易鄭氏爻辰廣義二卷、易經互卦卮言一卷、易章句異同一卷、逸周書集訓校釋增校一卷、詩集傳改錯四卷、詩地理今釋四卷、左傳旁通十卷、左傳識小録三卷、夏小正補傳一卷、春秋平議一卷、傳經表一卷、小學識餘四卷、天算瑣記四卷、傳經室文集十卷、詩集四卷、臨嘯閣詩餘四卷等。同治黟縣三志謂其「著書凡九十三種」。今人劉躍進考朱氏著作有一百一十種，經部五十三，史部十五，子部二十三，集部十九。朱氏涉獵廣泛，尤精小學，其説文通訓定聲與段玉裁説文解字注、王筠説文句讀、桂馥説文解字義證並稱爲「説文四大家」。

離騷賦補注一卷，爲其晚年閑居黟縣石村所作，自識稱「道光丁未十月，養疴居内，日卧誦屈賦，間起讀王叔師注，有不溉于心者，忘其弇陋，輒爲補訂」云。其時國是維艱，危機四伏，洪楊之亂亦在即。朱氏心志抑鬱，無所施展，是以注騷以寓其意。續修四庫全書提要有「離騷賦補注一卷，道光末年刊本」，蓋始刻於道光末年。同治江蘇府志、朱師轍吴郡朱氏兩代遺著書目、清史稿藝文志、清史列傳並見著録。此爲清光緒八年（一八八二）臨嘯閣刻朱氏群書本。

是書所引王逸注與文選汲古閣本大致相同。文選本於王注多所删芟，蓋李善以章句繁蕪，删而約之，故多非其足文。如「長顑頷亦何傷」下王注，宋洪興祖楚辭補注（以下簡稱洪本）作：「言己飲食清潔，誠欲使我形貌信而美好，中心簡練而合於道要。雖長顑頷，飢而不飽，亦何所傷病也。何者？衆人苟欲飽於財利，己獨欲飽於仁義也。」文選本「言」以下「傷病」以上，作「言己飲食好美，中心簡練而合道要」，又刪「病也」以下十八字。朱氏補注亦同文選。

朱氏所引章句原文，與文選汲古閣本略有差異。一是篇題作「離騷賦」，文選汲古閣本作「離騷經」，洪本、王逸章句單行本同。朱氏不以「經」目之，蓋尊西京遺意。題下所引王氏序文：「離，別也。騷，愁也。」李善引序節約其要，文選各本詳略不一，但均未録此句。二是偶有脱誤衍倒者，或爲手民之誤，如「又重之以修能」，王注：「又重有絶遠之能，與衆異也。」是書「異」前衍「原自」二字。三是朱氏避清世宗諱，「胤」作「允」。又，訂正文選本所避唐諱字，自識言：「文選汲古本，凡『世』字、『民』字多以『時』字、『人』字易之，蓋依唐本避諱也。」朱氏於此多加訂正。如「終不察夫民心」，文選汲古閣本「民」作「人」，是書訂爲「民」；「自前世而固然」，文選汲古閣本原作「時」，是書訂爲「世」。然朱氏于此考訂不全，多有遺漏，如「固世俗之工巧兮」，王注：「言今世之工……必亂政治，危君國也。」文選汲古閣本「世」作「時」，「治」作「化」。「曰鮌婞直以亡身兮」，王注：「顓頊後五世生鮌。」文選汲古閣本「世」作「葉」。「時」、「化」、「葉」，皆避唐諱，是書均未回改。

觀其補注騷賦，大略三事：

一爲校正文字。一則以文選汲古閣本與俗本相校。朱氏於「初既與余成言兮，后悔遁而有他」下補曰：「俗本此二句上有『曰黄昏以爲期兮，羌中道而改路』兩語。按：……離騷通篇無用五韻者，下文『羌内恕己』，王逸始注：『羌，楚人語辭。』則此爲後人竄入無疑。今删。」二則求其本字。如「佩繽紛其繁飾兮」之「繁」，云：「當作緐。」案：未知朱氏所據何本而改，考之説文，糸部「緐，馬髦飾也」，而「繁」字説文未收。文中類此之例，不勝枚舉，則朱氏或據説文求其本字。三則審核協韻。如「紛獨有此姱節」下云：「節，當作飾，方合古韻，亦與前後文義一貫。」案：其説是也。「節」字出韻，當爲「飾」之訛。「姱飾」，總上「衣芰荷」、「裳芙蓉」、「高余冠」、「長余佩」諸事。又如「余獨好修以爲常」之「常」，云：「當作恒，漢人避諱改耳，如田常、常山之比。」案：郭店楚墓竹簡凡「恒常」義皆作「恒」。老子（甲本）「知足之爲足，此恒足矣」；「道恒亡名，朴雖微，天地不敢臣」。恒，長沙馬王堆漢墓帛書甲、乙二本老子亦同，其爲漢初本，在文帝前，而今諸通行本老子皆改作「常」。此出土文字可以證其説也。四則據王注校騷。如「哲王又不寤」，王注：「自明智之主尚不覺善惡之情，高宗殺孝己是也，何況不智之君，而以闇蔽，固其宜也。」補曰：「尋叔師此注，是『又』字當作『猶』也。」五則訂正文選本避諱字，已見前文，此處不加贅述。

二爲注音解字。一則考辨字音。如「惟庚寅吾以降」之「降」，云：「讀若洪。」案：降音洪，與「庸」協東韻也。又，「謇朝誶而夕替」之「替」，云：「讀若腆。明陳第屈宋古音義以爲『簪』字，讀若侵。誤也。侵、艱尤乖古韻。」案：其説是也。替音腆，轉文韻，與艱字同入文韻也。二則破假借，以求本字本義。「惟黨人之偷樂兮」，補曰：「黨，讀爲攩，倗羣也。」按：今群聚者謂之

「黨」。然求之説文：黨本義爲「不鮮也」，非朋黨義；手部：「攩，朋羣也。」朱氏或以離騷乃先秦古文，且多假借字，必以本字求之，其義方顯。三則闡述意旨。如，釋「初度」爲「言始生時器度也，即下文『不改此度』、『周容爲度』、『和調度』及懷沙『常度』之度，猶今云『意度』、『態度』、『度量』也。與橘頌篇『嗟爾幼志，有以異兮』同意」。四則援引他書，以發微古之恒語者。如，「周論道而莫差」，補引考工記：「坐而論道，謂之王公。」又，「時亦猶其未央」，補引詩云：「夜未央。」五則考辨地理歷史。「蒼梧」，補曰：「蒼梧，在今湖南永州府寧遠縣之南，桂陽州藍山縣之西。禮記檀弓：『舜葬于蒼梧之野。』」案：上博簡容成氏「迲（去）之蒼梧之埜（野）」，蒼梧亦爲桀最後駐蹕之地也。

三爲推尋文意，辨析句法。朱氏分離騷爲三段：自「帝高陽之苗裔」至「豈余心之可懲」爲第一段，「女嬃之嬋媛兮」至「余焉能忍而與此終古」爲第二段，「索藑茅以筳篿兮」至篇末爲第三段，則與王邦采之説悉同，可謂不謀而合者也。又，於篇章中，分析句義，「『滋蘭』下八句，言己先培植衆賢，冀可同心輔治；己一人不用，尚不足悲，而悲衆賢必至從俗浮沉，如下文所言『蘭芷不芳』、『荃蕙化茅』也。忠君愛國，藹如仁人之言」。又，書後自識於離騷詞句形式變化尤爲推重，乃稱「離騷一百八十韻，金相玉式，豔溢錙豪，爲後世詞章之祖，荀卿賦篇，瞠乎莫逮，所謂智者創物也」。有「複句」，如「紛總總其離合」、「心猶豫而狐疑」之類是也。有「複調」，如「願竢時乎吾將刈」、「延佇乎吾將反」之類是也，有「複字」，或六見、五見、四見、三見、二見者不等，如

「朝夕」、「好修」、「修遠」、「前修」之類是也。蓋謂離騷一篇，句法參差錯落，用語雖複而有韻致，音律起伏變化，未有定式，而莫不臻於精妙，爲千世不祧辭章之祖也。

然則反覆是書，雖出於訓詁大家，猶有諸多失誤。

一是校勘不精。其所據底本文選汲古閣本並非善本，訛脱衍亂之文猶存其中，然朱氏未加詳審，校之未精而遽讀，讀恐有誤。如，「苟中情其好修兮，又何必用夫行媒。」王注：「言誠能中心常好善，則精感神明，賢君自舉用之，不必須左右薦達也。」文選本王注「誠」作「臣」，朱氏未校改，補曰：「言君誠中心好善。」案：洪本及單行本皆作「誠」。據義，王氏此處以「誠」釋「苟」。「臣」，音訛字。朱氏增一「君」字以補王注，實乃畫蛇添足。又，其「當作」之例，欲求本字，然多有臆斷。如，離騷「詔西皇使涉予」，朱氏補曰：「詔，當作誥，讀爲告，秦時始造「詔」字，以當「誥」，爲上告下之義。」案：「詔」字已見楚簡遺文，朱氏未見而妄改。

二是濫用通假。或以古今字誤爲假借字。如，「肇錫余以嘉名」之「錫」，朱氏「讀爲賜」。案：若以説文本義求之，金部「錫，銀鉛之間」，不解「賜予」義，貝部「賜，予也」；朱氏或以此爲據，讀錫爲賜。然金文賜予之「賜」，但作「錫」。錫古字，賜今字也。或其義本通，而朱氏改讀他字，徒滋歧紛耳。如「日月忽其不淹兮」之「淹」，王注：「淹，久也。」朱氏云：「讀爲倓，安也。」案：説文人部：「倓，安也。」水部：「淹水，出越巂徼外，東入若水。从水，奄聲。」淹本爲水名，然其从「奄」得聲，大部「奄，覆也，大有餘也」，故有覆留之義。淹，留也。古書「淹留」連用，爾雅釋詁：「淹、留，久也。」此不必讀倓。類此不勝枚舉。

三是審音辨形有疏。如「芬至今猶未沬」之「沬」，朱氏補曰：「讀爲㪚，香將已而漸少也。或曰：讀爲『弭』，止也。弭、沬雙聲字。」案：離騷作「沬」，古入月韻。若作沫，未聲，古入微韻。非一字也。又，「忳鬱邑余侘傺」之「侘傺」，朱氏補曰：「侘傺，當作『吒瘵』，與『鬱邑』同爲雙聲連語，失志之皃，不當又以『立住』爲訓。」案：既以「侘傺」爲雙聲連語，其義存乎聲而不在其形，則亦不必改字作「吒瘵」也。

四是闡述意旨有誤。如「夫惟靈修之故也」下云：「靈，讀爲令，實爲良，善也。修，治也。猶『亂曰』之『美政』。言誠欲輔君於善治，以效厥忠。」案：屈子通篇以靈修喻君，朱氏解爲善治美政，與屈意齟齬不合。下文「怨靈修之浩蕩兮」，又云：「靈修，善治也。言己欲輔君以善治，適于浩蕩之大道，而君不悟，能無怨乎。」案：章句解「浩蕩」爲「無思慮貌」，甚得屈子本心。浩蕩，不分貌，訓詁字或作「溷沌」，離騷作「溷濁」，或魚、陽對轉，作「糊塗」。朱氏以「浩蕩」爲褒義，以「靈修」爲善治，不得不增字解騷，差之毫釐，謬以千里。

然朱氏補注亦有補王注之未備者。或申引舊注之義。如「阽余身」之「阽」，王注：「阽，猶危也。」補曰：「阽，臨危也。臨于危而未傾也。」或補舊注之所未備。如「哀朕時之不當」，王注未釋「當」字之義。補曰：「當，相值也。」或正舊注之訛。如「余以蘭爲可恃兮」，王注：「蘭，懷王少弟司馬子蘭也。」補曰：「蘭只是香草，非有指斥。」又，「歸次」，王注訓「歸舍」，補曰：「歸，讀爲饋。次，髮髢也。周禮追師『爲副編次』之『次』。歸次，如今俗花髻，盤有結髮髲子也。」如「乃遂焉而逢殃」，王注：「乃遂以逢殃咎。」朱氏補曰：「遂，聆遂也。地名。周語：『其亡也，回禄信於聆遂。』竹書紀年：『聆隧災。』『聆』作『聆』，誤。隧，即『遂』之俗。墨子非攻篇：『天使陰暴毁有夏之城，命融隆火于夏之城間。』按：據竹書，是湯征昆吾之年也。明年，桀出奔三朡，獲之焦門，放于南巢。」案：容成氏云：「［桀］述（遂）迷，而不量其力之不足，……桀乃逃之鬲山氏。湯又從而攻之，降自鳴攸（條）之述（遂），以伐高神之門。」遂，猶簡書「鳴攸（條）之述（遂）」也。朱氏之説，可與出土文獻相參證。或藉注騷以校正經籍。如「及榮華之未落」，補曰：「木謂之榮，草謂之華。爾雅釋草二句，傳寫誤倒。」又，謂「偃蹇」、「浮游」、「逍遥」爲疊韻連語，「猶豫」、「容與」爲雙聲連語之類，嫻於古人聲音通轉之理。

朱氏精於音韻訓詁之學，從其「當作」、「讀爲」之例，可見其於説文用力之深。通觀朱氏補注，其所訓詁，未必盡得騷人之旨，然其所詮釋，不拘王注，徵引宏富，考辨典核，於讀音、語源、名物考釋等，亦多有創見，發前人所未發。

李鳳立

離騷賦

離，别也。騷，愁也。○補曰：離，鳥名，倉庚。此讀爲「羅」，「網羅」之「羅」，故入於網即曰「羅」字，或變作「罹」也。王叔師則謂借爲「冎」。非是。騷，馬擾動也，此讀爲「愁」，悳也。史記列傳：「離騷者，猶離憂也。」

屈平作　王逸注　朱駿聲補注

帝高陽之苗裔兮，苗，胤也。裔，末也。高陽，顓頊有天下之號也。帝繫曰：「顓頊娶于滕隍氏女，而生老僮，是楚先。」其後熊繹事周成王，封爲楚子，居於丹陽，其孫武王求尊爵於周，周不與，遂僭號稱王，始都于郢。是時生子瑕，受屈爲客卿。因胤末之子孫，恩深而義厚也。○補曰：苗，讀爲「杪」，木末也。裔，衣末也。禮記云：「必於歲之杪。」左傳云：「是四嶽之裔胄也。」

朕皇考曰伯庸。朕，我也。皇，美也。父死稱考。詩曰：「既右烈考。」伯庸，字也。屈原言我父伯庸，體有美德，以忠輔楚，世有令名，以及于己。○補曰：朕，舟縫也，爾雅訓「我」、訓「身」，蓋發聲之辭，與「卬」、「言」同。古尊卑皆稱「朕」，猶貴賤皆稱「余」也，秦始皇二十六年，始專以「朕」爲天子之偁。

攝提貞于孟陬兮，太歲在寅曰攝提。孟，始也。貞，正也。于，於也。正月爲陬。○補曰：貞，讀爲「正」。攝提，太歲在寅曰攝提格也。古大撓作甲子，但以紀旬，不以紀年月，年月自有爾雅「歲陽」、「歲名」、「月陽」、「月名」也。屈子之生當在楚宣王二十七年，著雍攝提格之歲，畢陬之月，後世所謂戊寅年甲寅月；沈于頃襄王七年，著雍執徐之歲，厲皋之月，後世所謂戊辰年戊午月，計年五十有一。或以攝提星名，三三相聚，如鼎足，在大角左右，夾亢池，隨斗柄以指十二辰者當之，非是。惟庚寅吾以降。惟，詞也。庚寅，日。降，下也。寅爲陽正，庚爲陰正。言己以太歲在寅，正月始春，庚寅之日下母之體。○**補曰**：降，讀若洪。皇覽揆予于初度兮，皇，皇考也。覽，覩也。揆，度也。○**補曰**：初度，言始生時器度也，即下文「不改此度」、「周容爲度」、「和調度」及懷沙「常度」之「度」，猶今云「意度」、「態度」、「度量」也，與橘頌篇「嗟爾幼志，有以異兮」同意。舊注謂：「始生年時，度其日月，皆合天地正中。」似失之。肇錫余以嘉名。肇，始也。錫，賜也。嘉，善也。言己美父伯庸觀我始生年時，度其日月，皆合天地正中，故始錫我以美善之名。○**補曰**：肇，讀爲「肁」。錫，讀爲賜。儀禮云：「爰字孔嘉。」名余曰正則兮，正，平也。則，法也。字余曰靈均。靈，神也。均，調也。言平正可法則者，莫過于天，養物均調者，莫神于地。高平曰原，故伯庸名我爲平以法天，字我曰原以法地。夫人非名不榮，非字不彰。故子生，父思善應而名字之，以表其德，觀其志也。○**補曰**：劉向九歎靈懷云：「兆出名曰正則兮，卦發字曰靈均。」注：「生有形兆，伯庸名我爲正則以法天。筮而卜之，卦得坤，字我曰靈均以法地。」按：兆謂卜，卦謂筮也。靈，讀爲「令」，實爲良，善也。均亦準也。周官有「均人」、「土均」。此均讀若扃。紛吾既有此内美兮，紛，盛皃。又重之以修能。修，遠也。言己之生内含天地之美氣，又重有絕遠之能，與衆原自[二]異也。○**補曰**：重，讀爲「緟」，增益也。修，飾也，治也。下文「好修」、「信修」皆同。能，讀爲「態」，姿有餘也。按：巧藝高材曰態，經傳多借「能」字爲之。下文「授能」同。扈江蘺與辟芷兮，扈，披也。楚人名披爲扈。江蘺、芷，皆香草也。辟爲幽也。芷幽而香。○補曰：扈，被也。江蘺，今川穹也。辟，讀爲「僻」，仄也，幽也。芷當作「茝」，茝、芷古今字，今白芷也。紉秋蘭以爲佩。紉，索也。蘭，香草也，秋而芳。佩，飾也，所以象德。言己修身清潔，乃取江蘺辟芷以爲衣被，紉索秋蘭以爲佩飾，博采衆善以自約束。○補曰：方言云：「擘，楚謂之紉。」蘭，今澤蘭也。凡經傳言「蘭」，皆非今所謂蕙蘭、建蘭。汩余若將[二]不及兮，汩，去皃，疾若水流也。○補曰：汩，讀爲「[illegible]」。論語云：「見善如不及。」恐年歲之不吾與。言我念年命汩然流去，誠欲輔君，心汲汲常若不及。又恐年忽過，不與我相待而身老。○補曰：論語云：「歲不我與。」與，讀爲「与」，賜予也。朝搴阰之木蘭兮，搴，取也。阰，山名。○補曰：搴，當作「攓」，拔取也。阰，當作「陛」，高阜也。說文：「陛，升高階也。」乃「升高阜」之轉注。木蘭，香木，似枏，皮似肉桂。玉篇：「棇，木蘭也。」夕攬洲之宿莽。攬，采也。水中可居曰洲。莽冬生不死者，楚人名曰宿莽。言己旦起升山采木蘭，上事太陽，承天度也；夕入洲澤采取宿莽，下奉太陰，順地數也。動以神祇自敕誨也。木蘭去皮不死，宿莽遇冬不枯，屈原以喻讒人雖欲困己，己受天性，終不可變易。○補曰：攬，當作「擥」，撮持也。莽讀若莫。爾雅：「卷施草拔心不死。」郭注：「猶宿莽也。」或疑即周禮翦氏之「莽草」，藥物，殺蟲者。恐非。日月忽其不淹兮，淹，久也。○補曰：淹，讀爲

「倓」，安也。下文「淹留」同。春與秋其代序。代，更也。序，次也。言日月晝夜常行，忽然不久，春往秋來，以次相代。言天時易過，人年易老。○補曰：序，讀爲「叙」。惟草木之零落兮，零、落，皆墜也。草曰零，木曰落。恐美人之遲暮。遲，晚也。美人謂懷王也。言天時運轉，春生秋殺，草木零落，歲復盡矣。而君不建立道德，舉賢用士，則年老暮晚而功不成。○補曰：美人，謂衆賢同志者。詩：「彼美人兮，西方之人兮。」暮，當作「莫」。下文「將暮」同。不撫壯而棄穢兮，年德盛曰壯。棄，去也。穢，行之惡也，以喻讒佞。百草爲稼穡之穢，讒佞亦爲忠直之害也。○補曰：禮記：「三十曰壯。」穢，當作「薉」，蕪也。下文「蕪穢」同。何不改乎此度？改，更也。言願君務及年德盛壯之時，修明政教，棄遠讒佞，無令害賢，改此或[三]誤之度，修先王之法也。○補曰：此二句言：若非自愛年富力强，不願同流合汙，何爲而不改其度乎？度，即上文「初度」之「度」。乘騏驥以馳騁兮，騏驥，駿馬也，以喻賢智。言乘駿馬，一日可致千里。以言任賢智，即可至于治也。○補曰：説文：「騏，馬青驪也。」句亦見惜往日篇。來吾導夫先路。言己如得任用，將驅先行，願來隨我，遂爲君導入聖王之道。○補曰：此二句言：若得時而駕，願與衆賢並進輔治，胥同志以偕來，吾將爲先路之導也。先路，前車也。書：「先路在左塾之前。」舊説似兩岐。昔三后之純粹兮，昔，往也。后，君也。謂禹、湯、文王也。至美曰純，齊同曰粹。○補曰：三后，軒轅、顓頊、帝嚳也。衆芳如黄帝之風后、力牧、常先、大鴻，見史記；高陽之重、該、修、熙、句龍，見左傳；高辛之咸黑、柞卜、赤松，見路史及列仙傳。純，讀爲「嫥」，凝一不襍也。粹，精絜不襍也。易文言曰：「剛健中正，純粹精也。」固衆芳之所在。衆芳，喻衆賢也。言往古夏禹、殷湯、周文所以能純美其德，而有聲名之稱者，皆舉用衆賢，使在顯職，故道化興而萬國寧也。襍申椒與菌桂兮，申，重也。椒，香木。其芳小，重之乃香。菌，薰也。葉曰蕙，根曰薰也。○補曰：椒，當作「茮」，香木，其實菉。或曰：申，山名，西山經有「申山」。按：中山經：「琴鼓之山，其木多椒。」北山經：景山，「其草多秦椒」。菌讀爲「箘」。箘桂，梫也，正圓如竹，空中，生交阯、桂林，今肉桂也。凡經傳言「桂」，皆非今之木犀，唐以後始名木犀爲桂花。豈維紉夫蕙茝。紉，索也。蕙、茝，皆香草也，以喻賢者。言禹、湯、文王雖有聖德，猶襍用衆賢，以致於化，非獨索蕙茝任一人也。○補曰：蕙，薰也，其葉曰蕙，今零陵香也。中山經：升山，「其草多蕙」；西山經：天帝之山，「下多菅蕙」。按：許慎説文不録「蕙」字。張揖廣雅釋草：「薰草，蕙草也。」顧野王玉篇：「蕙，香草，生下溼地。」廣韻：「蕙，蘭屬。」疑字當作「惠」。蕙，籀文「惠」字也。茝、芷古今字。彼堯舜之耿介兮，耿，光也。介，大也。既遵道而得路。遵，循也。路，正也。言堯、舜所以能有光明大德之稱者，以修用天地之道，舉賢任能，使得萬事之正也。○補曰：遵道，率由三后之道也。書洪範「遵王之道」，「遵王之路」。何桀紂之昌披兮，昌披，衣不帶皃。○補曰：據王注，是「昌披」讀爲「襄被」也。愚按：當讀爲「倀跛」。倀，狂也。跛，行不正也。夫唯捷徑[四]以窘步。捷，疾也。徑，邪道也。窘，急也。

言桀、紂愚惑，違背天道，施行惶遽，衣不及帶，欲涉邪徑，急疾爲治，故身觸陷阱，至于滅亡。○**補曰**：捷，讀爲「疌」。窘，迫也。惟黨人之偷樂兮，黨，朋也。論語曰：「羣而不黨。」偷，苟也。○**補曰**：惟，凡思也。黨，讀爲「攩」，朋羣也。偷，當作「媮」，巧黠也。路幽昧以險隘。幽昧，不明也。險隘，喻傾危也。言己念彼[五]讒人相與朋黨，嫉妒忠直，苟且偷樂，不知君道不明，國將傾危，以及其身。豈余身之憚殃兮，憚，難也。殃，咎也。恐皇輿之敗績。皇，君也。輿，君之所乘也，以喻國也。績，功也。言我欲諫爭者，非難身之被殃咎也，但恐君國傾危，以敗先王之功。○**補曰**：左傳子產云：「若未嘗登車射御，則敗績覆壓是懼。」忽奔走以先後兮，及前王之踵武。踵，繼也。武，迹也。詩曰：「履帝武敏歆。」言己急欲奔走先後，以輔翼君者，冀及先王之德，繼續其迹，而廣其基也。奔走先後，四輔之職也。詩曰：「予聿有奔走，予聿有先後。」是之謂也。○**補曰**：踵，讀爲「蹱」，足跟也。荃不揆余之中情兮，荃，香草也，以喻君也。人君被服芬香，故以香爲喻，惡數指斥尊者，故變言荃也。○**補曰**：荃，芥脃也。注謂「香草」，是别一義。或曰：字亦作「蓀」，似石菖蒲而無劍脊，或謂之白昌。反信讒而齊怒。齊，疾也。言懷王不徐察我忠信之情，反信讒言而疾怒。○**補曰**：詩云：「君子信讒。」齊，讀爲「齌」[六]，如「炊餔之疾」也。余固知謇謇之爲患兮，謇謇，忠言皃也。易曰：「王臣謇謇，匪躬之故。」○**補曰**：謇，當作「蹇」。忍而不能舍也。舍，止也。言己忠言謇謇，諫君之過，必爲身患，然中心不能自止而不言也。○**補曰**：

舍，讀爲「捨」，釋也。指九天以爲正兮，指，語也。九天，謂中央八方也。正，平也。○補曰：指，手示也。九天，九重天也。第一宗動天，二恒星天，三填星天，四歲星天，五熒惑天，六日輪天，七太白天，八辰星天，九月輪天也。天問篇云：「天有九重，孰營度之？」正，讀爲「貞」，猶問也。夫惟靈修之故也。靈，神也。修，遠也。能神明遠見者君德，故以喻君。言己將陳忠策内慮之心，上指九天，告語神明，使平正之。○補曰：靈，讀爲「令」，實爲良，善也。修，治也。猶「亂曰」之「美政」。言誠欲輔君於善治，以效厥忠，不憚蹇蹇言之者，匪躬之故也。初既與余成言兮，後悔遁而有他。遁，隱也。言懷王始信任己，與我平議國政，後用讒言，中道悔恨，隱遁其情，而有他志。○補曰：俗本此二句上有「曰黄昏以爲期兮，羌中道而改路」兩語。按：「昔君與我成言兮，曰黄昏以爲期。羌中道而回畔兮，反既有此他志」，見抽思篇。離騷通篇無用五韻者。下文「羌内恕己」，王逸始注：「羌，楚人語辭。」則此爲後人竄入無疑。今删。詩云：「與子成説。」又云：「之死矢靡他。」余既[七]不難夫離别兮，近曰離，遠曰别。○補曰：難，讀爲「艱」，「土難治」也，引申爲凡不易之詞。離，讀爲「冎」，俗作「另」，剔人肉，置其骨也，「别」字从此。凡分解、别另等字，皆引申之誼。習用不察，少見則怪耳。傷靈修之數化。化，變也。言我竭忠見過，非難與君離别也，傷念君信用讒言，志數變易，無常操也。○補曰：靈修，善治也。數，計也，引申爲多而不一之意。化，讀爲「匕」。余既滋蘭之九畹兮，滋，蒔也。十二畝爲畹。○補曰：滋，讀爲「蒔」，更别種也。分秧勻插曰蒔。畹，許慎曰「三十畝」，班固曰「二十畝」，此注「十二畝」，未知孰是。又樹蕙之百畝。樹，種也。二百四十步爲畝。言己雖見放流，猶種樹[八]衆香，修行仁義，勤身自勉，朝暮不倦。○**補曰**：「滋蘭」下八句，言己先培植衆賢，冀可同心輔治，己一人不用，尚不足悲，而悲衆賢必至從俗浮沉，如下文所言「蘭芷不芳」、「荃蕙化茅」也。忠君愛國，藹如仁人之言。畦留夷與揭車兮，留夷，香草也。揭車，亦芳草，一名芞輿。五十畝爲畦。○**補曰**：留夷，即辛夷樹，其花甚香，見後漢馮衍傳注。或曰即芍藥。廣雅謂之「攣夷」，一名「餘容」也。揭，讀爲「藒」。藒車，黄葉，白華，味辛。襍杜蘅與芳芷。杜蘅、芳芷，皆香草名也。言積累衆善，以自絜飾，復植留夷、杜蘅，襍以芳芷，芬香益暢，德行彌盛也。○**補曰**：西山經：天帝之山，「草狀如葵，臭如蘼蕪，曰杜蘅」。按：蘅，當作「衡」，即爾雅「杜土鹵」，根葉似細辛，俗謂之馬蹄香，與杜若異。冀枝葉之峻茂兮，冀，幸也。峻，長也。○**補曰**：冀，讀爲「覬」。峻，高也。願竢時乎吾將刈。刈，穫也。言己種植衆芳，幸其枝葉盛長，實核成熟，願待天時，吾將穫取收藏而成其功也。以言君亦宜畜養衆賢，以時進用，而待仰其治也。○**補曰**：刈，俗「乂」字。周語：「艾人必豐。」以艾爲之。雖萎絶其亦何傷兮，萎，病也。絶，落也。○**補曰**：萎，讀爲「痿」。此句原自喻也。左傳：「一抶[九]汝庸何傷。」哀衆芳之蕪穢。言己種植衆芳草，當刈未刈，早有霜雪，枝葉雖早萎病絶落，何能傷我乎？哀惜衆芳摧折，枝葉蕪穢而不成也。以言己修行忠信，冀君任用而遂斥棄，則使衆賢志士失其行也。

○補曰：此句喻衆賢，如下文所云「委厥美以從俗」也。衆皆競進以貪婪兮，競，竝也。愛財曰貪，愛食曰婪。○補曰：競，逐也。猶下文之「追逐」。婪從女，愛色曰婪。憑不厭乎求索。憑，滿也。楚人名滿曰憑。言在位之人無有清絜之志，皆並進取，貪婪於財利，中心雖滿，猶復求索，不知厭飽。○補曰：憑，當作「馮」，讀爲「畐」，下文「喟憑心」同。厭，讀爲「猒」，飽也。索，讀爲「索」，下文「上下求索」同。羌内恕己以量人兮，羌，楚人語詞也。以心揆心爲恕。量，度也。各興心而嫉妒。害賢爲嫉，害色爲妒。言在位之臣，心皆貪婪，内以其志恕度他人，謂與己不同，則各生嫉妒之心，推去[一〇]清絜，使不得用也。忽馳騖以追逐兮，非余心之所急。言衆人所以馳騖惶遽者，追逐權貴，求財利也。故非我心之所急務。衆急於利，我獨急於義者也。老冉冉其將至兮，冉冉，行皃。○補曰：論語：「不知老之將至。」恐修名之不立。立，成也。言人年命冉冉而行，我之衰老將以速至，恐修身建德而功不成，名不立也。○補曰：修，讀爲「𨒪」，長也，遠也。朝飲木蘭之墜露兮，墜，墮也。夕餐秋菊之落英。言己旦飲香木之墮露，吸正陽之津液，暮食芳菊之落英，言呑陰陽之精蘂，動以香浄自潤澤。○補曰：菊，讀爲「蘜」，日精也。黄華大於錢，古所謂菊皆非今五色之秧菊。苟余情其信姱以練要兮，苟，誠也。練，簡也。○補曰：姱，當作「嫵」，好也，媚也。下同。練，讀爲「柬」，擇也。長顑頷亦何傷？顑頷，不飽皃也。言己[一一]飲食好美，中心簡練而合道要，雖長顑頷，飢而不飽，亦無所傷病也。擥木根以結茝兮，擥，持也。貫薜荔之落蘂。貫，累也。薜荔，香草也，緣木而生。落，墮也。蘂，實皃。言己施行常擥木引堅，據持根本，又貫累香草之實，執持忠信，不爲華飾之行也。○補曰：薜荔，萆荔也。西山經：小華之山，「其草有萆荔，狀如烏韭，而生石上，亦緣木而生，食之已心痛」。注：「香草也。」疑即今當歸，非禮記月令之「荔挺」，馬藺也。矯菌桂以紉蕙兮，矯，直也。○補曰：菌，讀爲「箘」。索胡繩之纚纚。胡繩，香草也。纚纚，索好皃。言己行雖據根本，猶復矯直菌桂芬芳之性，紉索胡繩，令之澤好，以善自約束，終無懈已。○補曰：胡繩，蔓生布地，即爾雅之「傅橫目」，或謂之「結縷」，俗呼「鼓箏草」。謇吾法夫前修兮，非世俗之所服。言我忠信謇謇者，乃上法前代遠賢，固非今世俗之人所可服行也。○補曰：修，飾也。服，佩服也。與下「初服」同。雖不周於今之人兮，周，合也。○補曰：周，讀爲「匔」。詩云：「哀今之人。」願依彭咸之遺則。彭咸，殷賢大夫，諫其君不聽，自投水而死。遺，餘也。則，法也。言己所行忠信，雖不合於今之人，欲願依古之賢者彭咸餘法，以自率厲也。○補曰：遺，讀爲「貤」，重次第物也。遺、貤雙聲字。長太息以掩涕兮，○補曰：句亦見遠遊篇。哀民生之多艱。言己自傷施行不合於俗，將效彭咸沈身於淵，乃太息長悲，哀念萬民受命而生，遭遇多艱，以隕其身也。○補曰：詩云：「鮮民之生。」余雖好修姱以鞿羈兮，鞿羈，以馬自喻也。韁在口曰鞿，革絡頭曰羈。言爲人所係纍也。○補曰：姱，當作「嫵」。鞿即「羈」字，馬絡頭也。鞿以羈之，猶詩「言授之縶，以縶其馬」，所縶之索爲縶，以索縶之即爲縶也。謇朝誶而夕替。誶，諫也。詩曰：「誶予不顧。」替，廢也。言己雖有絶遠之智，姱好之姿，然以爲讒人所鞿羈而係纍矣。故朝諫謇謇於君，夕暮而身廢棄也。○補曰：詩墓門：「歌以誶之，誶予不顧。」正月：「莫肯用誶。」毛本皆作「訊」。爾雅釋詁：「誶，告也。」本亦作「訊」。訊、誶形聲俱近。替，讀若腆。明陳第屈宋古音義以爲「簪」字，讀若侵。誤也。侵、覲尤乖古韻。既替余以蕙纕兮，纕，佩帶也。○補曰：纕，讀爲「囊」，香囊也。下同。又申之以攬茝。又，復也。言君所以廢棄己者，以余帶佩衆香，行以忠正之故也。然猶復重引芳茝，以自結束，執志彌篤也。亦余心之所善兮，雖九死其猶未悔。悔，恨也。言己履行忠信，執守清白，亦我心中之所美善也。雖以見過支解九死，終不恨也。怨靈修之浩蕩兮，靈修，謂懷王也。浩猶浩浩，蕩猶蕩蕩，無思慮皃也。○補曰：靈修，善治也。言己欲輔君以善治，適于浩蕩之大道，而君不悟，能無怨乎？終不察夫民心。言己所以怨恨于懷王者，以其用心浩蕩，驕敖放恣，無有思慮，終不見省察萬民善惡之心，故朱紫相亂，國將傾危也。○補曰：民，屈子自謂。衆女嫉余之蛾眉兮，衆女，謂臣衆也。娥眉，好皃。○補曰：詩云：「螓首蛾眉。」謠諑謂余以善淫。謠，謂毁也。諑音啄，猶譖也。淫，邪也。言衆女嫉妒蛾眉美好之人，譖而毁之，謂之善淫不可信也。猶衆臣妒嫉忠正，言己淫邪不可任也。○補曰：方言：「楚南謂愬爲諑。」淫，讀爲「婬」，私逸也。固世俗之工巧兮，偭規矩而改錯。偭，背也。圓曰規，方曰矩。錯，置也。言今時之工，才知强巧，背去規矩，更造方圓，必不堅固，敗材木也。以言佞臣巧于言語，背違先聖之法，以意妄造，必亂政化，危君國也。○補曰：錯，讀爲「措」。下文「錯輔」同。背繩墨以追曲兮，追，隨也。繩墨所以正曲者。○補曰：禮記云：「繩墨誠陳，不可欺以曲直。」追，讀如「追琢其章」之「追」，借爲「彫」也。競周容以爲度。周，合也。度，法也。言百工不隨繩墨之直道，隨從曲木，屋必傾危而不可居也。以言人臣不修仁義之道，背棄忠直，隨從枉佞，苟合於世，以求容媚，以爲常法，身必傾危而被刑戮。○補曰：周容，猶周旋容悅也，便佞之態。周，讀爲「匊」。度，態度也。忳鬱邑余侘傺兮，忳，徒昆切，憂皃也。侘傺，失志皃也。侘，丑加切，猶堂堂立皃也。傺，丑世切，住也，楚人名住爲傺。○補曰：忳，當作「屯」，難也。侘傺，當作「吒瘵」，與「鬱邑」同爲雙聲連語，失志之皃。不當又以「立住」爲訓。此句亦見惜誦篇。獨窮困乎此時也[一三]。言我所忳忳而憂，中心鬱邑，悵然住立而失志者，以不能隨從時俗，屈求容媚，故獨爲時人所窮困也。寧溘死以流亡兮，溘，猶奄也。○補曰：句亦兩見悲回風篇。余不忍爲此態也。言我寧奄然而死，形體流亡，不忍以忠正之性爲邪淫之態也。○補曰：左傳：「余不忍其詬。」鷙鳥之不羣兮，鷙，執也。謂能執服衆鳥，鷹鸇之類也，以喻忠正。自前世而固然。此鳥執志剛厲，不與衆鳥同羣。忠正之士者，亦守節不隨俗爲諂媚，從前代固如是，非但于我。何方圓之能周兮，夫孰異道而相安？言何所有圓鑿受方枘而能合者，誰有異道而相安邪？言忠佞不相爲謀也。○補曰：論語云：「道不同不相爲謀。」屈心而抑志兮，抑，案也。○補曰：按也。忍尤而攘詬。尤，過也。攘，除也。詬，恥也。言己所以能屈案心志[一三]，含忍罪過而不去者，欲以除去恥辱，誅讒佞之人，如孔子誅少正卯也。○補曰：尤，讀爲「訧」，過也。攘，讀爲「囊」。囊詬，猶包羞也。伏清白以死直兮，固前聖之所厚。言士有伏清白之志，以死忠直之節者，固乃前代聖王所厚哀也。故武王伐紂，封比干之墓，表商容之閭也。○補曰：厚，讀爲「㫗」，多也，重也。悔相道之不察兮，悔，恨也。相，視也。察，審也。延佇乎吾將反。延，長也。佇，立皃也。詩云：「佇立以泣。」言己自恨視事君之道不明察，當若比干伏節死義，故長立而望，將欲還[一四]反，終己之志也。○補曰：佇，當作「眝」，長眙也。經史凡「朝宁」、「佇立」、「延竚」字，皆當作「眝」。孟子：曾子曰「寇退吾將反」。迴朕車以復路兮，迴，旋也。及行迷之未遠。迷，誤也。言及旋我之車，以反故道，反迷己誤，欲去之路尚未甚遠也。同姓無相去之義，故欲還也。○補曰：二句隱括易復卦語。步余馬於蘭皋兮，步，徐行也。澤曲曰皋。○補曰：左傳：「左師見夫人之步馬者。」馳椒邱且焉止息。土高曰邱，四墮曰椒邱。言己欲還，則徐徐行，步我之馬于芳澤之中，以觀聽懷王，遂馳高邱而止息，以須君命。○補曰：爾雅：「再成鋭上爲融邱。」謂鐵頂者。椒，讀爲「鐵」，雙聲叚借，今之「尖」字也。此王注意。愚按：屈意當與「蘭皋」同，椒亦香木。進不入以離尤兮，退將復修吾初服。退，去也。言己誠欲遂進，竭其忠誠，君不肯納，恐重遇禍患，將復去修吾初始清絜之服。○補曰：離，讀爲「罹」，即「羅」字也。尤，讀爲「訧」。書召誥：「知今我初服。」製芰荷以爲衣兮，製，裁也。芰，蔆也。荷，扶蕖也。集芙蓉以爲裳。芙蓉，蓮華也。上曰衣，下曰裳。謂己進不見納，猶復製裁芰荷，集合芙蓉，以爲衣裳，被服愈絜，修善益明。○補曰：集，讀爲「緁」。芙蓉，當作「夫容」。此秋花拒霜也，非複言菡萏。淮南墬形篇：「屈龍生容華。」高誘注：「芙蓉草花也。」湘君篇云「搴芙蓉兮木末」，則謂荷華。不吾知其亦已兮，苟余情其信芳。○補曰：論語云「居則曰不吾知也」，又，「莫己知也」，「斯已而已矣」。高余冠之岌岌兮，岌岌，高皃。○補曰：岌，當作「馺」。長余佩之陸離。陸離，參差，衆皃也。言己懷德不用，復高我之冠，長我之佩，尊其威儀，整其服飾，以異於衆也。○補曰：陸離，雙聲連語，美好皃。芳與澤其襍糅兮，芳，德之皃也。澤，質之潤也。玉堅而有澤。糅，亦襍也。○補曰：糅，當作「粗」。此句亦見思美人篇、惜往日篇。唯昭質其猶未虧。唯，獨也。昭，明也。虧，歇也。言我外有芬芳之德，內有玉澤之質，二美雜會，兼在于己，而不得施用，故獨保明身，無有虧失而已。所謂道行則兼善天下，不用則獨善其身。○補曰：虧，讀若柯。忽反顧以游目兮，將往觀乎四荒。荒，遠也。言己欲進忠信，以輔事君，而不見省，故忽然反顧而去，將遂游目，往觀四遠之外，以求賢君。○補曰：詩云：「且往觀乎。」或曰：觀，猶示也，讀如考工記「以觀四國」之「觀」。爾雅：「觚竹、北户、西王母、日下，謂之四荒。」佩繽紛其繁飾兮，繽紛，盛皃。○補曰：繁，當作「緐」。芳菲菲其彌章。菲菲，猶勃勃也，芳香皃也。章，明也。言己雖欲之四荒，猶整飾儀容，佩玉繽紛而衆盛，忠信勃勃而愈明，不以遠故改其行。民生各有所樂兮，余獨好修以爲常。言萬民稟天命而生，各有所樂，謟佞或樂貪淫，我獨好修正直以爲常行。○補曰：常，當作「恒」，漢人避諱改耳，如「田常」、「常山」之比。雖體解吾猶未變兮，豈余心之可懲。懲，艾也。言己好修忠信以爲常行，雖獲罪支解，志猶不艾也。○補曰：懲，忞也。

女嬃之嬋媛兮，女嬃，屈原姊也。嬋媛，猶牽引也。○補曰：水經注：秭歸縣有女嬃廟，「屈原賢姊聞原放逐，亦來歸」，「因名之曰秭歸」。説文：「嬃，女字也。賈侍中曰：楚人謂姊爲嬃。」舊説皆同王逸。或云：易「歸妹以須」，注：「須，女之賤者」。漢書廣陵王胥傳：「胥迎李巫女須，使下神祝詛。」天文：「北方宿女四星，亦曰須女，其光微小。故織女爲貴，須女爲賤。」愚按：易、漢書與天文皆借「須」爲「嬬」，媵妾也。漢書吕后紀「后女弟吕須」，亦是「嬬」字。須之爲原姊，古説相承，不宜立異。嬋，當作「嬗」，讀爲「撣」。媛，讀爲「援」。疊韻連語，猶「扶牂」也。又按：離騷分三大段，此爲第二段起。申申其詈予。申，重也。言女嬃見己施行不與衆合，以見放流，故來牽引數怒，重詈我也。曰：「鮌婞直以亡身兮，曰，女嬃詞也。鮌，堯臣也。帝繫曰：「顓頊後五葉而生鮌。」婞音脛，很也。終然夭乎羽之野。蚤死曰夭。言堯使鮌治洪水，婞很自用，不順堯命，乃殛之於羽山，死于中野。女嬃比屈原於鮌，不承君意，亦將遇害。○補曰：鮌，當作「鯀」。詩：「終然允臧。」羽山，當在今山東蓬萊縣海中。南山經：柜山東一千一百四十里曰羽山。女何博謇而好修兮，紛獨有此姱節。女嬃數諫屈原，言女何爲獨博采往古，好修謇謇姱異之節，不與衆同而見憎惡於世。○**補曰**：節，當作「飾」，方合古韻，亦與前後文義一貫。薋菉葹以盈室兮，薋，蒺藜也。菉，王芻也。葹，枲耳也。詩曰：「楚楚者薋。」又曰：「終朝采菉。」三者皆惡草也，以喻讒佞盈滿也。○**補曰**：薋，草多皃，非借爲茨也。菉，今淡竹葉。葹，今蒼耳，本草謂之「地葵」。詩曰：「百室盈止。」判獨離而不服。判，别皃也。女嬃言衆人皆佩薋菉、枲耳，爲讒佞之行，滿于朝廷，而獲富貴。汝獨服蘭蕙，守忠直，判然離别，不與衆同，故斥棄也。○**補曰**：離，讀爲「冎」。衆不可户説兮，孰云察余之中情？屈原外困羣佞，内被姊詈，知時莫識。言己心志所執，不可户説人告，誰當察我中情之善否？○**補曰**：「衆不可户説」以下四句，亦女嬃之詞。余，余其弟也。下「不予聽」，女嬃自余也。世並舉而好朋兮，夫何煢獨而不予聽？煢，孤也。詩曰：「哀此煢獨」。予，我也。言時俗之人皆行佞僞，相朋黨，並相薦[一五]舉，忠直之士，孤煢特獨，何肯聽用我言而納之也？○**補曰**：朋，讀爲「倗」，輔也。煢，讀爲「惸」，實爲「窘」，迫也。煢、窘一聲之轉。女嬃言世皆相援而爲倗攩，汝何甘自孤特，而不聽予之諫乎？周書曰：「無虐煢獨。」依前聖以節中兮，節，度也。○**補曰**：節，讀爲「折」。惜誦篇云：「令五帝以折中兮。」或曰：禮記三年問：「故先王焉爲之立中制節。」喟憑心而歷茲。歷，數也。言己所言皆依前代聖王之法，節其中和，喟然舒憤懣之心，歷前代成敗之道，而作此詞者也。○**補曰**：憑，讀爲「畐」。濟沅湘以南征兮，沅、湘，水名也。○補曰：沅，出今貴州平越府至湖南常德府，入洞庭湖。湘，出今廣西桂林府海陽山，經湖南長沙府磊石山，分爲二派，又合而入洞庭湖。就重華而陳詞。重華，舜名也。帝繫曰：「瞽瞍生重華，是爲帝舜，葬于九疑山，在于沅湘之南。」言己依聖王法而行，不容于俗，故欲渡沅湘之水，南行就舜，陳詞自説，稽疑聖帝，冀聞秘要，以自開悟。○補曰：陳，讀爲「敶」。啓九辨與九歌兮，啓，禹子也。九辨、九歌，禹樂也。言禹平治水土，以有天下，啓能承志，纘叙其業，育養品類，故九州之物，皆可辨數，九功之德，皆有次序，而可歌也。左傳曰：「六府三事，謂之九功。九功之德，皆可歌也，謂之九歌。水火金木土穀，謂之六府，正德、利用、厚生謂之三事。」○補曰：大荒西經云：「夏后開上三嬪于天，得九辯與九歌以下。」郭注：「皆天帝樂名。開筮曰：『昔彼九冥，是與帝辯同宮之序，是爲九歌。』又曰：『不得竊辯與九歌，以國于下。』」按：啓作開者，漢人避景帝諱。郭注所引，易歸藏文也。黄帝得河圖，商人因之曰歸藏，其書有啓筮篇。屈子蓋用歸藏語。夏康娱以自縱。夏康，啓子太康也。娱，樂也。縱，放也。○補曰：夏康，啓子太康、仲康也。不顧難以圖後兮，五子用失乎家衖。圖，謀也。言夏太康不遵禹、啓之樂，而更作淫聲，放縱情欲，以自娱樂，不顧患難，不謀後業，卒以失國，兄弟五人，家居閭巷，失尊位也。書序曰：「太康失邦，昆弟五人，須于洛汭，作五子之歌。」此逸篇也。○補曰：難，讀爲「艱」。五子，太康、仲康、武觀等五人也。考左昭元傳：「夏有觀扈。」楚語：「啓有五觀。」墨子非樂篇云：「於武觀曰：『啓子淫溢康樂，野于飲食，將將銘莧磬以力，湛濁于酒，愉食于野，萬舞奕奕，章聞于天，天用弗式。』」又周書嘗麥解云：「其在啓之五子，忘伯禹之命，假國無正，用胥興作亂，遂凶厥國。皇天哀禹，賜以彭壽，思正夏略。」竹書紀年云：「啓十一年，放季子武觀于西河；十五年，武觀以西河叛。彭伯壽征西河，武觀來歸。」西河，今山西汾州府，而今太原府榆次縣有武觀城。啓十一年，乃太康三年；十五年，乃太康七年。是啓之第五子，嘗封于觀，今直隸大名府也，故稱「五觀」，亦曰「武觀」。非書序、離騷所謂「五子」總言昆弟五人者。按：王符潛夫論五德志篇云：「太康、仲康更立，兄弟五人，皆有昏德，不堪帝事，降須洛汭。」夏都，今山西解州夏縣。羿之亂，太康避居洛汭，今河南陳州府太康縣。羿代夏政不數年，寒浞殺羿，時夏德雖衰，王號未改。太康立二十九年而崩，弟仲康立，嘗命臣胤征浞黨羲和。仲康立十三年而崩，子相立，遷都今山東曹州府濮州。相立二十八年，浞子澆滅之。遂爲漢之新莽，夏祚以絶。厥後四十年，夏舊臣伯靡乃佐相子少康滅浞誅澆，復禹之績，而爲漢之光武也。家衖，即爾雅所云「宮中衖謂之壼」，言失河北之家而居河南也。羿淫遊以佚田兮，羿，諸侯也。田，獵也。○**補曰**：佚田，讀爲「泆畋」。又好射夫封狐。封狐，大狐也。言羿爲諸侯，荒淫遊戲，以佚田獵，又射殺大狐。○**補曰**：封，讀爲「豐」。固亂流其鮮終兮，鮮，少也。○**補曰**：鮮，讀爲「尟」。詩云：「鮮克有終。」浞又貪夫厥家。浞，寒浞，羿相也。厥，其也。婦謂之家。言羿因夏衰亂，代之爲政，娛樂田獵，不恤人事，信任寒浞，使爲國相。浞行媚于內，施賂于外，樹之詐慝，而專其權勢。羿田將歸，使家臣[一六]逢蒙射而殺之，貪取其家，以爲妻也。羿以亂得政，身即滅亡，故言鮮終也。○補曰：左傳：「女有家。」澆身被服强圉兮，澆，寒浞子也。强圉，多力也。○補曰：圉，讀爲「禦」。詩云：「曾是强禦。」傳：「彊梁禦善也。」爾雅：「太歲在丁曰强圉。」縱欲而不忍。縱，放也。言浞取羿妻，而生澆，强梁多力，縱放其情，不忍其欲，以殺夏后相也。日康娛而自忘兮，康，安也。厥首用夫顛隕。首，頭也。自上下曰顛。隕，墮也。言澆既殺夏后相，安居無憂，日作淫樂，忘其過惡，卒爲相子少康所誅，其首顛隕而墮也。論語曰：「羿善射，奡盪舟，俱不得其死然。」自此以上，羿、澆、寒浞事皆見于左傳。○補曰：顛，讀爲「趚」、爲「蹎」或爲「槙」。夏桀之常違兮○補曰：周書前[一七]大匡云：「有常不違。」乃遂焉而逢殃。殃，咎也。言夏桀上背於天道，下逆於人理，乃遂以逢殃咎，爲殷湯所誅滅。○補曰：遂，聆遂也，地名。周語：「其亡也，回祿信于聆遂。」竹書紀年：「聆隧災。」「聆」作「聆」，誤。隧，即「遂」之俗。墨子非攻篇「天使陰暴毀有夏之城」，「命融隆火于夏之城間」。按：據竹書，是湯征昆吾之年也。明年，桀出奔三朡，獲之焦門，放於南巢。后辛之菹醢兮，辛，商之亡王，紂名也。藏菜曰菹，肉醬曰醢。殷宗用之不長。言紂爲無道，殺比干，醢梅伯。武王把黄鉞，行天罰，殷宗遂絶，不得久長也。○補曰：殷有中宗、高宗。湯禹嚴而祇敬兮，嚴，畏也。祇，敬也。○補曰：嚴，讀爲「儼」。周論道而莫差。周，周家也。差，過也。言殷湯、夏禹、周之文王，受命之君，皆畏天敬賢，論議道德，無有過差，故能獲神人之助，子孫蒙福也。○補曰：攷工記：「坐而論道，謂之王公。」舉賢而授能兮，循繩墨而不頗。頗，傾也。言三王選士不遺幽陋，舉賢用能不顧左右，循用先聖法度，無有傾失，故能綏萬國，安天下也。易曰：「無平不頗。」○補曰：授，當作「援」。禮記儒行云：「其舉賢援能，有如此者。」皇天無私阿兮，竊愛爲私，所私爲阿。○補曰：私阿，讀爲「厶倚」。覽民德焉錯輔。錯，置也。輔，佐也。言皇天明神無所私阿，觀萬民之中有道德者，固置以爲君，使賢輔佐，成其志也。故桀爲無道傳與湯，紂爲淫虐傳與文王。○補曰：錯輔，讀爲「措俌」。左僖五傳：「周書曰：『皇天無親，惟德是輔。』」夫惟聖哲之茂行兮，哲，智也。茂，盛也。苟得用此下土。苟，誠也。下土，謂天下也。言天之所立者，獨有聖明之知，盛德之行，故得用事天下而爲萬民之主。○補曰：苟者，「茍」之誤字，自急敕也。與儀禮「賓爲苟敬」，禮記「苟日新」同。或曰：「敬」之誤字也。用，讀爲「犕」，兼有也。詩云：「禹敷下土方。」瞻前而顧後兮，顧，視也。○補曰：論語云：「瞻之在前。」詩云：「不顧其後。」相觀民之計極。相，視也。計，謀也。極，窮也。言前觀禹湯之所以興，顧視桀紂之所以亡，足以觀察萬民忠佞之謀，窮其真僞。○補曰：計，讀爲「既」，實爲「訖」，猶終也，謂興亡之究竟。夫孰非義而可用兮，孰非善而可服？服，服事也。言人臣誰有行仁義而不可任用，誰有不行性善[一八]而可服事者乎？言人非義則德不立，非善則行不成。○補曰：義，讀爲「誼」。服，亦用也。「義」、「善」謂臣，「用」、「服」謂君。阽余身而危死兮，阽，猶危也。○補曰：阽，臨危也，臨于危而未傾也。覽余初其猶未悔。言己正言危行，身將危亡，上觀初代仗節之士，我志所樂，終不悔恨。○補曰：「覽余初」，即上文「覽揆余初度」之「初」。言己既有内美，又重修能，終不自貶。不量鑿而正枘兮，量，度也。正，方也。固前修以葅醢。言工不度其鑿，而方正其枘，則物不固而木破矣。臣不量君賢愚，竭其忠信，則被罪過而身殆也。自前代修名之人以獲葅醢，龍逢、梅伯是也。○補曰：鑿，木穿也。枘，即「内」字，入也，猶柄也。史記：「持方枘欲内圓鑿，其能入乎？」此其誼也。曾歔欷余鬱邑兮，曾，累也。歔欷，懼皃也。○補曰：曾，讀爲「增」，絫也。歔欷，歎息也。鬱邑，愁懣也。哀朕時之不當。言我累息而懼，鬱邑而憂者，自哀生不當舉賢之時，而值葅醢之日。○補曰：當，相值也。攬茹蕙以掩涕兮，茹，柔耎也。霑余襟之浪浪。霑，濡也。衣眥謂之襟。浪浪，流皃也。言自傷放在山澤，心悲泣下，霑濡我衣，浪浪而流，猶引取柔耎香草，以自掩拭，不以悲故失仁義也。跪敷衽以陳辭兮，敷，布也。○補曰：敷，歧也。衽，衣衿也。陳，讀爲「敶」，列也。辭，讀爲「詞」。耿吾既得此中正。耿，明也。言己觀禹、湯、文王修德以興天下，見羿、澆、桀、紂行惡以亡，中知龍逢、比干執履忠直，身以葅醢。乃長跪布衽，俛首自省念，仰訴于天，則中心的[一九]明，此中正之道，精合其人，神與化游，故得乘雲駕龍，周歷天下，以慰己情，緩憂思也。駟玉虬以乘鷖兮，有角曰龍，無角曰虬。鷖，鳳凰别名也。山海經曰：「鷖身有五采。」○補曰：虬，當作「虯」。許慎云：「龍子有角者。」按：龍雄有角，雌無角；龍子一角者蛟，兩角者虯，無角者螭也。鷖讀爲「翳」。海内經：「北海之内蛇山有五采之鳥，飛蔽一鄉，名曰翳鳥。」郭注：「鳳屬。」溘埃風余上征。溘，猶奄也。埃，塵也。言我設往行遊，將乘玉虬，駕鳳車，掩塵埃而上征，去離時俗，遠羣小也。朝發軔於蒼梧兮，軔，支輪木也。蒼梧，舜所居。○**補曰**：蒼梧，在今湖南永州府寧遠縣之南，桂陽州藍山縣之西。禮記檀弓：「舜葬于蒼梧之野。」夕余至乎縣圃。縣圃，神山。淮南子曰：「縣圃在崑崙閶闔之中，乃維上天。」言己朝發帝舜之居，夕至縣圃之山，受道聖王而登神明之山。○**補曰**：水經河水注：「崑崙之山三級，中曰玄圃，一名閬風。」穆天子傳：「春山之澤，清水出泉，溫和無風，飛鳥百獸之所飲食，先王所謂玄圃。」縣，亦作「玄」。按：崑崙山即穆天子傳之春山，山海經西山經之鍾山，水經河水注之陰山，釋典之須彌山，今滿州謂之枯爾坤山也，在甘肅嘉峪關外西域，河水所出。欲少留此靈瑣兮，靈以喻君。瑣，門鏤也，文如連瑣。楚王之省閤也。○**補曰**：瑣，讀爲「䪌」，門户疏窗也。靈瑣，猶言神居也。縣圃，神仙之所居。日忽忽其將暮。言己誠欲少留于君之省閤，以須政教，日又忽去，時將欲暮，年歲且盡，言己衰老也。○**補曰**：王注此二句誤。吾令羲和弭節兮，羲和，日御也。弭，按也。望崦嵫而勿迫。崦嵫，日所入之山也。迫，附也。言我恐日暮年老，道德不施，欲令日御按節徐行，望日所[二〇]入之山，且勿附近，冀及盛時遇賢君也。○**補曰**：西山經：「崦嵫之山，其上多丹木。」穆天子傳：「升于弇山。」列子湯問亦作弇山。按：崦嵫，當作「弇兹」。言遥望此山，姑勿驅車急促，使日速入也。路曼曼其修遠兮，修，長也。○**補曰**：修，讀爲「筜」。句亦見遠游篇。

吾將上下而求索。言天地廣大，其路漫漫，遠而且長，不可卒也。吾方上下左右以求索賢人，與己合志者也。○補曰：索，讀爲「索」。飲余馬於咸池兮，咸池，日所浴也。總余轡乎扶桑。總，結也。扶桑，日所拂木也。淮南子言：「日出暘谷，浴于咸池，拂于扶桑，爰始將行，是謂朏明。」我乃往至東極之野，飲馬于咸池，與日俱浴，以絜己身，結我車轡于扶桑，以留日行，幸得不老延年壽。○補曰：海內東經：「湯谷上有扶桑，十日所浴。」折若木以拂日兮，若木，在昆侖西極，其華照下地。拂，擊也。○補曰：若，讀爲「叒」，即榑桑也。按大荒北經：「洞野之山，上有赤樹，青葉赤華，名曰若木，若水出焉。」王注當指此。又按：海內經：「南海之內，黑水、青水之間，有木名若木。」然皆非屈子所用。此蓋與悲回風「折若木以蔽光」同意。拂，讀爲「茀」，蔽也。聊須臾以相羊。聊，且也。須臾、相羊，皆游也。言己總結日轡，恐不能制，年時卒過，故復轉之西極，折取若木以拂擊日，使之還去。且相羊而游，以俟君命也。或謂：拂，蔽也。以若木蔽日，使不得過。○補曰：須臾，猶消搖也。相羊，猶徜徉也。前望舒使先驅兮，望舒，月御也。月體光明，以喻臣清白。○補曰：前，讀爲「歬」。後飛廉使奔屬。飛廉，風伯也。風爲號令，以喻君命。言己使清白之臣如望舒，先驅求賢，使風伯奉君命于後，以告百姓。○補曰：屬，逮也，猶隨也。鸞皇爲余先戒兮，鸞，俊鳥也。皇，雌鳳，以喻明智之士也。雷師告余以未具。雷爲諸侯，以興君。言己使仁智之士如鸞皇，先戒百官，將往適道，而君怠惰，告我嚴裝未具。吾令鳳鳥飛騰兮，又繼之以日夜。言我使鳳皇明智之士，飛行天下，以求同志，續以日夜，冀逢遇之。飄風屯其相離兮，回風曰飄。飄風，無常之風，以興邪惡。○補曰：飄風盤旋而起，即莊子所謂「羊角」。王注「無常之風」，則謂借爲「飈」也。屯，讀爲「⿱竹屯」，猶聚也。離，讀爲「麗」，實爲「丽」，猶附也。帥雲霓而來御。雲霓，惡氣，以喻佞人。御，迎也。言己使鳳皇往求同志之士，欲與俱共事君；反見邪惡之人相與屯聚，謀欲離己。又遇佞人相帥來迎，欲使我變節以隨之。○補曰：帥，讀爲「逹」，先導也。御，讀爲「訝」。紛總總其離合兮，總總，猶僔僔，聚皃也。○補曰：逸周書云：「殷政總總若風草。」班陸離其上下。班，亂皃也。陸離，分散也。言己游觀天下，但見俗人競爲讒佞，僔僔相聚，乍離乍合，上下之義，班然散亂，而不可知之也。○補曰：陸離，雙聲連語，猶參差也。吾令帝閽開關兮，帝，謂天帝也。閽，主門者。○補曰：關，橫持門户之木也。倚閶闔而望予。閶闔，天門也。言己求賢不得，嫉惡讒佞，將上愬天帝，使閽人開關，又倚天門望而拒我，使我不得入也。○補曰：闔，門扇也。左傳：「以枚數闔。」管子八觀：「閭閈不可以無闔。」説文：「楚人名門曰閶闔。」按：閶，亦門也。騷言「帝閽」，漢人因有「閶，天門」之訓，望文生義耳。時曖曖其將罷兮，曖曖，昏皃。罷，極也。○補曰：罷，讀爲「疲」。結幽蘭而延佇。言時世昏昧，無有明君，周行罷極，不遇賢士，故結芳草而長立，有還意也。世溷濁而不分兮，溷，亂也。濁，貪也。好蔽美而嫉妒。言時世昏昧，君亂臣貪，不別善惡，好蔽美德而嫉妒忠信。朝吾將濟于白水兮，濟，度也。淮南子曰：「白水出昆侖之源，飲之不死。」○**補曰**：海内東經：「白水出蜀而東南注江。」又大荒南經：「有白水山，白水出焉。」又水經：「白水出朝陽縣西，東入于淯。」皆非此白水。登閬風而緤馬。閬風，山名，在昆侖上。緤，繫也。言我見中國溷濁，則欲度白水，登神山，屯車繫馬而留止。白水絜静，閬風清明。言己修絜白之行不懈怠也。○**補曰**：閬風，即縣圃，昆侖山之中層也。忽反顧以流涕兮，哀高丘之無女。楚有高丘之山。女以喻臣。言己雖去，意不得[二]已，猶復顧念楚國無有賢臣，心爲之悲而流涕。○**補曰**：或謂高丘即高唐。亦無根據。疑仍指閬風而言。爾雅所謂三成崑侖丘也。以喻在高位之臣。溘吾遊此春宫兮，溘，奄也。春宫，東方青帝宫。折瓊枝以繼佩。繼，續也。言我遊奄然至于青帝宫，觀萬物始生，皆出于仁，復折瓊枝以續佩，守行仁義，志彌固也。○**補曰**：莊子云：「積石爲樹，名曰瓊枝，其高一百二十仞，大三十圍，以琅玕爲之實。」及榮華之未落兮，榮華，喻顔色也。落，墮也。○**補曰**：木謂之榮，草謂之華。爾雅釋草二句，傳寫誤倒。相下女之可貽。相，視也。貽，遺也。言己既修行仁義，思得同志，願及年德盛時，顔皃未老，視天下賢人，將持玉帛，聘而遺之，與俱事君也。○**補曰**：貽，當作「詒」，讀爲「遺」，實爲「饋」。詒、遺雙聲。下文「受詒」同。吾令豐隆乘雲兮，豐隆，雲師。求虙妃之所在。虙妃，神女也，以喻隱士。言我令雲師豐隆乘雲周行，求隱士清絜若虙妃者，欲與并力也。解佩纕以結言兮，纕，佩帶也。○**補曰**：纕，讀爲「囊」。吾令蹇修以爲理。蹇修，伏羲氏之臣也。理，分理，述禮意也。言既見虙妃，則解我佩帶之玉，以結言語，使古賢蹇修而爲媒理也。伏羲時淳朴，故使其臣。○**補曰**：理，讀爲「使」。使，從也，猶曰伻也。紛總總其離合兮，忽緯繣其難遷。緯繣，乖戾也，呼麥切。遷，徙也。言蹇修既持其佩帶通言，而讒人復相聚毀敗，令其意一合一離，遂以乖戾而見拒絶。言所居深僻，難遷徙也。○**補曰**：緯繣，雙聲連語，字可作「韍劃」，乖剌之意。夕歸次于窮石兮，次，舍也。再宿爲信，過信爲次。淮南子曰：「弱水出于窮石，入于流沙。」○**補曰**：歸，讀爲「饋」。次，髲髢也，周禮追師「爲副編次」之「次」。歸次，如今俗花髻，盤有結髮髲子也。下文「濯髮」猶洗耳，言其不受而示潔。王叔師以「過信」爲解，于「朝」、「夕」字難通。窮石山，在今甘肅甘州府山丹縣西南，亦名女几山，即后羿國地也。朝濯髮于洧槃。洧槃，水名也。書大傳[三]曰：「洧槃之水出崦嵫之山。」言虙妃體好清絜，暮所歸舍窮石之室，朝沐洧槃之水，遁世隱居而不肯仕。○**補曰**：北山經：「繡山，洧水出焉，東流注于河。」與鄭之溱洧別。保厥美以驕傲兮，倨簡曰驕，侮慢曰傲。○**補曰**：驕，讀爲「喬」，爲「高」。神女無夫，故曰驕傲。日康娛以淫遊。康，安也。言虙妃用志高遠，保守美德，驕傲侮慢，日自娛樂以游戲，無事君之意也。○**補曰**：康，讀爲「㝩」，安居之意。淫，浸淫不止也，放濫之意。雖信美而無禮兮，來違棄而改求。違，去也。改，更也。言虙妃雖有美德，驕傲無禮，不可與共事君，來去相棄而更求賢也。○**補曰**：信美，猶詩云「洵美且好」。無禮，猶論語云「不仕無義」也。覽相觀于四極兮，周流乎天余乃下。言我乃復往觀視四極，周流求賢，然後乃來下。○**補曰**：天之四極，亦曰四和，亦曰四游。周髀算經云：「日月運行四極之道。」又云：「欲知北極樞璿周四極。」皆指天行之東西南北言，故曰周流，非爾雅釋地之「四極」也。覽相觀，三疊字，猶詩「儀式刑文王之典」，左傳「繕完葺牆」，亦三疊。易曰：「周流六虛。」望瑶臺之偃蹇兮，偃蹇，高皃。○**補曰**：偃蹇，疊韻連語。左傳：「彼皆偃蹇。」見有娀之佚女。有娀，國名。佚，美也。謂帝嚳之妃，契母簡狄也。簡狄配聖帝，生賢子，以喻貞賢也。詩曰：「有娀方將，帝立子生商。」呂氏春秋曰：「有娀氏有美女，爲之高臺而飲食之。」言己望瑶臺高峻，睹有娀氏之美女，思得與共事君也。○**補曰**：有娀，在今山西蒲州府永濟縣。而淮南墬形訓則云：「在不周之北。」佚，讀爲「懿」也。吾令鴆爲媒兮，鴆，惡鳥也。羽有毒，殺人，以喻讒賊。○**補曰**：中山經琴鼓之山、玉山皆云，「其鳥多鴆」；瑶碧之山，有鳥「狀如雉，恒食蜚，名曰鴆」，注：「此非食虵之鴆。」鴆告余以不好。言我使鴆鳥爲媒，以求簡狄，其性讒賊，不可信用，還詐告我，言不好。雄鳩之鳴逝兮，逝，往也。余猶惡其佻巧。言又使雄鳩銜命而往，其性輕佻巧利，多語而無要實，復不可信也。心猶豫而狐疑兮，欲自適而不可。適，往也。言己令鴆爲媒，其心讒賊，以善爲惡。又使雄鳩，多言少實，故中心狐疑猶豫，意欲自往，禮又不可也。○**補曰**：猶豫，雙聲連語，不決也。與易之「由豫」，漢霍光傳之「猶與」，後漢竇武傳之「冘與」皆同。老子：「豫兮若冬涉川，猶兮若畏四鄰。」或説猶豫二獸，皆多疑。穿鑿附會。鳳皇既受詒兮，恐高辛之先我。高辛，帝嚳有天下之號也。帝繫曰：「高辛氏爲帝嚳[二三]，次妃有娀氏女生契。」言己既得賢智之人若鳳皇，受禮遺，將恐帝嚳已先我得簡狄也。○補曰：詩云：「不自我先。」欲遠集而無所止兮，聊浮游以逍遥。言己既求簡狄，復後高辛，欲遠集他方，又無所之，故且游戲觀望，以忘憂也。○補曰：浮游、逍遥，皆疊韻連語。逍遥，可作「趙邎」。及少康之未家兮，留有虞之二姚。少康，夏后相之子也。有虞，國名也，姓姚氏，舜後也。昔寒浞使澆殺夏后相，少康逃奔有虞，虞因妻以二女，而邑于緍，有田一成，有衆一旅，能布其德，以收夏衆，遂誅滅澆，復禹舊績。屈原放至遠方之外，博求衆賢，索宓妃則不肯見，求簡狄又後高辛，少康留止有虞，而得二妃，以成顯功也，是不欲遠去也。○補曰：王注洛神、簡狄皆喻賢人，獨此二姚又以喻君，究嫌牽離。朱子集注則全以爲喻君，尤非。按：佚女、二姚喻賢，高辛喻他國之君，少康喻頃襄王。時懷王留秦，太子質于齊未歸。理弱而媒拙兮，拙，鈍也。○補曰：理即「蹇修以爲理」之理。恐導言之不固。言己欲效少康留而不去，又恐媒人弱鈍，達言于君，不能堅固，復使回移。世溷濁而嫉賢兮，好蔽美而稱惡。再言「世溷濁」者，懷、襄二世不明，故羣下好蔽中正之士，而舉邪惡之人。○補曰：稱，讀爲「偁」。閨中既以邃遠兮，小門謂之閨。邃，深也。○補曰：爾雅：「宮中之門謂之闈，其小者謂之閨。」哲王又不悟。哲，知也。悟，覺也。言君處宮殿之中，其閨邃遠，忠言難通，指語不達。自明智之主尚不覺善惡之情，高宗殺孝己是也；何況不智之君，而以闇蔽，固其宜也。○補曰：尋叔師此注，是「又」字當作「猶」也。懷朕情而不發兮，余焉能忍而與此終古。言我懷忠信之情，不得發用，安能久與此闇亂之君終古居乎？意欲復去也。○補曰：攷工記：「于馬終古登阤也。」注：「齊人之言終古，猶常也。」按：楚語。

索瓊茅以筳篿兮，索，取也。瓊茅，靈草也。筳，小破竹也。楚人名結草折竹卜曰篿筳。篿音專，筳音廷。○補曰：此爲第三段起。索，讀爲「索」。瓊，俗本作「藑」，則即葍，今旋復花。非是。命靈氛爲余占之。靈氛，古明占吉凶者也。言己欲去則無所集，欲止則又不見用，憂懣不知所從，乃取神草竹筳，結而折之，以卜去留，使明知靈氛占其吉凶。曰：「兩美其必合兮，孰信修而慕之。靈氛言以忠臣而就明君，兩美必合，楚國誰能信明善惡，修行忠直，欲相慕及者乎？已宜以時去之也。○補曰：二「之」字爲韻。「兩美必合」，當是「筳篿」之繇詞。或曰以下四句，皆原問卜之詞，「曰勉」下，乃靈氛之言。亦通。思九州之博大兮，豈惟是其有女？」言我思念天下博大，豈獨楚國有君臣可止乎？曰：「勉遠逝而無疑兮，○補曰：詩云：「逝將去女。」孰求美而釋女？何所獨無芳草兮，爾何懷乎故宇？爾，女也。懷，思也。宇，居也。言何所獨無賢芳之君，何必思故居而不去也？此皆靈氛之詞。○補曰：靈氛之詞至下「申椒不芳」止。上「有女」讀本字，此「釋女」讀若「汝」。言天下有好賢之君，捨汝何求乎？時幽昧以眩曜兮，眩曜，惑亂皃。孰云察余之善[二四]惡。屈原答靈氛曰：「當時之君，皆暗昧惑亂，不知善惡，誰當察我之善情而用己乎？」是難去之意。○**補曰**：此下尚是靈氛之詞。余，余屈原也。與女嬃「孰云察余之中情」同。

民好惡其不同兮，惟此黨人其獨異。黨，鄉黨，謂楚國也。言天下萬人之所好惡，其性不同，此楚國尤獨異也。○**補曰**：黨，讀爲「攩」。黨人，朋攩之人，言讒佞也。前後文皆同。**户服艾以盈要兮，**艾，白蒿也。盈，滿也。**謂幽蘭其不可佩。**言楚人户服白蒿，滿其要帶，以爲芬芳，反目幽蘭臭惡，爲不可佩也。以言君親愛讒佞，憎遠忠直而不近也。**覽察草木其猶未得兮，**察，視也。**豈珵美之能當？**珵，美玉也。相玉書言：「珵大六寸，其曜自照。」言時人無能識臧否。觀視衆草尚不能别其香臭，豈當知玉之美惡乎？以爲草木易别於禽獸，禽獸易别於珠玉，珠玉易别於忠佞，知人最難。○**補曰**：珵，疑即「珽」字，笏也。玉笏之首，不抒者也。凡六寸，通下。玉笏，共長三尺。一説即晉語所謂「楚之白珩」。**蘇糞壤以充幃兮，**蘇，取也。充，滿也。壤，土也。幃謂之幐。幐，香囊也。○**補曰**：蘇，讀爲「穌」。糞，棄除也。周禮草人「凡糞種」，注：「凡糞，皆煮取汁也。」老子：「却走馬以糞。」注：「糞，田也。」充，讀爲「窒」，塞也，實也，滿也。充、窒雙聲字。周書糴匡：「宫不幃。」**謂申椒其不芳。**言取糞土以滿香囊，佩而帶之，反謂申椒臭而不香。言近小人而遠君子也。○**補曰**：以上皆靈氛之詞。**欲從靈氛之吉占兮，心猶豫而狐疑。**言己欲從靈氛勸去之占，則心狐疑，念楚國也。**巫咸將夕降兮，**巫咸，古神巫也，當殷中宗之世。降，下也。

○**補曰**：書序：「伊陟贊于巫咸。」説文：「古者巫咸初作巫。」又海外西經：巫咸國，「在登葆山，羣巫所從上下也」。懷椒糈而要之。椒，香物，所以降神。糈，精米，所以享神。言巫咸將夕從天上下來，願懷椒糈要之，使筮吉凶。○補曰：糈見山海經。要，讀爲「就」，實爲「造」。百神翳其備降兮，九疑繽其竝迎。翳，蔽也。繽，盛皃也。九疑，舜所葬也。言巫咸得己椒糈，則將百神蔽日來下，舜又使九疑之神紛然迎我，知己之志。○補曰：海内經：「南方蒼梧之丘，蒼梧之淵，其中有九疑山。」在今湖南寧遠縣之南，藍山縣之西南。迎，讀爲「逆」，迎也。迎、逆雙聲。「九疑」句，亦見湘夫人篇。皇剡剡其揚靈兮，皇，皇天也。剡剡，光皃。告余以吉故。言皇天揚其光靈，使百神告我，當去就吉善也。曰：勉升降以上下兮，勉，強也。上謂君，下謂臣也。○補曰：勉，彊也。求矩矱之所同。矩，法也。矱，於縛切，度也。言當自勉，上求明君，下索賢臣，與己合法度者，因與同志，共爲化也。○補曰：矩，當作「巨」，方之度也。矱，當作「蒦」，高之度也。湯禹儼而求合兮，儼，敬也。合，匹也。摯咎繇而能調。摯，伊尹名，湯臣也。咎繇，禹臣也。調，和也。言湯禹至聖，猶敬承天道，求其匹合，得伊尹、咎繇，力能調和陰陽而安天下。○補曰：調、同爲韻。學車攻詩而實誤也。車攻「佽」、「矢」、「柴」，蓋可中韻。韓非子揚權，東方朔繆諫亦皆韻「同」、「調」，又學離騷而誤。或説調皆當作「詷」，共也。存疑。苟中情其好修兮，何必用夫行媒。行媒，喻左右之臣也。言臣能中心苟好善，則精感神明，賢君自舉用之，不必須左右薦達之。○補曰：言君誠中心好善，則特達之，知不必左右爲之先容也。説操築於傅巖兮，説，傅説也。

傅巖，地名。○**補曰**：傅巖，在今山西解州平陸縣，當時高宗即以地命之氏。孟子曰：「傅説舉於版築之間。」武丁用而不疑。武丁，殷之高宗也。言傅説抱懷道德而遇刑罰，操築作于傅巖。武丁思想賢者，夢得聖人，以其形像使求之，因得説，登以爲公，道用大興，爲殷高宗。呂望之鼓刀兮，呂，太公之氏姓也。鼓，鳴也。○**補曰**：大公望，四嶽之裔。呂，氏也。姜，姓也。鼓，當作「鼓」，讀若「屬」，擊也，鳴也，與「鐘鼓」之「鼓」聲義俱別。遭周文而得舉。言太公避紂，居東海之濱，聞文王化興，盍往歸之，至於朝歌，道窮困，自鼓刀而屠，遂西釣于渭濱[二五]。文王夢得聖人，于是出獵而遇之，遂載以歸，用爲師。○**補曰**：孟子云：「聞文王化興，曰：『盍歸乎來？』」化，今本誤爲「作」。甯戚之謳歌兮，甯戚，衛人。齊桓聞以該輔。該，備也。甯戚，修德不用，退而商賈，宿齊東門外。桓公夜出，甯戚方飯牛，叩角而歌，桓公聞之，知其賢，舉用爲卿，備輔佐也。○**補曰**：呂覽高注謂「戚所歌乃詩碩鼠之詞」，而劉向别録有「出東門兮厲石斑」七韻，别有「南山矸白石爛」六韻，又有「滄浪之水白石粲」六韻，皆不類春秋人語。該，讀爲「晐」，實爲「葡」，具也。輔，讀爲「俌」。及年歲之未晏兮，晏，晚也。時亦猶其未央。央，盡也。言己所以汲汲欲輔佐君者，冀及年未晏晚，以成德化，然年時亦未盡，若三賢之遭遇也。○**補曰**：詩云：「夜未央。」恐鵜鴂之先鳴兮，鵜鴂，一名買鶬，常以春分鳴也。鵜音題，鴂音決。○**補曰**：鵜，讀爲「巂」，子規也，莫春始鳴，若云「不如歸去」。鴂，讀爲「鵙」，伯勞也，五月始鳴，應陰而殺物，賊害之鳥也。二鳥皆過春而鳴，故曰「百草不芳」。漢書揚雄傳反騷作「鷤鴂」，師古注亦以爲一鳥。皆失之。鷤、鶗、巂雙聲，鴂、鴃雙聲，鴂、鴃疊韻。**使夫百草爲之不芳。**言我恐鶗鴂以先春分鳴，使百草華英摧落，芬芳不成，以喻讒言先，使忠直之士被罪過也。**何瓊佩之偃蹇兮，**偃蹇，衆盛皃。○**補曰**：偃蹇，疊韻連語，前訓高，此訓衆盛。皆是也。**衆薆然而蔽之。**言我佩瓊玉，懷美德偃蹇，而衆人薆然而蔽之，傷不得施用也。○**補曰**：薆，當作「僾」，蔽不見也。爾雅釋言：「薆，隱也。」詩静女：「僾而不見。」毛本借「愛」。**惟此黨人之不亮兮，**亮，信也。○**補曰**：亮，當作「倞」，讀爲「諒」。**恐嫉妒而折之。**言楚國之人，不尚忠信之行，恐妒我正直，欲必折挫而敗也。**時繽紛其變易兮，又何可以淹留？**言時俗溷濁，善惡變易，不可以久留，宜速去也。○**補曰**：淹，讀爲「倓」，安也。**蘭芷變而不芳兮，荃蕙化而爲茅。**荃、蕙，皆香草也。言蘭芷之草，變其體而不復香，荃蕙化而爲茅，失其本性也。以言君子更爲小人，忠信更爲佞僞。○**補曰**：化，讀爲「匕」。茅，菅也。**何昔日之芳草兮，今直爲此蕭艾也？**言往昔芬芳之草，今皆直爲蕭艾而已。以言往日明智之士，今皆佯愚。○**補曰**：蕭，蒿也。艾，冰臺也。**豈其有他故兮，莫好修之害也。**言士人所以變直爲曲者，以上不好用忠信[二六]之人，害其善士之故。**余以蘭爲可恃兮，**蘭，懷王少弟司馬子蘭也。恃，怙也。○**補曰**：蘭只是香草，非有指斥。子蘭正是上官大夫、靳尚一流人，豈當在衆芳之列？**羌無實而容長。**實，誠也。言我以子蘭能進賢達能，可怙而進，不意内無誠信之實，但有長大之皃，浮華而已。○**補曰**：蘭不實。委厥美以從俗兮，委，棄也。苟得列乎衆芳？言子蘭棄其美質正直之性，隨從諂佞，苟欲列于衆賢之位，而無進賢之心也。○**補曰**：此節只是一意，即前文所謂「哀衆芳之蕪穢」也，言蘭既「委厥美以從俗」，是虚有國香之名，苟且列于芳草而已，不足貴也。疑指昭睢一人。椒專佞以慢謟兮，椒，楚大夫子椒也。諂，淫也。○**補曰**：椒亦祇是香木，非有指斥，泛謂衆賢之晚節不終者耳。慢，隋也。謟，當作「慆」，讀爲「滔」，慢也。詩云：「天降慆德。」左傳云：「天道不謟。」榝又欲充夫佩幃。榝，茱萸也，似椒而非，以喻子椒似賢而非賢也。幃，盛香之囊也，以喻親近。言子椒爲楚大夫，處蘭芷之間，而行淫慢佞〔二七〕諛之志，又欲援引面從不賢之類，皆使居親近，無有憂國之心。責之也。○**補曰**：榝，一名藙，今吴茱萸也，與山茱萸小異。既干進而務入兮，干，求也。○**補曰**：干，讀爲迀。又何芳之能祗？祗，敬也。言子蘭、子椒苟欲求進，自入于君，身得爵禄而已，復何能敬愛賢者而舉之乎？固世俗之從流兮，又孰能無變化？言時世俗人隨從上化，若水之流。二子復以諂諛之行，衆人誰有不變節而從之者乎？疾之甚也。○**補曰**：禮記射義曰：「不從流俗。」化，讀若「貨」，借爲「匕」也。覽椒蘭其若兹兮，又況揭車與江蘺？言觀子椒、子蘭變節若此，豈況朝廷衆臣，而不爲佞媚以容其身邪？○**補曰**：書云：「卜陳惟若兹。」蘺讀若羅。惟兹佩之可貴兮，委厥美而歷兹。歷，逢也。兹，此也。言己内行忠正，外佩衆芳，此誠可貴，兹不遭明君，棄其至美而逢此咎也。○**補曰**：上「委厥美」是自棄其美，此

「委厥美」是人棄其美。芳菲菲而難虧兮，虧，歇也。芬至今猶未沬。沬，已也。言己所行芬芳誠難[二八]虧歇，至今猶未已也。○補曰：沬，讀爲「㪚」，香將已而漸少也。或曰：讀爲「弭」，止也。弭、沬雙聲字。和調度以自娱兮，聊浮游而求女。言我雖不見用，猶和調己之行度，執守忠貞以自娱樂，且徐浮游以求同志。及余飾之方壯兮，周流觀乎上下。上謂君，下謂臣也。言我願及年德方盛壯之時，周流四方，觀君臣之賢，欲往就之。○補曰：上謂天，下謂地，即上文所謂「勉升降以上下」也。或曰：觀亦示也。靈氛既告予以吉占兮，歷吉日乎吾將行。言靈氛既告我以吉占，歷善日吾將去君而遠行。折瓊枝以爲羞兮，羞，脯也。精瓊爢以爲粻。爢音糜，粻音張。精，鑿也。爢，屑也。粻，糧也。言我將行，乃折瓊枝以爲脯腊，精鑿玉屑以爲儲糧，飲食香絜，冀以延年也。○補曰：爢，讀爲「䊳」。爲余駕飛龍兮，襍瑶象以爲車。象，象牙也。言我駕飛龍，乘明知之獸，載象玉之車，文章錯襍，以言德似龍玉，而世俗莫識也。○補曰：周禮廋人云：「馬八尺以上爲龍。」禮記月令：「駕蒼龍。」何離心之可同兮，吾將遠逝以自疏。言賢愚異心，何可合同？知君與己殊志，故將遠去自疏而流遁也。○補曰：離，讀爲「冎」。邅吾道夫崑崙兮，邅，轉也。楚人名轉爲邅。○補曰：邅，當作「䞘」，趁也，或作「儃」，運轉也。西山經云：「崑崙之丘，實惟帝之下都。」在今甘肅塞外西域有三山，一名阿克坦齊禽，一名巴爾布哈，一名巴顏喀拉，總名枯爾坤。枯爾坤者，譯言即崑崙也。禹貢：「崑崙、析枝、渠搜。」路修遠以周流。言己設去楚國遠行，乃轉至昆侖神明之山，其路長遠，周流天下，以求同志。揚雲霓之晻藹兮，揚，披也。晻藹，蓊鬱，陰皃。○補曰：揚，讀爲「昜」，開也。鳴玉鸞之啾啾。鸞，鸞鳥也，以玉作之，著於衡。和，著於軾。啾啾，鳴聲。言從昆侖將遂升天，披雲霓之蓊鬱，排羣佞之黨羣，鳴玉鸞之啾啾而有節度也。○補曰：鸞，讀爲「鑾」，鈴也。韓詩外傳曰「在衡」，詩烈祖箋曰「在鑣」，漢書司馬相如傳注曰「在軓」。朝發軔于天津兮，天津，東極箕斗之間，漢津也。○補曰：天津，九星在虛危之北，横天河中，亦曰天漢，亦曰漢津。蔡邕有漢津賦，此疑借以言楚之漢水也。漢水，今名東漢水，出陝西寧羌州北境嶓冢山，東流至湖北漢陽縣漢口，而合岷江，與出甘肅秦州嶓冢山今名西漢水者别。夕余至乎西極。言己朝發天之東津，萬物所生，夕至地之西極，萬物所成，動順陰陽之道且亟疾也。○補曰：説文：「汃，西極之水也。」爾雅曰：「西至汃國，謂四極。」今本爾雅釋地作「邠國」。文選上林賦注作「豳國」，皆非。海外東經：「帝命豎亥步自東極，至於西極，五億十選。」西極、西皇、西海，疑皆喻秦。時六國昏弱，惟秦爲强，游説之士多歸之。然於楚爲仇，義不容往。鳳皇翼其乘旂兮，翼，敬也。旂，旗也。畫龍虵爲旂。○補曰：周禮司常：「交龍爲旂。」爾雅釋天：「有鈴曰旂。」按：帛上畫兩龍，旂耑箸衆鈴者謂之「旂」，與畫熊虎之「旗」，聲義皆别。此句亦見遠游篇。高翱翔之翼翼。翼翼，和皃也。言己動順天道，則鳳皇來隨我車。敬承旂旗，高飛翱翔，翼翼而和，嘉忠正、懷有德也。○補曰：翼一上一下曰翱，直刺不動曰翔。忽吾行此流沙兮，流沙，沙流如水也。尚書曰：「餘波入於流沙。」○**補曰**：流沙，在今甘肅嘉峪關外，安西州敦煌縣西境白龍堆之西。大荒西經：「西南海之外，流沙出焉。」又海内經：「流沙出鍾山西行，又南行昆侖之墟。」穆天子傳四：「牥牛二百以行流沙。」遵赤水而容與。遵，循也。赤水，出昆侖。容與，游戲皃也。言吾行忽然過此流沙，遂循赤水而游戲，雖行遠方，動以清潔自洒飾也。○**補曰**：海内西經：「赤水出昆侖之東南隅。」又：「流沙之濱，赤水之後，黑水之前，有大山名曰昆侖之邱，其下有弱水之淵環之。」又大荒南經郭注曰：「赤水出昆侖山，流極于氾天之山。」又穆天子傳：「宿于昆侖之阿，赤水之陽。」注：「赤水東北流。」容與，雙聲連語，猶夷猶也。麾蛟龍使梁津兮，舉手曰麾。小曰蛟，大曰龍。○**補曰**：麾，當作「摩」，楚詞守志注云：「龍無角曰蛟。」抱朴子云：「母龍曰蛟。」按：蛟一角，乳于山而伏于淵，其卵自孕也。又廣雅云：「有鱗曰蛟龍，有翼曰應龍。」梁，水橋也。津，濟渡處也。詔西皇使涉予。詔，告也。西皇，帝少皞也。涉，渡也。言我乃麾蛟龍以橋西海，使少皞渡我，動與神獸聖王相接。言能渡萬人之厄。○**補曰**：詔，當作「誥」，讀爲「告」，秦時始造「詔」字，以當「誥」，爲上告下之義。路修遠以多艱兮，艱，難也。○**補曰**：凡用「難」者，乃「艱」之借字。騰衆車使徑待。騰，過也。言昆侖之路險阻多難，非人所能由。故令衆車先使從邪徑以相待也。以言己所行車遠莫能及。○**補曰**：騰，奔馳也。路不周以左轉兮，不周，山名，在昆侖山西北。轉，行也。○**補曰**：路，讀爲「絡」，猶繞也。大荒西經云：「有山而不合，名曰不周負子。」西山經：「不周之山，東望泑澤，河水所潛也。」是「周」字當讀爲「舟」。轉，運也，移也，徙也。指西海以爲期。指，語也。期，會也。言己使語衆車，我所行之道，當過不周山而左行，俱會西海之上也。過不周者，言道不合于俗。左轉者，言君行左乖，不與己同志也。○**補曰**：詩云：「秋以爲期。」指，手語也。屯余車其千乘兮，屯，陳也。○**補曰**：屯，讀爲「陬」。齊玉軑而並馳。軑音大，轄也。言乃屯陳我車，前後千乘，齊以玉爲車轄，並馳左右，從己者衆，皆有玉德，宜輔千乘之君。○**補曰**：方言云：「輪，韓楚之閒謂之軑。」說文云：「軑，車輨也。」詩節南山疏及廣韻皆引說文作「車轄」也。按：輨者，轂外之金；轄者，軸耑之鍵。疑訓「輪」近是。駕八龍之婉婉兮，婉婉，龍皃。○**補曰**：劉向九歎用易「六龍」。非是。載雲旗之委移。言己駕八龍神知之獸，其狀婉婉，又載雲旗委移而長也。駕八龍者，言己德如龍，可制御八方也。載雲旗者，言己德如雲雨，能潤施也。○**補曰**：委移，雙聲連語，猶旖施也，旗皃。二語亦見遠游篇。抑志而弭節兮，神高馳之邈邈。邈邈，遠皃也。言己雖乘雲龍，猶自抑案，弭節徐行，高抗志行，邈邈而遠，莫能逮及。○**補曰**：爾雅：「邈邈，悶也。」奏九歌而舞韶兮，九歌，九德之歌，禹樂也。韶，舜樂也。尚書曰「簫韶九成」是也。○**補曰**：大荒西經云：「開焉得始歌九招。」郭注：「竹書曰：『夏后開舞九招也。』」韶，當讀爲「招」。九招，亦天帝樂名，非舜樂。聊假日以媮樂。言己德高智明，宜輔舜、禹，以致太平，奏九德之歌，九韶之舞，而不遇其時，故假日遊戲媮樂而已。○**補曰**：假，讀爲「叚」，借也。論語云：「假我數年。」陟升皇之赫戲兮，皇，皇天也。赫戲，光明皃。○**補曰**：莊子秋水篇云：「跐黃泉而登大皇。」或疑水經濟水注「三皇山，亦名三室山」，即海内南經之「三天子鄣山」也，在今安徽徽州府歙縣。升，亦陟也。赫戲，猶嶮巇也，雙聲連語。忽臨睨夫舊鄉。睨，視也。舊鄉，楚國也。言己雖陟〔二九〕昆侖，過不周，度西海，舞九韶，升天庭，據光曜，不足以解憂。猶復顧楚國，愁且思也。○**補曰**：禮記云：「睨而視之。」僕夫悲余馬懷兮，僕，御也。懷，思也。○**補曰**：詩云：「我馬瘏矣，我僕痡矣。」蜷局顧而不行。蜷局，詰屈不行皃也。屈原設去時離俗，周天匝地，意不忘舊鄉，望見楚國，僕御悲感，我馬思歸，蜷局詰屈，而不肯行。此終志不失，以詞自見，以義自明也。○**補曰**：蜷，當作「卷」，或作「觠」，作「韏」，局曲也，亦雙聲連語。亂曰：亂，理也，所以發理詞指，總撮行要也。屈原舒肆憤懣，極意陳詞，或去或留，文采紛華，然後結括一言，以明所趣。○**補曰**：亂，終也。禮記：「復亂以武。」論語云：「關雎之亂。」已矣哉，國無人莫我知兮，已矣，絶望之詞也。無人，謂無賢人也。屈原言「已矣」者，我懷德不見用，以楚國無有賢人知我忠信之故也。自傷之詞也。○**補曰**：詩北門云：「已焉哉，天實爲之，謂之何哉？」論語云：「已矣乎，吾未見好德如好色者也。」左傳云「國有人焉」，又「朝無人焉」，又「子毋謂秦無人」。論語云：「莫我知也夫。」又何懷乎故都？言衆人無有知己，已復何爲思故鄉，念楚國也？既莫足與爲美政兮，吾將從彭咸之所居。言時世人君無道，不足與共行美德善政，我將自沈汨淵，從彭咸而居處也。○**補曰**：美政，猶前文所云「靈修」也。論語云：「『何如斯可以從政矣？』子曰：『尊五美。』」居，讀爲「尻」，處也。

【校勘記】

[一]「原自」二字，文選汲古閣本無。

[二]「將」，原作「之」，據文選汲古閣本改。

[三]「或」，文選汲古閣本作「惑」，二字通。

[四]「徑」，原作「經」，據文選汲古閣本改。

[五]「彼」，原作「披」，據文選汲古閣本改。

[六]「齌」，原作「齋」，據説文當作「齌」，故改。

[七]「既」字原脱，據文選汲古閣本補。

[八]「樹」，文選汲古閣本作「蒔」。

[九]「抶」，原作「扶」，據左傳改。

[一〇]「去」，文選汲古閣本作「棄」。

[一一]「已」，原作「以」，據文選汲古閣本改。

[一二]「獨」字上文選汲古閣本有「吾」字。

[一三]「心志」，原作「士心」，據文選汲古閣本改。

［一四］「還」，原作「遠」，據文選汲古閣本改。
［一五］「薦」，原作「爲」，據文選汲古閣本改。
［一六］「家臣」下原衍一「衆」字，據文選汲古閣本删。
［一七］「前」字疑衍。
［一八］「性善」，文選汲古閣本作「信義」。
［一九］「的」，文選汲古閣本作「曉」。
［二〇］「望日所」，原作「日所望」，據文選汲古閣本改。
［二一］「得」，文選汲古閣本作「能」。
［二二］「書大傳」，文選汲古閣本作「禹大傳」。
［二三］「譽」字原脱，據文選汲古閣本補。
［二四］「善」，文選汲古閣本作「美」。
［二五］「濱」字原脱，據文選汲古閣本補。
［二六］「忠信」，文選汲古閣本作「忠正」。
［二七］「佞」，文選汲古閣本作「諂」。
［二八］「誠難」二字原脱，據文選汲古閣本補。
［二九］「陟」，原作「涉」，據文選汲古閣本改。

自識

離騷一百八十韻，金相玉式，豔溢錙豪，爲後世詞章之祖，荀卿賦篇，瞠乎莫逮，所謂智者創物也。有複句，如「紛總總其離合」、「心猶豫而狐疑」、「世溷濁而不分兮，好蔽賢而嫉妬」、「世溷濁而嫉賢兮，好蔽美而稱惡」是也。有複調，如「願竢時乎吾將刈」、「延佇乎吾將反」、「歷吉日乎吾將行」、「雖九死其猶未悔」、「覽余初其猶未悔」、「雖解體吾猶未變」、「孰云察余之中情」、「孰云察余之善惡」、「聊須臾以相羊」、「聊浮游以逍遥」、「聊浮游以求女」、「日忽忽其將暮」、「時曖曖其將罷」、「及榮華之未落」、「及年歲之未晏」、「及余飾之方壯」是也。有複字，如「朝夕」凡六見，「靈修」三見，「好修」五見，「前修」兩見，「修遠」三見，「衆芳」二見，「偷樂」二見，「幽昧」二見，「嫉妒」三見，「抑志」二見，「弭節」二見，「前聖」二見，「淹涕」、「流涕」三見，「余馬」三見，「陸離」二見，「反顧」三見，「中情」三見，「余情」、「朕情」三見，「芳菲菲」二見，「九歌」二見，「保厥美」、「委厥美」三見，「淫游」二見，「康娱」二見，「葅醢」二見，「湯禹儼」二見，「繩墨」二見，「浮游」二見，「鬱邑」二見，「延佇」二見，「吾令」六見，「繽紛」二見，

「歷兹」二見，「世俗」三見，「瓊枝」二見，「偃蹇」二見，「遠逝」二見，「周流」三見，「雲霓」二見，「鸞皇」、「鳳皇」、「鳳鳥」四見，「發軔」二見，「求索」二見，「上下」四見，「亦何傷」二見，「多艱」二見，「度」字四見，「憑」字二見，「姱」字三見，「溘」字三見，「羌」字二見，「佩」字八見，「謇」字四見是也。有長句，「苟余情其信姱以練要兮」是也。又文選汲古本，凡「世」字、「民」字多以「時」字、「人」字易之，蓋依唐本避諱也。道光丁未十月，養疴居内，日卧誦屈賦，間起讀王叔師注，有不溉于心者，忘其弇陋，輒爲補訂如左。元和朱駿聲豐芑甫識。

屈赋微

目録

屈賦微卷下

前言

屈賦微者，清馬其昶（一八五五—一九三〇）所作。其昶字通伯，晚號抱潤翁，安徽桐城人。幼耽古文辭，師事同邑吴汝綸、張裕釗，主講廬江、潛川書院，後又任教桐城中學堂、師範學堂。三十以前治古文辭，三十以後治羣經，尤邃易、詩、書。易宗費氏，詩宗毛氏，書宗大傳，旁列衆説，折衷去取，潛思而通其故，往往獲創新。爲文簡淡，世稱爲桐城學派末期巨擘。清末宣統庚戌（一九一〇），始就學部聘，任編纂。入都後，隨衆引見，遂授學部主事。入民國後，癸丑（一九一三），主安徽高等學堂。甲寅（一九一四），主安徽法政校務兼備員參政。丙辰（一九一六），應清史館總纂之聘，日疲撰述，積勞成疾，乃還桐城。越三年，己巳年末（一九三〇），卒於家中，年七十五。其昶著述頗豐，已刊者有抱潤軒文集十卷，重定周易費氏學八卷首末各一卷，詩毛氏學三十卷，中庸篇義一卷，三經誼詁三卷，禮記節本六卷，老子故二卷，莊子故八卷，桐城耆舊傳十九卷附列女傳一卷，左忠毅公年譜定本二卷，金剛經次詁一卷，桐城古文集略十二卷；未刊者有尚書誼詁八卷，桐城文録七十六卷及抱潤軒續集，抱潤軒尺牘，抱潤軒筆記，抱潤軒詩鈔等；與修清史稿，撰儒林傳，文苑傳。事載陳祖壬馬先生年譜，陳三立學部主事桐城馬君墓志銘、王樹楠桐城馬通伯先生墓志銘、錢基博現代中國文學史。

是書凡二卷，上卷含離騷、九歌、天問，下卷含九章、遠遊、卜居、漁父、招魂。卷首自叙稱，其所輯録者，皆屈子所作。采王夫之説，以爲九歌末篇禮魂無神可祀，似不得獨立成篇，乃「前十篇所通用」者，故九歌祇十篇。適合班志「屈原賦二十五篇」之數。據史遷傳贊「讀離騷、天問、招魂、哀郢，悲其志」，遂以招魂亦爲屈子所作。

馬氏於序中反復審辨屈子之死，以爲「志定於中，而從容以見於文字，彼有以通性命之故矣」，「太虚不毁，彼其浩然者，自磅礴而長存，吾又未見屈子之果爲死也」，屈子爲國而死，其精神得以長存天地之間。又稱古來真知屈子之文者蓋寡，乃「發其旨趣，務使節次瞭如秩如」，而「人之讀之者，其益可以興起而決然祛其疑惑」云。

馬氏注屈，徵自東京叔師以下五十餘家，有注楚辭全本者，漢王逸楚辭章句、宋洪興祖楚辭補注等是也；有注單篇者，宋錢杲之離騷集傳、清毛奇齡天問補注等是也；有注字音者，宋陳第屈宋古音義、清方績屈子正音等是也；有解字義者，清孫詒讓楚辭王逸注札迻等是也；有考異者，清孫志祖楚辭考異等是也；有釋名物者，宋吴仁傑離騷草木疏是也；有闡章旨者，清陳本禮屈辭精義等是也；除注楚辭之專書外，亦有摘自其他著述者，唐司馬貞史記索隱、宋王觀國學林、清張惠言七十家賦鈔、曾國藩求闕齋讀書録、張文虎舒藝室餘筆等是也。

馬氏旁列衆説，加以剪裁，若同時引用多家之説，則依時代先後排比，倘諸家無愜於己心，則於「其昶案」下自爲新解。如，離騷「夫何煢獨而不予聽」，王逸曰：「煢，孤也。」錢澄之曰：「上『余』字爲原言也；下『予』字，女嬃自指。」姚鼐曰：「以上設爲女嬃辭。」其昶案：「懼其婞直取禍，所謂垂涕泣而道之也。」馬氏僅取王逸釋「煢」字之義，因王注以「予」爲屈原自指，「言世俗之人，皆行佞僞，相與朋黨，並相薦舉。忠直之士，孤煢特獨，何肯聽用我言而納受之也」，不切於心，故馬氏裁之，改引錢澄之及姚鼐之說，然猶未盡其義，故加己之案語，直白女嬃一片苦心。原姊尚且不解，遑論世人，更見黑白顛倒，愚智不分，「舉世皆濁我獨清，舉世皆醉我獨醒」，如此則章旨甚明。

馬氏博采衆善，取其精要，汰其雜蕪，取捨之間，亦可見其學識。引叔師之說最多，達三百餘條，王逸楚辭章句考據經義，最爲精密，誠爲文字訓詁之淵藪，禮儀文獻之典型，古今凡治楚辭者莫不視爲圭臬。又引洪興祖楚辭補注兩百餘條，朱熹楚辭集注及王夫之楚辭通釋各百餘條。洪興祖補注資料豐富，考證詳實，補章句之闕略，正其偏頗謬誤，馬氏多引之。如，離騷「朕皇考曰伯庸」，章句僅注「朕，我也」，過於簡略，馬氏全引補注：「蔡邕云：朕，我也。古者上下共之，咎繇與帝舜言稱『朕』，屈原曰『朕皇考』。至秦獨以爲尊稱，漢遂因之。」以明「朕」義之演變。朱熹集注，集前人之注，又補王、洪所闕者，如，九章惜誦「所非忠而言之兮」，「所」字，王、洪皆未注，馬氏引朱注云：「所者，誓詞。」惜往日「屬貞臣而日娭」，引朱注：「娭，所謂逸於得人也。」娭，洪氏訓嬉，朱子說「逸於得人」，非嬉娛也。又，朱子爲理學集大成者，善發論議，闡發微旨，頗爲深切。天問：「明明闇闇，惟時何爲？陰陽三合，何本何化？」引朱注云：「天者，理而已矣。是爲陰陽之本，而其兩端循環不已者，爲之化焉。」王夫之通釋，字詞注釋簡明，善於闡發微言大義，又其論楚辭時地、旨意及結構等，時有創獲，成一家之言。除字詞解釋外，馬氏采其說九歌之作（已見前文），又引其天問題解：「原以造化變遷，人事得失，莫非天理之昭著，故舉天之不測不爽者，以問憯不畏明之庸主具臣，是爲天問，而非問天。篇內事雖雜舉，而自天地、山川，次及人事，追述往古，終之以楚先，未嘗無次序存焉。而要歸之旨，則以有道而興，無道則喪，黷武忌諫，耽樂淫色，疑賢信姦，爲廢興存亡之本。原諷諫之心，於此而至，抑非徒渫憤抒愁已也。」據此以說天問結構，得提綱挈領之妙。

馬氏徵引他家之說，或有數十條，乃至一善者，亦必取之，錢澄之、吴汝綸、毛奇齡、戚學標、王念孫、姚鼐、龔景瀚、李光地、吴仁傑、錢杲之等是也。馬氏根據各家注本的特點，擇其優而舍其非。注古音者，「一本說文，諧聲依宋吴才老，明陳季立，國朝顧亭林、戚隺泉、姚秋農、安古琴、苗先麓諸家所訂」。如離騷「夕攬洲之宿莽」，注：「古音姥。」或據陳第屈宋古音義：「音姥。古『馬』亦音姥。二字義異而音同。漢有馬何羅者，明德皇后惡其先有叛，以『莽』易『馬』，改字不改音也。」因古書異文以定古音，馬氏采之。陳第開啓明清古音學之先河，屈宋古音義爲研習楚辭古音者必讀之作。訓詁字義者，如離騷「五子用失乎家巷」，引王引之：「巷，讀孟子『鄒與魯鬨』之『鬨』，字亦作『閧』。呂覽『相與私閧』，高誘注：『閧，鬭也。』逸周書云：『五子忘伯禹之命，胥興作亂。』所謂家鬩也。五子，即五觀。楚語云：『堯有丹朱，舜有商均，啓有五觀，湯有太甲，文王有管蔡。是五王者，皆元德也，而有姦子。』竹書：『帝啓十年，巡狩，舞九招於大穆之野。十一年，放王季子武觀於西河。』墨子引五觀，亦言『啓淫泆康樂於野』。是五觀之作亂，實啓有以開之。」其説泰山不移。王引之宗漢師經訓，精於文字聲音訓詁考據，於舊注多所駁斥。王逸此處解「家巷」爲「家居閭巷」，失之，馬氏不取，改引「家鬩」之説。又，釋章旨者，離騷篇末「亂曰」，引龔景瀚：「『莫我知』，爲一身言之也。『莫足與爲美政』，爲宗社言之也。世臣與國同休戚，苟己身有萬一之望，則愛身正所以愛國，可以不死也；不然，其國有萬一之望，國不亡，身亦可以不死。至『莫足與爲美政』，而望始絶矣。既不可去，又不可留，計無復之，而後出於死。一篇大要，『亂』之數語盡之。太史公於其本傳終之曰：『其後楚日以削，數十年，竟爲秦所滅。』言屈子之死得其所也。是能知屈子之心者也。」龔景瀚離騷箋説章節大义，使篇章脉絡井然如絲聯繩貫，馬氏多節取其説以釋章旨。

馬氏案語百餘條，其訓詁字義，亦旁徵經義，反復詳審。如釋離騷「憑不厭乎求索」，云：「憑與馮同。漢書注：『馮，貪也。』言其貪求不知厭足。」馮之訓滿、訓怒，其義皆通。又，釋天問「中央共牧后何怒」云：「史記：『召公、周公二相行政，號曰共和。』竹書紀年：『共伯干王位。』沈約注云：『大旱既久，廬舍俱焚，卜於太陽，兆曰：厲王爲祟。周公、召公乃立太子靖，共和遂歸國。』魯連子亦云：『共伯，名和，好行仁義，厲王奔彘，諸侯奉王子靖爲宣王，而共伯復歸國於衛。』史記不言共伯和，特所記詳略有異，其爲諸侯共治則一也。故曰『中央共牧』。怒，即指厲王爲祟之事。痛懷王客死於秦，亦猶厲王之死於彘也。」引竹書紀年補史記之闕，其説可參。又，卜居「絜楹」云：「絜楹，猶言雕楹。春秋『丹桓公楹』，穀梁傳：『丹楹，非禮也。』漢書云：『周室衰，禮法壞，諸侯刻桷丹楹。』此言潔清者不受飾，若絜楹，則隨俗爲美觀，故王逸注曰『順滑澤也』。」馬氏言他人所未言。其解析文意，「發其旨趣」，欲使讀者「真知其文」，多闡釋屈賦微言大義。如，釋離騷「帝高陽之苗裔兮」云：「同姓之臣，義無可去，死國之志，已定於此。」釋屈原之死，爲全文立綱。又，知人論世，考證於史，釋九章哀郢「方仲春而東遷」云：「秦在楚之西，楚屢被秦兵，則當時之轉徙避難者，必東遷江夏。疑此是懷王三十年陷秦時事，故有天命靡常之感。」

雖集衆家所長，屈賦微亦不免有疏漏之處。馬氏於古音之學未精，舉凡説解音韻者多非其義。如，離騷「佩」字云：「古音疲。」案：佩，古入之部；皮，古入歌部。二字不同音。又，「晦」字云：「古畝字，音米。」案：晦，古入之部；米，古入脂部。二字不同音。類此者舉不勝舉。其解字，疏於詳審。如離騷「汝何博謇而好修兮」云：「其昶案：博謇，謂謇諤之甚。」謇，寋字之借。叔師以「博謇」釋「博采」，至確，不當解爲「謇諤」。又，惜誦：「衆駭遽以離心兮，又何以爲此伴也；同極而異路兮，又何以爲此援也。」引王逸注「伴，侣也」，及洪興祖注「援，救助也」。此爲望文生訓，未達古義。俞樾讀楚辭有解：「伴、援，本疊韻字。詩皇矣篇『無然畔援』，鄭箋云：『畔援，猶拔扈也。』……屈子疾時人之跋扈，故以伴、援譏之。一則曰『又何以爲此伴也』，再則曰『又何以爲此援也』。文異而義實同，亦猶風人之詞分爲三章、四章，而無異義也。」俞氏以爲「伴、援」本連語，足破千古之惑，然馬氏未取其説，仍從舊注，落入今文解經之蔽。其釋旨，亦有牽强附會之處。如釋思美人「獨歷年而離愍兮，羌馮心猶未化」云：「懷王十七年，怒伐秦，秦大破楚師於丹陽……明年，秦割漢中地與楚和。王曰：『不願得地，願得儀而甘心焉。』故曰『馮心未化』。」釋「寧隱閔而壽考兮，何變易之可爲」云：「懷王十八年，儀至，囚之。賂鄭袖免，因以連横説王。是時，原使於齊，反，諫曰：『何不殺儀？』王悔之不及。隱閔壽考，謂飲恨終身。變易，謂復與秦和。」釋「知前轍之不遂兮，未改此度」云：「懷王二十年，齊湣王惡楚之與秦合，乃遺楚書，於是懷王竟不合秦，是『知前轍之不遂』也。二十四年，又倍齊而合秦，秦來迎婦。至是三次與秦合，故曰『未改此度』。」馬氏考之於史，其志可嘉，然此段當與離騷「寧溘死以流亡兮，余不忍爲此態也。鷙鳥之不群兮，自前世而固然。何方圜之能周兮，夫孰異道而相安。屈心而抑志兮，忍尤而攘詬。伏清白以死直兮，固前圣之所厚」義同，乃屈原自述己執志剛厲，内守清白之性，不與世同流合污。馬氏附會於楚國史事，唯微言大義是求，而失之牽强。然此亦大醇小疵，未足掩其精，其注釋旁徵衆善，折衷己意，由博反約，仍不失爲清代研究楚辭之名作。

屈賦微一書，有光緒三十一年（一九〇五）年稿本，存美國哈佛大學燕京圖書館；光緒三十二年（一九〇六）刊集虚草堂本，國家圖書館有藏本；一九六六年廣文書局據民國十五年（一九二六）舊本影印本及二〇〇九年安徽大學整理馬其昶著作三種。此次整理，以集虛草堂本爲底本，正文以補注及集注爲校本，引文又參考楚辭通釋、山帶閣注楚辭、屈子正音等書。如離騷「折若木以拂日兮」下，引洪興祖楚辭補注：「山海經：『南海之內，黑海之間，有木名曰若木。』」黑海，補注及山海經皆作「黑水」，據改。九章哀郢「淼南渡之焉如」，引朱熹：「淼，混漾無涯也。」混，據集注改作「滉」。若兩可者，則不出校。如離騷「何桀紂之猖披兮」，「猖披」，補注同，集注作「昌被」。猖披、昌被義同，踉蹌貌。如惜誦「忠何辜以遇罰兮」，辜，集注同，補注作「罪」。辜，罪也。又，馬氏徵引他家注説多加裁剪，如離騷「雖體解吾猶未變兮」句下，引王夫之：「此上原述己志已悉，以下復設爲愛己者之勸慰，以廣言之。明己悲憤之獨心，人不能爲謀，神不能爲決也。」「以下」，通釋原作「自女嬃以下至末」，「勸慰」下原有「及鬼神之告以廣言之」，「明己」原作「言己」，不礙於文義，皆不出校。屈賦微旨幽邃，余駑鈍之人，學識未精，標點校記，或有不當之處，祈請博雅君子不吝賜教，正其疏誤。

李鳳立

自叙

叙曰：漢藝文志：「屈原賦二十五篇。」王逸楚辭章句：離騷一，九歌二，天問三，九章四，遠遊五，卜居六，漁父七，九辯八，招魂九，大招十。其篇第與釋文互異，皆不以作者先後次序。釋文次宋玉九辯於九歌前，王逸既以招魂屬宋玉，大招屬屈原，而又次大招於後。太史公明言「讀離騷、天問、招魂、哀郢，悲其志」，則招魂爲屈原作，固然無疑。逸乃以大招當之，誤矣。洪興祖則斷自漁父以上爲屈賦，以符漢志二十五篇之數，朱子集注一承用其說。蓋九章九篇，九歌十一篇。九者，數之極，故凡甚多之數皆可以「九」約之，文不限於九也。王船山先生說，九歌前十篇，皆有所專祀之神，至禮魂則送神之曲，爲前十篇所通用。然則禮魂各坿前篇之末，不自爲篇數。今定自離騷至漁父二十四篇，入招魂一篇，凡二十五，與漢志適合，蓋原之賦具此矣。淮南王安序離騷傳，以謂：「兼國風、小雅之變，推其志，與日月爭光。」太史公采其說入本傳，而益反復明其存君興國之念，無可奈何，而繼之以死，悲夫！死，酷事耳，志定於中，而從容以見於文字，彼有以通性命之故矣。豈與夫匹婦、匹夫，不忍一時之悁忿，而自裁者比乎？天地之氣，儲與扈冶，爲人物之所公得，而其間條縷分晰，乃至杪忽不相越紊。宗國者，人之祖氣也。宗國傾危，或乃鄙夷其先故，而潛之他族，冀緜須臾之喘息。吾見千古之賊臣篡子，不旋踵而即於亡者，其祖氣既絶，斯無能獨存也。事可爲，則單瘁心力，善吾生且善人物之生，一人一物之生不善，即吾之氣不有虧乎？事不可爲，則返其氣於太虛，太虛不毁，彼其浩然者，自旁礴而長存，吾又未見屈子之果爲死也。性與性相通於無盡，是故屈子書，人之讀之者，無不欷歔感泣。然真知其文者蓋寡，自王逸已見，謂文義不次。今頗發其指趣，務使節次瞭如秩如。分上下二卷，名曰屈賦微，人之讀之者，其益可興起，而決然祛其疑惑乎？又非徒區區文字得失閒也。光緒三十一年夏五月戊戌，桐城馬其昶撰。

屈賦微卷上

離騷

史記曰：「懷王使屈原造爲憲令，屈平屬草稾未定，上官大夫見而欲奪之，屈平不與，因讒之曰：『王使屈平爲令，衆莫不知，每一令出，平伐其功，曰以爲「非我莫能爲」也。』王怒而疏屈平。屈平疾王聽之不聰也，讒諂之蔽明也，邪曲之害公也，方正之不容也，乃憂愁而作離騷。離騷者，猶離憂也。」

帝高陽之苗裔兮，王逸曰：屈原自道本與君共祖，俱出顓頊，是恩深而義厚也。其昶案：史公列傳大書曰：「屈原者，名平，楚之同姓也。」同姓之臣，義無可去，死國之志，已定於此。朕皇考曰伯庸。洪興祖曰：蔡邕云：「朕，我也。古者上下共之。咎繇與帝舜言稱『朕』，屈原曰『朕皇考』。至秦獨以爲尊稱，漢遂因之。」攝提貞於孟陬兮，王逸曰：太歲在寅曰攝提格。正月爲陬。其昶案：貞、格同訓正。攝提貞，即攝提格。惟庚寅吾以降。古音洪。其昶案：凡古音一本説文，諧聲依宋吴才老、明陳季立、國朝顧亭林、戚隺泉、姚秋農、安古琴、苗先麓諸家所訂。皇覽揆余於初度兮，王逸曰：皇，皇考也。朱子曰：「初度」之「度」，猶言時節。肇錫余以嘉名。

王逸曰：肇，始也。名余曰正則兮，字余曰靈均。洪興祖曰：「正則」以釋名「平」之義，「靈均」以釋字「原」之義。王夫之曰：平者，正之則也。原者，地之善而均平者也。靈，善也。紛吾既有此内美兮，又重之以脩能。古音泥。扈音户江離與辟芷兮，王逸曰：扈，被也。江離、芷，皆香草。辟，幽也，芷幽而香。紉女鄰反秋蘭以爲佩。古音疲。洪興祖曰：紉，説文云：「繟繩也。」古者男女皆佩容臭。龔景瀚曰：喻博采衆善以自約束也。汩于筆反余若將不及兮，朱子曰：汩，水流去疾之貌。恐年歲之不吾與。朝搴音愆阰音毗之木蘭兮，俞樾曰：阰，「坒」之叚字。説文：「坒，地相次比也。」夕攬洲之宿莽。古音姥。王逸曰：攬，采也。草冬生不死者，楚人名曰宿莽。木蘭去皮不死，宿莽遇冬不枯。日月忽其不淹兮，春與秋其代序。徐吕反。李詳曰：代序，代謝也。古人讀「序」爲「謝」。惟草木之零落兮，恐美人之遲暮。莫故反。其昶案：美人，泛言賢士。不撫壯而棄穢兮，其昶案：不，語詞。文選無「不」字。穢，謂當時秕政敝俗。何不改乎此度也？錢澄之曰：度，法也。楚國多可改之度，宜乘己壯年以速改也。椉同「乘」騏驥以馳騁兮，來吾導夫先路。吴汝綸曰：以上及時自修而致之君。

昔三后之純粹兮，其昶案：熊繹爲楚始封君，若敖、蚡冒爲楚人之所常誦，三后當指此。將溯皇輿之啓，故述先君以戒後王。欒武子曰：「楚自克庸以來，其君無日不討國人，而訓之于民生之不易，禍至之無日，戒懼之不可以怠；訓之以若敖、蚡冒篳路藍縷以啓山林。」文十六年，楚「滅庸」，杜注云：「傳言楚有謀臣，所以興。」即此所云「固衆芳之所在」也。固衆芳之所在。古音止。戚學標曰：在从才聲。才，古讀慈。雜申椒與菌桂兮，豈惟紉夫蕙茝。同「芷」。彼堯舜之耿介兮，王逸曰：耿，光也。介，大也。既遵道而得路。何桀紂之猖披兮，五臣曰：猖披，謂亂也。夫唯捷徑以窘步。惟黨人之偷樂兮，路幽昧以險隘。古音益。豈余身之憚殃兮，恐皇輿之敗績。其昶案：新序云：「原有博通之知，清潔之行，懷王用之。秦欲吞滅諸侯，并兼天下。原爲楚東使於齊，以結强黨。秦患之，使張儀之楚，貨楚貴臣上官大夫、靳尚之屬，上及令尹子蘭、司馬子椒，内賂夫人鄭袖，共譖屈原。原放逐於外，乃作離騷。」前後所云「黨人」，即指上官之屬。恐皇輿敗績，知國之將亡也。忽奔走以先後兮，及前王之踵武。王逸云：踵，繼也。武，跡也。其昶案：前王，即指三后。荃不察余之中情兮，反信讒而齌在詣反怒。奴古反。王逸曰：荃，香草，以喻君。齌，疾也。洪興祖曰：「荃」與「蓀」同。余固知謇謇之爲患兮，忍而不能舍古音戍也。指九天以爲正兮，龔景瀚曰：九天，九重天也。天問云：「圜則九重。」正，證也。夫唯靈脩之故也。王夫之曰：靈，善。脩，長也。稱君爲靈脩者，祝其所爲善而國祚長也。初既與余成言兮，後悔遁而有他。託何反。王夫之曰：成言者，史稱平爲楚合齊以擯秦，懷王惑於張儀，合秦以絶齊。此序王始信己説，繼而内惑鄭袖，外聽上官、靳尚、張儀之邪説。己力争而不勝，爲被放之由。余既不難夫離别兮，傷靈脩之數化。古音訛。吴汝綸曰：以上事君不合。

余既滋蘭之九畹兮，王逸曰：滋，蒔也。洪興祖曰：説文：「田三十畝曰畹。」又樹蕙之百畮。古「畝」字，音米。畦音攜留夷與揭車兮，雜杜衡與芳芷。王逸曰：留夷、揭車、杜衡，皆香草。方苞曰：此喻己所培養滋植之衆賢也。「原序其譜屬，率其賢良，以厲國士」，則以長育人材爲己任可知矣。冀枝葉之峻茂兮，願竢時乎吾將刈。魚肺反。雖萎於危反絶其亦何傷兮，哀衆芳之蕪穢。吴汝綸曰：扈離、辟芷，喻道德。後之結茝、矯桂，凡云服佩者是也。樹蕙、滋蘭，喻衆賢。後之「蘭爲可恃」、「椒樧干進」是也。此云「衆芳蕪穢」，即芳草爲蕭艾，故云「衆皆競進」。衆皆競進以貪婪盧含反兮，王逸曰：愛財曰貪，愛食曰婪。憑不厭乎求索。古音素。其昶案：「憑」與「馮」同。史記[一]注：「馮，貪也。」言其貪求不知厭足。羌内恕己以量人兮，王逸曰：羌，楚人語詞。各興心而嫉妒。洪興祖曰：貪婪之人，不知其非，自恕以度人，謂君子亦有競進求索之心，故嫉妒也。忽馳鶩音務以追逐兮，非余心之所急。王逸曰：言衆人急於財利，我獨急於仁義也。老冉冉其將至兮，恐脩名之不立。朝飲木蘭之墜露兮，夕餐秋菊之落英。古音央。吴仁傑曰：爾雅：「落，始也。」落英，謂始華之時。苟余情其信姱苦瓜反以練要兮，王逸曰：練，簡也。洪興祖曰：信姱，與「信芳」、「信美」同意。長顑音坎頷音菡亦何傷？王逸曰：顑頷，不飽貌。其昶案：此四句言餐飲之清潔，下四句言佩服之芬芳。擥同攬木根以結茝兮，貫薜荔之落蘂。古音如我反。矯菌桂以紉蕙兮，五臣曰：矯，舉也。索胡繩之纚纚。古音所禾反。王逸曰：胡繩，香草也。纚纚，索好貌。謇吾法夫前脩兮，孫志祖曰：黄伯思云：「謇，楚語也。」則不作「謇謇」訓。非世俗之所服。古音蒲北反。雖不周於今之人兮，願依彭咸之遺則。王逸曰：周，合也。彭咸，殷賢大夫，諫其君不聽，自投水而死。張惠言曰：「彭咸之遺則」，謂其道也；「彭咸之所居」，謂其死也。俞樾曰：彭咸，疑彭祖之後，與屈子同出高陽，故一再言之。長太息以掩涕兮，哀民生之多艱。戚學標曰：艱，籀文作「囏」，故艱有「喜」音，與「涕」、「替」、「茝」、「悔」爲韻。余雖好脩姱以鞿羈兮，王逸曰：鞿羈，以馬自喻。韁在口曰鞿，革絡頭曰羈。王念孫曰：雖，與「唯」同。言余唯有此脩姱之行，以致爲人所係累也。謇朝誶音粹而夕替。王夫之曰：替，虧替之也，謂讒毀也。其昶案：漢書注：「誶，誚讓也。」既替余以蕙纕息羊反兮，又申之以攬茝。音止。王逸曰：纕，佩帶也。其昶案：上官大夫讒原伐其功，「既替」二句，正述讒言，謂其以善自矜也。亦余心之所善兮，雖九死其猶未悔。古音喜。怨靈脩之浩蕩兮，終不察夫民心。衆女嫉余之蛾眉兮，謠音遥諑音卓謂余以善淫。王逸曰：謠，謂毀也。諑，猶譖也。固時俗之工巧兮，偭音面規矩而改錯。王逸曰：偭，背也。錯，置也。背繩墨以追曲兮，競周容以爲度。錢澄之曰：原作憲令，楚弊政多所釐革，上文「何不改乎此度」是也。原一遵規矩繩墨以爲度，故使姦邪無所容。原去而法廢，則棄其規矩繩墨，而「周容以爲度」矣。其鬱邑侘傺，不惜其身，惜其度也。故一則曰「哀民生之多艱」，再則曰「相觀民之計極」，而終之以「莫與爲美政」。忳徒渾反鬱邑余侘敕駕反傺丑利反兮，王逸曰：忳，憂貌。侘傺，失志貌。洪興祖曰：鬱邑，憂貌。吾獨窮困乎此時去聲也。寧溘渴合反死以流亡兮，洪興祖曰：溘，奄忽也。余不忍爲此態古音剃也。鷙脂利反鳥之不羣兮，自前世而固然。何方圜同圓之能周兮，夫孰異道而相安？屈心而抑志兮，忍尤而攘詬。同「詬」。何焯曰：攘，取也。伏清白以死直兮，固前聖之所厚。方苞曰：前言「九死未悔」，問之己心而以爲安也。此則質諸前聖而無所疑，其所以處死者蓋審矣。吴汝綸曰：以上見排同列。

悔相道之不察兮，王逸曰：相，視也。察，審也。延佇乎吾將反。回朕車以復路兮，及行迷之未遠。雲阮反。方苞曰：反覆審處，謂舍死無他塗，又復自悔，輕身就死，亦相道之不察也。進不見用，尚可處隱以俟時。步余馬於蘭皋兮，俞樾曰：左傳「左師見夫人之步馬者」，杜注：「步馬，習馬。」馳椒丘且焉止息。五臣曰：椒丘，丘上有椒也。行息依蘭椒，不忘芳香以自潔也。進不入以離尤兮，五臣曰：尤，過也。洪興祖曰：離，遭也。退將復脩吾初服。古音蒲北反。製芰奇寄反荷以爲衣兮，纂古「集」字芙蓉以爲裳。不吾知其亦已兮，苟余情其信芳。高余冠之岌岌魚及反兮，長余佩之陸離。洪興祖曰：許慎云：「陸離，美好貌。」芳與澤其雜糅女救反兮，王逸曰：糅，雜也。外有芬芳之德，内有玉澤之質。惟昭質其猶未虧。古音義。五臣曰：惟獨守其明潔之質，猶未爲自虧損也。其昶案：漢學諧聲云：虧讀科。此从陽聲也，从陰則讀戲。集韻：虧與戲通。虙虧，即伏犧。忽反顧以游目兮，將往觀乎四荒。張惠言曰：「往觀四荒」，即下文「上下求索」。佩繽匹賓反紛其繁飾兮，芳菲菲其彌章。其昶案：不能恝然於國，仍欲以直道行之，冀有萬一之合。民生各有所樂兮，余獨好脩以爲常。姚鼐曰：常，當作「恒」，避漢諱改。雖體解吾猶未變兮，豈余心之可懲。平聲。王逸曰：雖獲罪支解，志猶未艾。王夫之曰：此上原述志已悉，以下復設爲愛己者之勸慰，以廣言之。明己悲憤之獨心，人不能爲謀，神不能爲決也。姚鼐曰：以上言欲退隱不涉其患，而不能也。

女嬃音須之嬋音蟬媛音爰兮，申申其詈力異反予。上聲。王逸曰：申申，重也。洪興祖曰：說文：「嬃，女字也。」賈侍中說：楚人謂女曰嬃。」水經引袁崧云：「原有賢姊，聞原放逐，亦來歸，喻令自寬全。鄉人冀其見從，因名曰秭歸。縣北有原故宅，宅之東北有女須廟，擣衣石猶存。」觀女嬃之意，蓋欲原爲甯武子之愚，不欲爲史魚之直耳。朱子曰：嬋媛，眷戀牽持之意。其昶案：予，讀上聲，與「野」韻，義仍爲「予我」之「予」。古無四聲之別，餘倣此。方植之先生云：「古者字少，多叚借，古音四聲互用。」明乎此，可以讀古書矣。曰鮌同鯀婞同悻直以亡身兮，王逸曰：婞，很也。終然殀音夭乎羽之野。古音暑。洪興祖曰：殀，没也。鮌遷羽山，三年然後死。其昶案：

終然，猶終焉。汝何博謇而好脩兮，其昶案：博謇，謂謇諤之甚。紛獨有此姱節。薋音兹菉音緑葹音施以盈室兮，王逸曰：薋，蒺藜。菉，王芻。葹，枲耳。皆惡草。判獨離而不服。古音蒲北反。衆不可户説兮，洪興祖曰：管子云：「聖人之治於世，不人告也，不户説也。」孰云察余之中情？世竝舉而好朋兮，夫何煢音瓊獨而不予聽？平聲。王逸曰：煢，孤也。錢澄之曰：上「余」字爲原言也；下「予」字，女嬃自指。姚鼐曰：以上設爲女嬃辭。其昶案：懼其婞直取禍，所謂垂涕泣而道之也。

依前聖以節中兮，朱駿聲曰：節中，猶折中。喟憑心而歷兹。洪興祖曰：説文：「憑，懣也」。其昶案：歷兹，猶言至今也。濟沅湘以南征兮，就重華而敶古「陳」字詞。王逸曰：帝繫云：「瞽叟生帝舜，是爲重華。葬於九疑山，在沅、湘之南。」龔景瀚曰：必就重華者，舜崩於蒼梧，葬於九疑，皆楚之邊地，亦詩人歌土風之意也。啓九辯與九歌兮，洪興祖曰：山海經：「夏后上三嬪於天，得九辯與九歌以下。」注云：「皆天帝樂名，啓登天而竊以下用之。」天問亦云：「啓棘賓商，九辯九歌。」夏康娱以自縱。姚鼐曰：「啓九辯」下十六句，皆言失道君之致禍；「湯禹」四句，皆言得道君之致福。啓之失道，載逸書武觀篇，墨子所引是也。屈子以與澆竝斥爲康娱。戴震曰：夏之失德，康娱自縱，以致喪亂。不顧難以圖後兮，五子用失乎家巷。古音胡貢反。王引之曰：巷，讀孟子「鄒與魯鬨」之「鬨」，字亦作「閧」。呂覽「相與私閧」，高誘注：「閧，鬭也。」逸周書云：「五子忘伯禹之命，胥興作亂。」所謂「家鬨」也。五子，即五觀。楚語云：「堯有丹朱，舜有商均，啓有五觀，湯有太甲，文王有管蔡。是五王者，皆元德也，而有姦子。」竹書：「帝啓十年，巡狩，舞九招於大穆之野。十一年，放王季子武觀於西河。」墨子引五觀，亦言「啓淫泆康樂於野」。是五觀之作亂，實啓有以開之。羿五計反淫游以佚畋音田兮，又好射夫封狐。王逸曰：封，大也。固亂流其鮮終兮，浞食角反又貪夫厥家。古音姑。王逸曰：浞，寒浞，羿相也。澆五弔反身被服强圉兮，王逸曰：澆，寒浞子。强圉，多力也。縱欲而不忍。日康娱而自忘兮，厥首用夫顛隕。于敏反。夏桀之常違兮，五臣曰：言常背天違道。乃遂焉而逢殃。龔景瀚曰：遂，玉篇：「安也。」后辛之菹臻魚切醢兮，五臣曰：菹醢，肉醬也。朱子曰：后辛，即紂也。殺比干，醢梅伯。殷宗用之不長。湯禹儼而祗敬兮，王逸曰：儼，畏也。周論道而莫差。音蹉。舉賢才而授能兮，循繩墨而不頗。滂禾反。皇天無私阿兮，覽民德焉錯輔。王逸曰：錯，置也。夫維聖哲以茂行兮，苟得用此下土。瞻前而顧後兮，相觀民之計極。吳汝綸曰：計極，猶紀極。夫孰非義而可用兮，孰非善而可服？古音蒲北反。錢澄之曰：此原之所爲繩墨也。阽余廉反余身而危死兮，洪興祖曰：前漢注云：「阽，近邊欲墮之意。」覽余初其猶未悔。古音喜。不量鑿而正枘而鋭反兮，洪興祖曰：枘，刻木端，所以入鑿。固前脩以菹醢。古音喜。曾同增歔欷余鬱邑兮，王逸曰：曾，累也。哀朕時之不當。平聲。攬茹蕙以掩涕兮，王逸曰：茹，柔耎也。霑余襟之浪浪。音郎。梅曾亮曰：就正重華，而知中正之無可悔，則仍將以此道望吾君、吾相矣。所謂「一篇之中三致意」者也。此以下言求君也。羲和、望舒、飛廉、鸞皇，皆喻己所以悟君之道。吴汝綸曰：以上因女嬃之言，就正於舜，言得道則興，失道則亡，從古如此，故不敢阿諛以絆身。

跪敷衽以陳辭兮，耿吾既得此中正。平聲。駟玉虬音求以乘鷖於計反兮，溘埃音哀風余上征。張惠言曰：接上「往觀四荒」，謂以道驅馳也。朝發軔音刃於蒼梧兮，夕余至乎縣音玄圃。博故反。王逸曰：縣圃，神山，在崑崙之上。欲少留此靈瑣兮，五臣曰：瑣，門閣也。日忽忽其將暮。莫故反。吾令羲和弭彌耳反節兮，望崦音淹嵫音茲而勿迫。古音博。王逸曰：羲和，日御。弭，按也。崦嵫，日所入山。方苞曰：原既疏之後，尚未與君絕，故使齊而反，復諫釋張儀。懸圃、靈瑣，皆喻君所。自明依依於君側之故，非有他也，念日之將暮，仍冀輔君及時以圖治耳。路曼曼莫官反其脩遠兮，吾將上下而求索。張惠言曰：上謂君，下謂臣。帝閽不開，傷懷王也。高丘無女，傷椒蘭也。飲余馬於咸池兮，總余轡乎扶桑。王逸曰：總，結也。淮南云：「日出湯谷，浴於咸池，拂於扶桑。」折若木以拂日兮，洪興祖曰：山海經：「南海之内，黑水[二]之閒，有木名曰若木。」聊逍遥以相羊。蔣驥曰：相羊，徜徉也。前望舒使先驅兮，後飛廉使奔屬。古音注。王逸曰：望舒，月御。飛廉，風伯。鸞皇爲余先戒兮，雷師告余以未具。夏炘曰：言雷聲未發，不能上通也。吾令鳳鳥飛騰兮，繼之以日夜。古音豫。飄風屯其相離兮，帥雲霓而來御。其昶案：「御」與「禦」同。紛總總其離合兮，王逸曰：總總，聚貌。斑陸離其上下。古音戶。吾令帝閽開關兮，倚閶闔而望予。上聲。其昶案：望予，言欲令帝閽倚門覗望，以待己之至。遠遊篇亦有此語。下二句乃言久待而關不開，是不肯相望也。時曖曖音愛其將罷音皮兮，王逸曰：曖曖，昏昧貌。結幽蘭而延佇。世溷胡困反濁而不分兮，好蔽美而嫉妒。方苞曰：以上云云，皆自喻遭讒見疏，陳志無路。梅曾亮曰：以上言君之不可求，而歸罪於左右之蔽障。此下言求所以通君側之人。

朝吾將濟於白水兮，王逸曰：淮南言：「白水出崑崙之山。」登閬音郎風而緤音薛馬。古音姥。王逸曰：閬風，山名，在崑崙之上。緤，繫也。忽反顧以流涕兮，哀高丘之無女。溘吾遊此春宮兮，折瓊枝以繼佩。古音疲。及榮華之未落兮，相下女之可詒。李光地曰：高丘無女，則高位者無人矣。下女可詒，猶望其有處於下位而備進用者。乃求女如宓妃者而不可得，相與驕傲淫遊而已。吾令豐隆椉雲兮，王逸曰：豐隆，雲師。求宓音伏妃之所在。古音止。洪興祖曰：洛神賦注云：「宓妃，伏犧氏女，溺洛水而死，遂爲河神。」解佩纕以結言兮，吾令蹇脩以爲理。王逸曰：蹇脩，伏羲氏之臣也。孫詒讓曰：理，即「行理」之「理」，猶言使也。廣雅：「理，媒也。」故下文「理弱媒拙」，及九章抽思、思美人篇皆理、媒竝舉。紛總總其離合兮，忽緯音徽繣音畫其難遷。王逸曰：緯繣，乖戾也。其昶案：乘雲以求宓妃，乃乖剌難合。此申言高丘之無女。夕歸次於窮石兮，朝濯髮乎洧于軌反盤。古讀如班。王逸曰：淮南言：「弱水出於窮石。」禹大傳云：「洧盤之水，出崦嵫之山。」保厥美以驕傲兮，日康娛以淫遊。雖信美而無禮兮，來違棄而改求。龔景瀚曰：「保厥美以驕傲」、「日康娛以淫遊」，獨樂其身而已。信美無禮，所謂潔身亂倫也。其昶案：夕次窮石，朝濯洧盤，所見皆無君國之憂者。此申言相下女而亦無可詒。覽相觀於四極兮，朱駿聲曰：「覽相觀」三疊字，猶詩之「儀式型」。周流乎天余乃下。古音户。望瑶臺之偃蹇兮，王逸曰：偃蹇，高貌。見有娀音嵩之佚女。王逸曰：有娀，國名。佚，美也。洪興祖曰：李善引吕氏春秋曰：「有娀氏有二佚女，爲九成之臺。」吾令鴆直禁反爲媒兮，鴆告余以不好。上聲。雄鳩之鳴逝兮，余猶惡其佻吐彫反巧。何焯曰：拙如鳩者，猶惡其巧。言佞人之多也。心猶豫而狐疑兮，欲自適而不可。鳳皇既受詒兮，恐高辛之先我。王逸曰：帝繫云：「高辛氏爲帝嚳，帝嚳次妃有娀氏女生契。」其昶案：高辛氏有薦賢之人，而高陽之後無有。此傷懷王時之多讒佞也。欲遠集而無所止兮，聊浮游以逍遥。及少康之未家兮，留有虞之二姚。王逸曰：有虞，國名，姚姓，舜後也。昔寒浞使澆殺夏后相，少康逃奔有虞。虞因妻以二女，而邑於綸。有田一成，有衆一旅，能布其德，以收夏衆。遂誅滅澆，復禹之舊績。理弱而媒拙兮，恐導言之不固。李光地曰：浮游觀望，欲及少康之未室，爲之定有虞之二姚。蓋寓意於嗣君，欲爲之求賢以輔導，庶幾異日如少康之赫然中興，不失舊物也。理弱媒拙，原自道也。我欲爲君求賢，而力弱拙無以取信，其餘則嫉賢蔽美之徒而已。世溷濁而嫉賢兮，好蔽美而稱惡。烏路反。閨中既以邃遠兮，哲王又不寤。梅曾亮曰：「閨中」句，結求臣節；「哲王」句，結求君節。懷朕情而不發兮，余焉能忍與此終古。古音故。張惠言曰：以上言以道誘掖楚之君臣，卒不能悟。

索藑音瓊茅以筳音廷篿音專兮，王逸曰：藑茅，靈草。筳，小折竹也。楚人名結草折竹以卜曰篿。夏忻曰：以，猶「與」也。命靈氛爲余占之。王逸曰：靈氛，古明占吉凶者。曰：「兩美其必合兮，孰信脩而慕之？朱子曰：兩「之」字自爲韻。龔景瀚曰：兩美必合，則必有信能好脩者，而後慕汝之好脩，而楚其誰乎？思九州之博大兮，豈惟是其有女。張惠言曰：惟承求女，不忍言求君也。曰：「勉遠逝而無狐疑兮，孰求美而釋女？同「汝」。何所獨無芳草兮，爾何懷乎故宇？」王逸曰：此皆靈氛之辭。錢澄之曰：靈氛勸其遠逝，亦猶史公所云「以彼其才游諸侯，何國不容」之意。世幽昧以眩熒絹反曜兮，孰云察余之善惡。鄧廷楨曰：「惡」與「女」字韻。民好惡其不同兮，惟此黨人其獨異。吳汝綸曰：其，讀如「豈」。言人情相同。户服艾以盈要同「腰」兮，謂幽蘭其不可佩。古音避。覽察草木其猶未得兮，豈珵音呈美之能當？平聲。王逸曰：珵，美玉也。其昶案：當，合也。蘇糞壤以充幃兮，王逸曰：蘇，取也。謂申椒其不芳。梅曾亮曰：以上答靈氛之辭，云去之無益。

欲從靈氛之吉占兮，心猶豫而狐疑。巫咸將夕降兮，王逸曰：巫咸，古神巫也。懷椒糈音所而要平聲之。王逸曰：椒，香物，所以降神。糈，精米，所以享神。百神翳於計反其備降兮，九疑繽其竝迎。方績曰：迎，必「迓」字之誤。迓、御一字也。鄧廷楨曰：江氏晉三亦謂「迎，當作『迓』，音寤」。皇剡剡以冉反其揚靈兮，王夫之曰：皇，尊稱神之辭。剡剡，猶「冉冉」，彷彿之貌。告余以吉故。曰：「勉陞降以上下兮，求榘音矩矱烏郭反之所同。湯禹儼而求合兮，摯咎音皋繇音陶而能調。古音用平聲。王逸曰：摯，伊尹名。戚學標曰：詩及韓非子「調」皆叶「同」。「調」从「周」聲，或「周」之本體从「用」，兼有「用」音。苟中情其好脩兮，何必用夫行媒。說操築於傅巖兮，武丁用而不疑。呂望之鼓刀兮，遭周文而得舉。甯戚之謳歌兮，齊桓聞以該輔。王逸曰：該，備也。用爲客卿，備輔佐也。及年歲之未晏兮，王逸曰：晏，晚。時亦猶其未央。恐鶗音提，一作「鷤」鴂音決之先鳴兮，使夫百草爲之不芳。五臣曰：鶗鴂秋分前鳴，則草木彫落。何瓊佩之偃蹇兮，衆薆音愛然而蔽之。惟此黨人之不諒兮，恐嫉妒而折古音制之。」梅曾亮曰：巫咸言止此。靈氛勸其去，巫咸則欲其留而求合。「勉陞降」二句，求合之大旨也。

時繽紛其變易兮，又何可以淹留？蘭芷變而不芳兮，荃蕙化而爲茅。古音侔。何昔日之芳草兮，今直爲此蕭艾也。豈其有他故兮，莫好脩之害也。洪興祖曰：當是時守死而不變者，楚國一人而已，屈子是也。余以蘭爲可恃兮，羌無實而容長。其昶案：長，多也。謂容飾多而無實德。委厥美以從俗兮，王逸曰：委，弃。苟得列乎衆芳。椒專佞以慢慆兮，王逸曰：慆，淫也。樧音殺又欲充夫佩幃。既干進而務入兮，又何芳之能祗？旨夷反。王引之曰：祗之言振也。言干進務入之人，必不能自振其芬芳。固時俗之流從兮，又孰能無變化？古音訛。覽椒蘭其若茲兮，又況揭車與江離。古音羅。戚學標曰：古「離」音與「羅」近。方言「離謂之羅，羅謂之離」是也。古人用韻或从「離」，或从「羅」。其昶案：巫咸勸其爲及時之芳，毋爲偃蹇之佩。故答言芳易變化，唯茲佩之可貴也。惟茲佩之可貴兮，委厥美而歷茲。錢澄之曰：同爲時所委棄，彼則從俗以變，此則歷久如故。芳菲菲而難虧兮，芬至今猶未沬。古音迷。王逸曰：沬，已也。其昶案：古有香玉。和調度以自娛兮，錢澄之曰：玉音璆然，有調有度。古者佩玉，進則抑之，退則揚之，然後玉聲鏘鳴。和者，鳴之中節也。聊浮游而求女。及余飾之方壯兮，周流觀乎上下。古音户。梅曾亮曰：以上答巫咸之辭。言留以求合之不可，故極言時俗從流之態，以見己之必不同也。

靈氛既告余以吉占兮，歷吉日乎吾將行。古音杭。梅曾亮曰：「靈氛欲其去，既答以去之無益，巫咸欲其留以求合，尤有所不能。嗚呼，爲屈子者，去耳、留耳、死耳，故不得已，仍從靈氛之吉占焉，而卒亦不忍，則死從彭咸焉而已。折瓊枝以爲羞兮，洪興祖曰：羞致滋味。見周禮。精瓊靡以爲粻。陟良反。王逸曰：精，鑿也。靡，屑也。粻，糧也。洪興祖曰：周禮有「食玉」。爲余駕飛龍兮，雜瑤象以爲車。王逸曰：象，象牙也。何離心之可同兮，吾將遠逝以自疏。邅池戰反吾道夫崑崙兮，王逸曰：邅，轉也。路脩遠以周流。揚雲霓之晻烏感反藹兮，鳴玉鸞之啾啾。音秋。朝發軔於天津兮，夕余至乎西極。李光地曰：是時山東諸國政之昏亂無異南荆，惟秦强於刑政，收納列國賢士。士之欲急功名，舍是莫適歸者。是以所過山川悉表西路。然父母之邦可去，而仇讐之國不可依，況貴戚之卿，義與國共者哉。卒之死而靡他。淮南所謂「日月争光」者，此也。姚永樸曰：李文貞以爲西指秦言，是也。當時六國之必并於秦，無智愚皆知之。荀子彊國篇言之尤詳。鳳皇翼其承旂兮，高翱翔之翼翼。忽吾行此流沙兮，洪興祖曰：山海經「流沙出鍾山西行」，注云：「今西海居延澤。」遵赤水而容與。王逸曰：赤水出崑崙山。容與，游戲貌。麾蛟龍使梁津兮，王逸曰：津，西海也。以蛟龍爲橋，乘之以渡，似周穆王之越海，比黿鼉以爲梁也。詔西皇使涉予。上聲。路脩遠以多艱兮，騰衆車使徑待。戚學標曰：「待」从「寺」聲，古讀同「侍」。此與「期」叶，又爲「侍」輕聲。路不周以左轉兮，洪興祖曰：山海經：「西北海之外，大荒之隅，有山而不合，名曰不周。」指西海以爲期。梅曾亮曰：所指多西方之地，亦删書終秦誓之意也。時五國皆昏亂將亡，度往而樂者，惟秦耳。而屈子能適秦哉？屯余車其千乘兮，齊玉軑音大而竝馳。洪興祖曰：方言云：「輪，韓、楚之閒謂之軑。齊，同也。」駕八龍之婉婉兮，載雲旗之委蛇。古音夷。戚學標曰：蛇，正讀徒和反，歛音則入夷。抑志而弭節兮，神高馳之邈邈。音莫。奏九歌而舞韶兮，聊假日以媮音俞樂。陟陞皇之赫戲兮，王逸曰：皇，皇天也。赫戲，光明貌。忽臨睨五計反夫舊鄉。王逸曰：睨，視也。僕夫悲余馬懷兮，蜷音拳局顧而不行。古音杭。王逸曰：蜷局，詰曲不行貌。

亂曰：王逸曰：亂，理也。洪興祖曰：國語云：「其輯之亂。」輯，成也。凡作篇章既成，撮其大要，以爲亂辭也。已矣哉，國無人莫我知兮，又何懷乎故都？古音豬。戚學標曰：「都」从「者」聲。者，古讀「渚」輕音，則同「諸」。既莫足與爲美政兮，吾將從彭咸之所居。錢杲之曰：從彭咸所居，猶言相從古人於地下耳。王夫之曰：原之沈湘，雖在頃襄之世，而知幾自審，矢志已夙。君子之進退生死，非一朝一夕之樹立。唯極於死以爲志，故可任性孤行也。龔景瀚曰：「莫我知」，爲一身言之也。「莫足與爲美政」，爲宗社言之也。世臣與國同休戚，苟己身有萬一之望，則愛身正所以愛國，可以不死也。不然，其國有萬一之望，國不亡，身亦可以不死。至「莫足與爲美政」，而望始絶矣。既不可去，又不可留，計無復之，而後出於死。一篇大要，「亂」之數語盡之。太史公於其本傳終之曰：「其後楚日以削，數十年，竟爲秦所滅。」言屈子之死得其所也。是能知屈子之心者也。張惠言曰：「願俟時乎吾將刈」、「延佇乎吾將反」、「吾將上下而求索」、「吾將遠逝以自疏」、「吾將從彭咸之所居」，五句爲層次。

【校勘記】

［一］「史記」，原作「漢書」。案：漢書正文及注均作「每」，史記作「馮」，據改。

［二］黑水：原作「黑海」，據洪興祖楚辭補注（以下簡稱補注）改。

九歌

何焯曰：漢志載谷永之言云：「楚懷王隆祭祀，事鬼神，欲以邀福，助卻秦軍，而兵挫地削，身辱國危。」則屈子蓋因事以納忠，故寓諷諫之詞，異乎尋常史巫所陳也。其昶案：懷王既隆祭祀，事鬼神，則九歌之作必原承懷王命而作也。推其時，當在離騷前。史稱「原博聞彊志，明治亂，嫺辭令，懷王使原造憲令，上官大夫讒之王曰：每一令出，原曰非我莫能爲。」雖非其實，然當時爲文，要無出原右者。彼懷王撰詞告神，舍原誰屬哉？案：懷王十一年，爲從長攻秦；十六年，絶齊和秦，旋以怒張儀故復攻秦，大敗於丹陽，又敗於藍田。吾意懷王事神，欲以助卻秦軍，在此時矣。

吉日兮辰良，穆將愉音俞兮上皇。王逸曰：穆，敬也。上皇，謂東皇太一。言己將修祭祀，必擇吉良之日，齋戒恭敬，以宴樂天神也。撫長劍兮玉珥，璆音求鏘鳴兮琳琅。朱子曰：璆鏘，皆玉聲。孔子世家云：「環佩玉聲璆然。」瑶席兮玉瑱，音鎮。洪興祖曰：瑱，壓也。下文云「白玉兮爲鎮」是也。周禮「玉鎮、大寶器」，故書作「瑱」。盍將把兮瓊芳。蕙肴蒸兮蘭藉，洪興祖曰：蒸，進也。藉，薦也。奠桂酒兮椒漿。揚枹音浮兮拊音府鼓，王逸曰：拊，擊也。洪興祖曰：枹，擊鼓槌也。疏緩節兮安歌。陳竽瑟兮浩倡，王夫之曰：倡，與「唱」通。靈偃蹇兮姣音狡服，王逸曰：偃蹇，舞貌。姣，好也。朱子曰：靈，謂神也。芳菲菲兮滿堂。五音紛兮繁會，五臣曰：繁會，錯雜也。君欣欣兮樂康。五臣曰：君謂東皇。朱子曰：此篇言其竭誠盡禮以事神，而願神之欣説安寧。

右東皇太一

洪興祖曰：漢書郊祀志云：「天神貴者太一，太一佐曰五帝。古者天子以春秋祭太一東南郊。」

浴蘭湯兮沐芳，華采衣兮若英。古音央。俞樾曰：詩云：「美如英。」英，即「瑛」之叚字。説文：「瑛，玉光也。」此云「若英」，猶詩言「如英」。靈連蜷兮既留，王夫之曰：連蜷，雲行回環貌。爛昭昭兮未央。蹇將憺音旦兮壽宮，王逸曰：蹇，詞也。憺，安也。許慶宗曰：呂覽注：「壽宮，寢堂也。」與日月兮齊光。龍駕兮帝服，聊翱遊兮周章。王觀國曰：周章，周旋舒緩之意。靈皇皇兮既降，古音洪。王夫之曰：皇皇，盛大而遽也。猋音標遠舉兮雲中。王逸曰：猋，去疾貌。覽冀州兮有餘，洪興祖曰：淮南子「正中冀州曰中土」，注云：「冀，大也，四方之主。」橫四海兮焉窮。思夫君兮太息，五臣曰：夫君，謂雲神。極勞心兮忡忡。音沖。王逸曰：忡忡，憂心貌。其昶案：雲日之神，九州所共，非楚所能私。故神既降而去，猶思之太息，恐神貺之不答，而禱祀之無靈也。

右雲中君

洪興祖曰：漢書郊祀志有雲中君。

君不行兮夷猶，王逸曰：君，謂湘君。夷猶，猶豫也。蹇誰留兮中洲。王逸曰：蹇，詞也。朱子曰：言既設祭祀而不肯來，不知爲何人所留也？美要平聲眇兮宜修，王逸曰：要眇，好貌。洪興祖曰：眇，與「妙」同。沛吾乘兮桂舟。令沅湘兮無波，古音疲。戚學標曰：凡諧皮聲者，从陽讀婆，从陰讀疲。說文於「披」字下發例。使江水兮安流。望夫君兮未來，古音釐。吹參差兮誰思？王逸曰：參差，洞簫也。其昶案：誰思，言其何所憂思，而吹洞簫。下文云云，皆其思之所寄也。駕飛龍兮北征，邅吾道兮洞庭。王逸曰：邅，轉也。薜荔拍音博兮蕙綢，音儔。王夫之曰：拍，橈下板以擊水者。綢，旗杠纏也。蓀橈而遙反兮蘭旌。王逸曰：橈，船小楫也。望涔音岑陽兮極浦，洪興祖曰：今澧州有涔陽浦。橫大江兮揚靈。王夫之曰：靈，同「艫」。鼓枻而行，如飛揚也。揚靈兮未極，朱子曰：極，至也。女嬋媛兮爲余太息。朱子曰：女嬋媛，指旁觀之人。橫流涕兮潺鉏由反湲，隱思君兮陫音費側。王夫之曰：陫側，與

「悱惻」同。其昶案：望神未來，而民情憤怨之端，迫欲自陳也。桂櫂直教反兮蘭枻，音洩。王逸曰：櫂，楫也。洪興祖曰：楫，謂之枻。斲冰兮積雪。五臣曰：乘舟值天盛寒，斲斫冰凍，徒爲勤苦，而不得前也。采薜荔兮水中，搴芙蓉兮木末。王逸曰：薜荔，緣木而生。芙蓉，荷華也，生水中。心不同兮媒勞，恩不甚兮輕絶。石瀨兮淺淺，古音箋。飛龍兮翩翩。其昶案：淺瀨非飛龍所蟠。交不忠兮怨長，期不信兮告余以不閒。古音弦。其昶案：秦使張儀來，詐楚絶齊，賂以商於地六百里。懷王信之，使一將軍西受地，張儀稱病不出，三月地不可得。懷王曰：「儀以吾絶齊爲尚薄邪？」乃使勇士辱齊王，齊王大怒，折楚符。儀乃起朝，謂楚將軍曰：「何不受地，從某至某，六里。」懷王大怒，伐秦。自是兵連禍結，旋和旋戰，卒以亡國。所謂恩不甚而輕絶也。交不忠，謂絶齊；期不信，謂張儀稱病不出。此蓋述其事，以求神之聽直也。鼂同朝騁鶩兮江皋，夕弭節兮北渚。鳥次兮屋上，水周兮堂下。古音户。捐余玦音決兮江中，洪興祖曰：玦，如環而有缺。遺余佩兮澧浦。洪興祖曰：捐玦遺佩，以詒湘君。采芳洲兮杜若，將以遺去聲兮下女。朱子曰：恐其不能自達，則又采香草以遺其下之侍女。旹古時字不可兮再得，聊逍遥兮容與。

右湘君

其昶案：諸侯祭其境内名山大川，則楚祀湘水之神，禮也。故舉國之大事，正告於神。

帝子降兮北渚，朱子曰：帝子，謂湘夫人，堯之次女女英，舜次妃也。韓子以爲娥皇正妃，故稱君，女英自宜降稱夫人也。目眇眇兮愁予。上聲。嫋嫋音裊兮秋風，洞庭波兮木葉下。古音户。登白薠音煩兮騁望，王逸曰：薠草秋生。與佳期兮夕張。去聲。王夫之曰：與，如禮記「生與來日」之「與」，數也。鳥何萃兮蘋中，五臣曰：蘋，水草。罾音增何爲兮木上？王逸曰：罾，魚網也。沅有茝兮澧有蘭，古音蓮。思公子兮未敢言。王逸曰：公子謂湘夫人也。朱子曰：帝子而又曰公子，猶秦已稱皇帝，而其男女猶曰公子、公主。其衵案：「鳥萃」二句，明事與願違，欲言於公子，而又未敢倉卒也。所言之事，蓋即前篇所陳者，故不復述。荒忽兮遠望，觀流水兮潺湲。麋音眉何爲兮庭中，蛟何爲兮水裔？洪興祖曰：裔，邊也。朝馳余馬兮江皋，夕濟兮西澨。音逝。聞佳人兮召予，將騰駕兮偕逝。五臣曰：冀聞夫人召我，將騰馳車馬，與使者俱往。其衵案：此言己之馳馬江皋，冀聞夫人之召，而不可得。亦猶麋處庭中，蛟居水裔，既失其所，安能有獲？故以下復言脩飾祠宮以候神。築室兮水中，葺音緝之兮荷蓋。古音記。蓀壁兮紫壇，音善。匊古播字芳椒兮成堂。桂棟兮蘭橑，音老。洪興祖曰：說文：「橑，椽也。」辛夷楣兮葯房。王逸曰：辛夷，香草。葯，白芷也。罔同網薜荔兮爲帷，擗普覓反蕙櫋音綿兮既張。五臣曰：擗，析以爲屋聯。白玉兮爲鎮，王逸曰：以白玉鎮坐席也。疏石蘭兮爲芳。王逸曰：疏，布陳也。芷葺兮荷屋，繚音了之兮杜衡。古音杭。合百草兮實庭，建芳馨兮廡音武門。古音民。洪興祖曰：廡，説文「堂下周屋也」。廡門，謂廡與門也。九疑繽兮竝迎，靈之來兮如雲。捐余袂兮江中，遺余褋音牒兮澧浦。洪興祖曰：方言：「禪衣，江、淮、南楚之閒謂之褋。」搴汀洲兮杜若，將以遺兮遠者。古音渚。朱子曰：遠者，亦謂侍女，以其既遠去而名之也。旹不可兮驟得，聊逍遥兮容與。其昶案：時不可失，一再言之者，蓋速神之來貺，且諷君之及時以修政耳。

右湘夫人

廣開兮天門，紛吾乘兮玄雲。令飄風兮先驅，使涷雨兮灑塵。王逸曰：暴雨爲涷雨。君回翔兮以下，古音户。踰空桑兮從女。同汝。洪興祖曰：山海經：「東曰空桑之山。」紛總總兮九州，何壽夭兮在予？上聲。其昶案：壽夭之柄，司命且不能操。故欲與之適九阬，以縱觀陰陽氣化，皆莫之爲而爲。司命雖欲折麻相遺，無能爲助，老之將至，司命與己不近而愈疏，是以愁也。高飛兮安翔，乘清氣兮御陰陽。吾與君兮齊速，張文虎曰：齊速，即「齊遬」。玉藻：「君子之容舒遲，見所尊者齊遬。」述聞云：爾雅：「齊，疾也。」「齊遬」與「舒遲」對文，二字同義。導帝之兮九阬。音岡。王逸曰：出入九州之山。靈衣兮被被，同披。玉佩兮陸離。壹陰兮壹陽，衆莫知兮余所爲。古音臾。戚學標曰：爲，古讀乎，歛音則如臾。折疏麻兮瑤華，古音敷。將以遺兮離居。老冉冉兮既極，不寖近兮愈疏。乘龍兮轔轔，高馳兮沖天。古音汀。結桂枝兮延竚，羌愈思兮愁人。愁人兮奈何，願若今兮無虧。古音科。朱子曰：無虧，保守志行無損缺也。人受命而生，貧富貴賤各有所當，或離或合，非人之所能爲也。因祀司命而發此意，則原所以順受其正者亦嚴矣。其昶案：若，猶及也。固人命兮有當，孰離合兮可爲？古音乎。陳第曰：始欲從之空桑，又欲與之齊速，冀得命也。既而曰「莫知所爲」，又曰「孰離合可爲」，見命之不可移也。其昶案：一篇之中，兩用「爲」字，分陰陽舒歛，以爲聲韻。懷王欲事神邀福，此言命不可爲，其因事納忠，懇懇如此。

右大司命

洪興祖曰：史記天官書：「文昌六星，四曰司命。」晉書天文志：「三台六星，兩兩而居。西近文昌二星曰上台，爲司命，主壽。」然則有兩司命也。

秋蘭兮麋蕪，羅生兮堂下。古音户。緑葉兮素枝，芳菲菲兮襲予。上聲。夫人兮自有美子，蓀何以兮愁苦？王夫之曰：此述祈子者之情。其昶案：蓀，謂君也。巫祝言君若有美子，則不愁苦矣。龝古「秋」字蘭兮青青，緑葉兮紫莖。滿堂兮美人，忽獨與余兮目成？其昶案：此言祀神者多，惟君獨得神之眷睞。「余」者，巫祝代君自稱。入不言兮出不辭，乘回風兮載雲旗。悲莫悲兮生別離，樂莫樂兮新相知。其昶案：以上巫述君之喜得事神，而又悲神去之速也。以下巫述神之貺君。荷衣兮蕙帶，古音帝。儵同倏而來兮忽而逝。洪興祖曰：莊子疏云，「儵爲有」，「忽爲無」。夕宿兮帝郊，君誰須兮雲之際。五臣曰：須，待也。其昶案：此君謂神，下文曰「女」、曰「美人」，皆目楚君。與女同「汝」沐兮咸池，晞女髮兮陽之阿。古音猗。王逸曰：晞，乾也。望孅同「美」人兮未徠，同「來」，古音釐。臨風怳許往反兮浩歌。古音姬。孔蓋兮翠旍，于盈反。王逸曰：言以孔雀之翅爲車蓋，翡翠之羽爲旗旍。登九天兮撫彗音穗星。竦長劍兮擁幼艾，王夫之曰：彗星如帚，撫之以除災眚。擁，衛也。幼艾，嬰兒也。竦劍以護嬰兒，使人宜子。蓀獨宜兮爲民正。平聲。其昶案：此託爲神言，君知愛子，亦宜愛民，所以動其爲民父母之心也。

右少司命

王夫之曰：大司命統司人之生死，少司命則司人子嗣之有無，以其所司者嬰稚，故曰少。古者臣子爲君親祈永命，徧祀於羣神；而祓無子者祀高禖。大司命、少司命，皆楚俗爲之名而祀之。

暾音吞將出兮東方，照吾檻兮扶桑。撫余馬兮安驅，夜皎皎同「皎」兮既明。古音芒。駕龍輈音舟兮乘雷，王逸曰：輈，車轅也。載雲旗兮委蛇。古音夷。長太息兮將上，心低佪兮顧懷。古音回。羌聲色兮娱人，觀者憺兮忘歸。王逸曰：憺，安也。其昶案：聲色，即下所陳絙瑟、簫鐘，祭神之樂舞是也。夜中作樂，觀者顧懷聲色，且太息日之將上，娱樂未極，朝野酣嬉如此，而欲媚神以卻敵，其可得乎？原意存諷諫，言之痛絶。絙古登反瑟兮交鼓，王逸曰：絙，急張絃也。王夫之曰：交鼓者，瑟非一，齊鼓之也。簫鍾同鐘兮瑤簴。其吕反。洪興祖曰：周禮笙師「共其鍾笙之樂」，注云：「鍾笙，與鍾聲相應之笙。」然則簫鍾，與簫聲相應之鍾。爾雅：「木謂之虡。」懸鍾磬之木也。瑶簴，以美玉爲飾也。鳴䶵同「篪」兮吹竽，思靈保兮賢姱。古音枯去聲。王夫之曰：靈保，即神保，見詩，謂尸也。翾音喧飛兮翠曾，王逸曰：言巫舞翾然若飛。洪興祖曰：博雅：「翾、翥，飛也。」展詩兮會舞。應律兮合節，古音即。靈之來兮蔽日。青雲衣兮白蜺裳，舉長矢兮射天狼。梅曾亮曰：天狼者，秦之分野。舉長矢而射之，此一發之樂也。北斗、桂漿，歸而飲，至撰轡高馳，所爲翩然翱翔，不可復制。操余弧兮反淪降，援北斗兮酌桂漿。撰余轡兮高馳翔，杳冥冥兮以東行。古音杭。其昶案：日冥之時，東行而反，則暾將出時之爲西行可知，秦在西也。谷永謂懷王隆祭祀，欲以助卻秦軍。此章正其祝神卻秦之詞。

右東君洪興祖曰：博雅：「**東君，日也。**」漢書郊祀志有「**東君**」。

與女遊兮九河，衝風起兮横波。其昶案：巫言其君欲乘車駕龍，與神横波而遊九河也。乘水車兮荷蓋，駕兩龍兮驂螭。古音羅。登崑崙兮四望，其昶案：崑崙，河源。待神不來，遂登崑崙之上，悵望極浦而懷思也。心飛揚兮浩蕩。日將暮兮悵忘歸，惟極浦兮寤懷。古音回。魚鱗屋兮龍堂，紫貝闕兮朱宫。王逸曰：文苑作「珠宫」。靈何爲兮水中，其昶案：水中有龍堂、朱宫，神所居也。訝其不來，故曰「靈何爲兮水中」。乘白黿兮逐文魚。與女遊兮河之渚，流澌紛兮將來下。古音户。其昶案：神至是來矣。一交手後，河自東流，君自南還，曾不得稍流連也。見河非楚境内之川，禮不當祀，神所不歆，此諷諫之旨也。子交手兮東行，送美人兮南浦。波滔滔兮來迎，魚隣隣兮媵音孕予。上聲。王逸曰：媵，送也。其昶案：波迎魚媵，寂寞而還，視向之欲衝風横波，駕龍驂螭者，不侔矣。

右河伯 **王夫之曰：河神也。四瀆視諸侯，故稱伯。楚昭王有疾，卜曰「河爲祟」，昭王謂非其境内山川，弗祀焉。昭王能以禮正祀典，故已之，而楚固嘗祀之矣。遥望僭祭，序所謂「信鬼而好祠」也。**

若有人兮山之阿，王逸曰：若有人，謂山鬼也。被薜荔兮帶女蘿。王逸曰：女蘿，兔絲也。既含睇音弟兮又宜笑，子慕予兮善窈音杳窕。徒了反。朱子曰：「子」則設爲鬼之命人，而「予」乃鬼之自命也。王夫之曰：此以下皆山鬼之辭，述其情，因以使之歆也。乘赤豹兮從文貍，里之反。辛夷車兮結桂旗。被石蘭兮帶杜衡，折芳馨兮遺所思。王夫之曰：言人既慕而召我，則乘山獸，御木葉，出女蘿薜荔之中，攜蘭衡以來相遺。其昶案：以上山鬼之來享者，以下則未與享者。余處幽篁兮終不見天，路險難兮獨後來。古音釐。表獨立兮山之上，王逸曰：表，特也。雲容容兮而在下。古音户。王夫之曰：容容，不一色也。杳冥冥兮羌晝晦，東風飄兮神靈雨。留靈脩兮憺忘歸，歲既晏兮孰華予。上聲。錢澄之曰：華予，猶言光寵也。其昶案：自河伯以上，所祀之神，皆有專主。而山鬼則其類甚繁，不能徧及，故不得祀者，羨其得祀者久留君所，憺然忘歸，而歎己之寂寞也。一則安而忘歸，一則悵怨忘歸，曲達其情。既以妥來享之鬼，而其未來者，亦有以慰其思也。采三秀兮於山閒，王逸曰：三秀，謂芝草。石磊磊魯猥反兮葛蔓蔓。莫干反。怨公子兮悵忘歸，朱子曰：公子，謂靈脩。君思我兮不得閒。音閑。其昶案：始曲諒君，非不我思，但不得閒耳。山中人兮芳杜若，飲石泉兮蔭松柏。古音博。君思我兮然疑作。其昶案：繼則疑信交作。雷填填音田兮雨冥冥，猨啾啾兮狖音又夜鳴。風颯颯音撒兮木蕭蕭，古音搜。思公子兮徒離憂。其昶案：終乃知公子之不我思矣，徒思公子而有離憂。極寫羣鬼望祀之情，所謂鬼猶求食也。神則慕望其來而不可得，鬼則無厭如此，可謂知鬼神之情狀者矣。而山鬼之爲淫祀，亦即此可見。

右山鬼 洪興祖曰：莊子曰：「山有夔。」淮南曰：「山出嘄陽。」楚人所祠，豈此類乎？姚永樸曰：地理志言：楚俗重巫鬼，信淫祀。此自其國之本俗。

操吴戈兮被犀甲，車錯轂兮短兵接。王逸曰：錯，交也。短兵，刀劍也。旌蔽日兮敵若雲，矢交墜兮士爭先。淩余陳同「陣」兮躐余行，古音杭。左驂殪音意兮右刃傷。王逸曰：殪，死也。言己所乘左驂馬死，右騑馬被刃創也。霾同「埋」兩輪兮縶四馬，古音姥。王逸曰：示必死也。援玉枹兮擊鳴鼓。天時懟音隊兮威靈怒，嚴殺盡兮棄原壄。古「野」字，音墅。朱子曰：嚴殺，猶言鏖戰痛殺也。言適值天之怨怒，故衆皆見殺，不得葬也。出不入兮往不反，平原忽兮路超遠。雲阮反。帶長劍兮挾秦弓，古音肱。首雖離兮心不懲。朱子曰：懲，創艾也。雖死而心不悔也。誠既勇兮又以武，終剛强兮不可淩。身既死兮神以靈，魂魄毅兮爲鬼雄。古音羽陵反。

右國殤 洪興祖曰：謂死於國事者。姚永樸曰：九歌終於國殤，亦因兵挫於秦，死者衆也。其祀案：懷王怒而攻秦，大敗於丹陽，斬甲士八萬，乃悉國兵，復襲秦，戰於藍田，又大敗。茲祀國殤，且祝其魂魄爲鬼雄，亦欲其助卻秦軍也。原因敘其戰鬬之苦，死亡之慘，聆其音者，其亦有惻然動念者乎？

成禮兮會鼓，傳芭兮代舞，王逸曰：代，更也。朱子曰：「芭」與「葩」同。姱女倡兮容與。王夫之曰：倡，歌也。春蘭兮秋鞠，同「菊」。朱子曰：春祠以蘭，秋祠以鞠，即所傳之芭也。長無絶兮終古。王夫之曰：祀典不廢，常得事神，蓋詩「勿替引之」之意。

右禮魂 **王夫之曰：凡前十章，皆各以其所祀之神而歌之，此章乃前十祀之所通用，而言終古無絶，則送神之曲也。魂亦神也。**

天問

王夫之曰：原以造化變遷，人事得失莫非天理之昭著，故舉天之不測不爽者，以問憯不畏明之庸主具臣，是爲天問，而非問天。篇内事雖雜舉，而自天地、山川，次及人事，追述往古，終之以楚先，未嘗無次序存焉。而要歸之旨，則以有道而興，無道則喪，黷武忌諫，耽樂淫色，疑賢信姦，爲廢興存亡之本。原諷諫之心，於此而至，抑非徒渫憤抒愁已也。

曰：遂古之初，誰傳道之？王夫之曰：遂，與「邃」通，遠也。姚永樸曰：曰，如「曰若稽古」之「曰」，詞也。上下未形，何由考之？其昶案：發端問此，以見人心之靈，無不可窮之理。冥昭瞢母豆反闇，同「暗」。誰能極之？洪興祖曰：言幽明之理，瞢闇難知，誰能窮極其本原。馮同「憑」翼惟像，何以識之？洪興祖曰：淮南言：「天地未形，馮馮翼翼。」其昶案：惟，爲也。言由無形而爲有形。明明闇闇，惟時何爲？古音乎。王夫之曰：天何爲有晝夜？陰陽三合，何本何化？古音訛。洪興祖曰：穀梁云：「獨陰不生，獨陽不生，獨天不生，三合然後生。」朱子曰：天者，理而已矣。是爲陰陽之本，而其兩端循環不已者，爲之化焉。圜則九重，孰營度徒落反之？王夫之曰：圜則，渾天之儀表。九重者，七曜天、經星天、宗動天之層次。惟茲何功，孰初作之？其昶案：天地無心成化，陰陽無始。斡音管維焉繫，天極焉加？古音姬。王逸曰：斡，轉也。洪興祖曰：淮南云：「帝張四維，運之以斗。」注：「四角爲維。」王夫之曰：加，託也。南北二極如棟，必有所託。八柱何當？東南何虧？古音羲。王逸曰：八山爲柱，皆何當值？洪興祖曰：淮南云：「地有九州八柱。」素問云：「天不足西北，地不滿東南。」九天之際，安放安屬？古音注。洪興祖曰：際，邊也。傳云：「九天之際曰九垠。」放，至也。屬，附也。隅隈多有，誰知其數？洪興祖曰：隅，角也。爾雅：「厓内爲隩，外爲隈。」天何所沓？徒合反。十二焉分？王逸曰：沓，合也。洪興祖曰：左傳注云：「一歲日月十二會。」王夫之曰：此皆問天地幽明之故。原好學深思，得其所以然，爲吉凶順逆之原本，而爲習而不察者，詰使察識而不自錮於昏昏之内也。日月安屬？列星安陳？洪興祖曰：列子云：「天，積氣耳。日月星宿，亦積氣中之有光曜者。」出自湯谷，次于蒙汜。詳里反。王逸曰：次，舍也。洪興祖曰：書：「宅嵎夷，曰暘谷。」即湯谷。爾雅：「西至日所入，爲太蒙。」即蒙汜。自明及晦，所行幾里？夜光何德，死則又育？王逸曰：夜光，月也。育，生也。洪興祖曰：書有「旁死魄」、「哉生明」。先儒云：「月光生於日所照，魄生於日所蔽。」其昶案：何德，問其何等體性也。厥利維何，而顧菟在腹？洪興祖曰：「菟」與「兔」同。朱子曰：「顧菟在腹」，則世俗桂樹、蛙、兔之傳，其惑久矣。月中微黑處，乃鏡中天地之影，略有形似，非真有是物也。王夫之曰：此問二曜顯晦之理。毛奇齡曰：顧兔，月中兔名。以兔本善視，故禮記「兔曰明視」。其昶案：「厥利維何」者，言月果何所利，而腹顧兔於中。蓋斥俗說之無稽也。女岐無合，夫焉取九子？王逸曰：女岐，神女，無夫而生九子。伯强何處？惠氣安在？古音止。王逸曰：伯强，大厲疫鬼也。惠氣，和氣也。王夫之曰：此問氣化之變。其昶案：生氣盛，或無夫而有九子；死氣盛，則疫厲興。何闔而晦？何開而明？古音芒。角宿未旦，曜靈安藏？王逸曰：角、亢，東方星。曜靈，日也。王夫之曰：此問晝夜之所以分。其昶案：「女岐」四句，申言天地氣化。此四句，申言日月晦明。以上皆問天象。

不任汩鴻，師何以尚之？王逸曰：汩，治也。鴻，大水。師，衆也。尚，舉也。言鮌才不任治鴻水，衆人何以舉之？洪興祖曰：荀子云：「禹有功，抑下鴻。」鴻，即洪水。其昶案：禹敷土，奠高山大川。將問地形，故以鮌、禹事發端。僉曰何憂？何不課而行古音杭之？王逸曰：課，試也。朱子曰：衆人以爲無憂，堯何不且小試之，而遽行其說？鴟龜曳銜，鮌何聽平聲焉？毛奇齡曰：曳，猶踵曳，以尾相攙援也。銜，猶轡銜，以口相結銜也。鮌築堤障水，宛委盤錯，如鴟龜牽銜者然，是就鴟龜形而因之爲堤。古人制物多因物形，如視鴟制柂，觀魚制帆之類。特不用疏導，但用防遏，則迄無成功，是聽鴟龜之計而誤之耳。所謂鮌之治水也障之，禹之治水也導之也。揚雄蜀本紀：「張儀築蜀城，依龜行蹤築之。」又，史稽曰：張儀依龜迹築蜀城，非猶夫崇伯之智也。崇伯，鮌封號，即是其事。順欲成功，帝何刑焉？其昶案：吴越春秋云：「禹傷父功不成。」順欲，謂禹順父之欲。其成功亦由於纂前緒，而堯何遽罪鮌？永遏在羽山，夫何三年不施？古音拖。

李詳曰：施，讀若左傳「乃施邢侯」之「施」，謂行罪也。伯禹腹鮌，夫何以變化？古音訛。俞樾曰：腹，當作「复」。説文：「复，行故道也。」言禹治水亦惟行鮌之故道，何以能變化乎？纂就前緒，遂成考功。王逸曰：父死稱考。何續初繼業，而厥謀不同？洪泉極深，何以寘古音真之？洪興祖曰：「寘」與「填」同。淮南云：「禹乃以息土填洪水。」地方九則，何以墳之？王逸曰：墳，分也。謂九州之地，凡有九品，禹何以能分別之？應龍何畫？音獲。河海何歷？王逸曰：有翼曰應龍。禹治洪水時，有神龍以尾畫地，導水所注，當決者因而治之。鮌何所營？孫詒讓曰：營，惑也，亂也。禹何所成？王夫之曰：此因地形而問鮌、禹之事。言得失成敗，莫不自己也。康回馮怒，墜古「地」字何故以東南傾？王逸曰：康回，共工名也。淮南言：「共工與顓頊爭爲帝，不得，怒而觸不周之山，天維絶，地柱折。」故東南傾也。洪興祖曰：春秋傳「震電馮怒」，注云：「馮，盛也。」九州安錯？倉故反。川谷何洿？音户。洪興祖曰：錯，置也。水深謂之洿。東流不溢，孰知其故？東西南北，其脩孰多？南北順嶞，音妥。其衍幾何？王逸曰：脩，長也。衍，廣大也。洪興祖曰：「嶞」與「橢」同。淮南子：「闔四海之内，東西二萬八千里，南北二萬六千里。」注云：「子午爲經，卯酉爲緯，言經短緯長也。」崑崙、縣圃，其尻丘刀反安在？古音止。王逸曰：崑崙在西北，其巔曰縣圃，乃上通於天。朱子曰：崑崙，據水經在西域，一名阿耨達山。其昶案：尻，諸本作「尻」。康熙字典「尻」字下引此文作「尻」，今據改。廣雅：「尻，臀也。」史記：「中國山川東北流，其維首在隴蜀，尾没於勃碣。」尻，猶「尾」也。莊子亦以首、尻對舉。增城九重，其高幾里？洪興祖曰：淮南云：「崑崙虚中有增城九重，其高萬一千里百一十四步二尺六寸。」注云：「增，重也。」四方之門，其誰從焉？洪興祖曰：淮南言：東北蒼門，東開明之門，東南陽門，南暑門，西南白門，西閶闔之門，西北幽都之門，北寒門。「八極之雲，是雨天下。八門[一]之風，是節寒暑」。西北辟同「闢」啓，何氣通焉？洪興祖曰：淮南云：「北門開以納不周之風。」日安不到，燭龍何照？洪興祖曰：山海經：「鍾山之神曰燭陰，視爲晝，瞑爲夜，吹爲冬，呼爲夏。」注云：「即燭龍也。」王夫之曰：北極之北，去黄道遠，日所不到，燭龍以目光代日。羲和之未揚，若華何光？王夫之曰：若華，若木之華。其昶案：南北之極，有半年爲夜者，既不見日，意必有神物爲光。燭龍、若華，皆古人寓言。何所冬暖，同「暄」。何所夏寒？王夫之曰：以上廣詰地理。

焉有石林，洪興祖曰：吴都賦云：「雖有石林之岝崿，請攘臂而靡之。」何獸能言？王逸曰：禮記：「猩猩能言。」焉有龍虬，音糾。負熊以遊？王逸曰：有角曰龍，無角曰虬。毛奇齡曰：外紀：黄帝氏有熊，嘗乘斑龍四巡。又世言有熊鼎成，乘龍上升。雄虺許偉反九首，洪興祖曰：爾雅：「蝮虺[二]，博三寸，首大如擘。」其昶案：九首故大。儵忽焉在？古音止。何所不死，洪興祖曰：山海經：「不死民在交脛國東，其人黑色，壽不死。」長人何守？王逸曰：括地象云：「長人，長狄。」春秋云：「防風氏也。禹會諸侯，防風氏後至，於是使守封隅之山也。」方績曰：

守，當與「首」同韻。首尾爲一韻，中二句爲一韻。靡蓱九衢，毛奇齡曰：靡蓱，蔓蘋也。其葉九出爲九衢。山海經：「建木在弱水西」，「百仞無枝，上有九欘，下有九衢」。曰「下有」，則木枝無九衢可知。或即弱水中之靡蓱。古賦云：「搴弱水之九衢。」枲胥里反華安居？洪興祖曰：麻有子曰枲。天對云：「浮山孰産？赤華伊枲。」山海經：「浮山有草，其葉如麻，赤花。」即枲華也。靈蛇吞象，厥大何如？洪興祖曰：山海經海内南[三]有巴蛇，身長百尋，食象，三年而出其骨。黑水玄沚，三危安在？古音止。洪興祖曰：言黑水、玄沚、三危，皆安在也。書：「導黑水，至於三危。」張揖云：「三危山，在鳥鼠之西，黑水出其南。」毛奇齡曰：西京賦：「乃若昆明靈池，黑水玄沚。」因黑水所渚，原名玄沚，故記載有其名，漢宫亦擬其形。延年不死，壽何所止。蔣驥曰：穆天子傳：「黑水之阿，爰有木禾，食者得上壽。」淮南云：「三危之國，石城金室，飲氣之民，不死之野。」鯪音陵魚何所，疏舉反。洪興祖曰：山海經：「西海中近列姑射山，有陵魚，人面人手，魚身。」天對云「鯪魚人貌，邇列姑射」是也。鬿音祈堆焉處？洪興祖曰：山海經：「北號山有鳥，狀如雞而白首鼠足，名曰鬿雀。」天對云：「鬿雀峙北號，惟人是食。」案：字書，鴭音堆，雀屬。則「鬿堆」，即「鬿雀」。羿焉彈音畢日，烏焉解羽？王逸曰：淮南言：「堯時十日並出，草木焦枯，堯命羿仰射十日，中其九日，日中九烏皆死，墮其羽翼。」洪興祖曰：説文：「彈，射也。」穆天子傳：「北至曠原之野，飛鳥之所解其羽。」王夫之曰：以上廣詰物變也。凡此諸問，原本天地，推極物理，盡其生成變化之萬殊。蓋欲使聞之者，於其有實者，窮所自之理，以推得失興喪之故，而擴其心志，勿迷錮於牀第户牖之閒；於其無實者，必聽之審，辨之明，而後不爲所惑也。其昶案：自篇首至此，問天象、地理、物變，以下皆言人事。

禹之力獻功，降省下土方，朱子曰：下土方，用商頌語。禹以勤力獻進其功，堯因使省下土四方。焉得彼嵞古「塗」字山女，而通之於台桑？王逸曰：言禹治水，道娶塗山氏之女，而通夫婦之道於台桑之地。洪興祖曰：嵞山，九江當塗也。閔妃匹合，厥身是繼，王逸曰：閔，憂也。禹所以憂無妃匹者，欲爲身立繼嗣。胡爲嗜不同味，而快鼂飽？王夫之曰：禹之循理遏欲，所以興也。懷王徒以色故而寵鄭袖。反覆致詰，欲令鏡古以自悟也。毛奇齡曰：鼂飽者，急於行役，所謂朝食、蓐食也。柳對：「呱呱之不盡，而孰圖味。」亦是意也。其昶案：人口有同嗜，禹菲飲食，故曰「嗜不同味」。此問禹既急於治水，何又娶於塗山；既憂無妃匹，何又樂於朝飽，而辛、壬、癸、甲，四日即行乎？史記言：「過家門不敢入，薄衣食。」是其事也。家元伯先生謂：洪注此言禹之所嗜，與衆人異味。以文義求之，當作「胡爲快鼂飽，而嗜不同味」。味與繼，古音同部。啓代益作后，卒然離蠥。魚列反。王逸曰：離，遭也。蠥，憂也。禹以天下禪益，天下皆去益而歸啓。洪興祖曰：有扈氏與夏同姓，啓繼世以有天下，有扈不服，大戰於甘。故曰「卒然離蠥」。何啓惟憂，而能拘是達？洪興祖曰：惟，思也。其昶案：漢書注：「拘，曲礙也。」有扈氏不服，爲曲礙，能平服之，是謂能達。啓，繼世賢君。蓋以望之頊襄也。皆歸䠶同射𥷚，音菊。而無害厥躬。王逸曰：射，行也。其昶案：「射，行」，訓見廣雅。𥷚，説文云：「窮治罪人也。」射𥷚者，行法也。此言禹、益皆以冢宰聽政，朝覲訟獄皆歸之，天下亦無有害於其躬者。何后益作革，而禹播降？古音洪。毛奇齡曰：何以民卒背益，而惟禹之德獨播於衆也？書云：「邁種德，德乃降。」其昶案：啓代益作后，故曰「后益作革」。此申言禹功德之遠，民不能忘，故不歸益而歸啓，曰「吾君之子也」。啓棘賓商，九辯九歌。古音姬。王逸曰：賓，列也。其昶案：「賓，列」，訓見廣雅。棘，急也。商者，章也，張也。言啓急欲張列其九辯九歌之樂。啓晚而荒樂，見墨子。何勤子屠母，而死分竟地？平聲。朱子曰：淮南説：禹治水時，塗山氏化爲石，時方孕啓。禹曰：「歸我子。」於是石破北方而啓生。孫詒讓曰：分地，指啓死而太康失國之事。其昶案：「竟」與「境」同。此再申言啓德之不終，雖有生時瑞異，而身歿禍作。蓋思憂則能達，荒樂則鮮終。離騷云，「啓九辨與九歌」，「不顧難以圖後」。帝降夷羿，革孽夏民。王逸曰：帝，天帝也。夷羿，諸侯，弑夏后相者也。姚永樸曰：高宗肜日以民指高宗，酒誥以民指紂。「革孽夏民」，言夏本宗子，易之使爲庶孽。胡䠶夫河伯，而妻去聲彼雒同「洛」嬪。王逸曰：傳云：「河伯化爲白龍，羿見，射之，眇其左目。」羿又夢與雒水神宓妃交接。馮同「憑」珧音遥利決，封豨虛豈反是䠶。古音食侖反。王逸曰：馮，挾也。珧，弓名。決，射韝。封豨，神獸。洪興祖曰：爾雅：「弓以蜃者，謂之珧。」注云：「用蜃飾弓兩頭。」儀禮注云：「決以象骨爲之，著右大擘指以鉤弦。」其昶案：禽封豨，射河伯，屈子以爲有窮羿，而淮南以爲堯時羿，古事傳聞異辭多如此。何獻烝肉之膏，而后帝不若？王逸曰：烝，祭也。若，順也。言羿獵射豨，以其肉膏祭天帝，天帝猶不順羿之所爲。錢澄之曰：問帝既已降之，何又不順之？浞娶純狐，眩妻爰謀。古音媒上聲。王逸曰：言浞娶於純狐氏女，遂與浞謀殺羿。鄧廷楨曰：謀有上聲。左傳「輿人之謀」，與「每」韻。其昶案：眩妻之稱，猶本篇之稱「惑婦」「眩弟」，及詩稱「哲婦」之類。何羿之䠶革，而交吞揆之？洪興祖曰：禮云：「貫革之射。」左傳云：「蹲甲而射之，徹七札焉。」言有力也。羿之射藝如此，唯不恤國事，故其衆交合而吞滅之。孫詒讓曰：揆，亦滅也。呂覽云：「剗而類，揆吾家。」其昶案：帝降而王，傳子之局，至禹而定。故首論夏事，以上禹爲法，羿爲戒，啓在法戒之閒。

阻窮西征，巖何越焉？錢澄之曰：阻窮，猶禁絕也。永遏在東，不容西征。毛奇齡曰：「險」、「巖」同字。傅巖，史作傅險。化爲黃熊，巫何活焉？王夫之曰：此據晉侯寢疾，黃熊入夢而言。羽淵，在東海，西至晉國，越太行之巖險。活，謂降其神如生也。咸播秬黍，莆薄胡反雚音丸是營。王逸曰：秬黍，黑黍也。洪興祖曰：莆，即「蒲」字。蒲，水草，可以作席。其昶案：爾雅：「雚，芄蘭。」説文：「芄蘭，莞也。」是「雚」、「莞」同字。東方朔傳「莞蒲爲席」，即此所云「莆雚」也。蒲雚是營，謂起居之適，禮云「莞簟之安」是也。播秬黍，猶莊子之言「播精」，謂食粟之美。

何由并投，而鮌疾脩盈？孫詒讓曰：并投，猶屏棄。其衵案：謂不以飲食起居爲安，而以疾爲苦也。徐無鬼勞武侯之病，以爲「萬乘之主，苦一國之民，以養耳目鼻口，夫神者不自許也」。即此意。鮌疾，謂鮌作祟。韓宣子問子産：「寡君夢黃熊入於寢門，其何厲鬼也？」晉侯疾三月，有加無瘳，故曰「脩盈」。白蜺嬰茀，音拂。胡爲此堂？洪興祖曰：蜺，雌虹也。説文：「霓，雲貌。」即此「茀」字。其衵案：嬰，繞也。天對云：「王子怪駭，蜺形茀裳。」言蜺身而雲氣繞之，有似裳也。此堂，謂文子之堂。安得夫良藥，不能固臧？王逸曰：崔文子學仙於王子僑，子僑化爲白蜺而嬰茀，持藥與文子，文子驚怪，引戈擊蜺，中之，因墮其藥，俯而視之，子僑之尸也。洪興祖曰：事見列仙傳。王念孫曰：臧，讀爲「藏」。天式從横，陽離爰死。王逸曰：人失陽氣則死。其衵案：天式，即天道。爰，猶乃也。天道一縱一横，言陰陽有代謝之理。大鳥何鳴，夫焉喪去聲厥體？王逸曰：文子取子僑之尸，置室中，覆以弊篚，須臾化爲大鳥而鳴，開視之，翻飛而去。其衵案：喻言己之哀鳴，亦欲以良藥詒君，而祈天永命也。無益於君，而自喪厥體，可痛耳。以上言壽命不恒，富貴佚欲之樂不可久據，故宜及時自修，諷頃襄也。

蓱號起雨，何以興之？洪興祖曰：山海經：「屏翳在海東，時人謂之雨師。」顔師古云：「屏翳，一曰蓱號。」撰體協脅，虚業反。鹿何膺之？王逸曰：膺，受也。洪興祖曰：撰，具也。王夫之曰：協脅，脅骨駢生也。鹿，五鹿，衞地。蓱號起雨，氣機之動於微者也。晉文公觀脅於曹，授塊於五鹿，而拜賜之徵卒驗，幾有先見。要惟晉文公任賢自彊，有以膺之也。其昶案：言晉文，以起澆。鼇戴山抃，音卞。何以安之？洪興祖曰：列子云：「五山之根，無所連箸。帝命禺强使巨鼇十五，舉首而戴之，五山始峙而不動。」釋舟陵行，何以遷之？毛奇齡曰：論語「奡盪舟」，此即奡事。澆、奡同。其昶案：帝王世紀：「寒浞襲有窮之號，因羿之室生奡，多力，能陸地行舟。浞使奡殺夏帝相，封奡於過。夏之貴臣伯靡收斟、尋二國餘燼，殺浞立少康，滅奡於過，有窮遂亡。」此言鼇能戴山舞抃而安，澆雖多力而不能安其國。蓋禄之膺，必有所以膺之由，如晉文是已；祚之遷，亦必有所以遷之由，澆是已。下遂舉澆事而申言之。惟澆在户，何求於嫂？鄧廷楨曰：嫂，諧「叟」聲。何少康逐犬，而顛隕厥首？王逸曰：少康因田獵放犬，遂襲殺澆。其昶案：此必少康襲殺澆於其嫂之室，故問澆何求於嫂而在其户，又何以少康逐犬於野，而澆隕其首於户？女岐縫裳，而館同爰止。王逸曰：女岐，澆嫂也。爰，於也。言女岐與澆淫佚，爲之縫裳，於是共舍而宿止也。何顛易厥首，而親以逢殆？古音胥里反。王逸曰：言少康夜襲得女岐頭，以爲澆，因斷之，故言「易首」，遇危殆也。其昶案：殆，从「台」聲。台，从「㠯」聲。㠯輕讀入怡，重讀入胎。詩經三用「殆」字，皆叶「仕」，止韻，與此同，自當讀如枲音。湯謀易旅，何以厚古音酤之？朱子曰：杜預云：「少康爲虞庖正，有田一成，有衆一旅，遂滅過澆。」旅，謂一旅五百人。其昶案：「湯」、「陽」、「暘」，同字。五行志「時陽若」，即洪範之「時暘若」。史記索隱：「暘谷，本作湯谷。」本書「暘谷」屢見，皆作「湯」字。湯謀，即陽謀。易旅，治軍旅也。言少康雖陽以田獵，治軍以襲澆，而但有一旅，果何以厚集其勢？覆舟斟尋，何道取七庾反之？朱子曰：言夏后相已傾覆於斟尋之國，今少康以何道而能復取澆乎？張惠言曰：竹書紀年：「帝相二十七年，澆伐斟尋，大戰於濰，覆其舟，滅之。」左氏傳：「少康收斟灌、斟尋二國之燼，以復夏。」傷頃襄不能如少康之復仇也。桀伐蒙山，何所得焉？王逸曰：夏桀征伐蒙山之國，而得妹嬉。洪興祖曰：國語：「昔夏桀伐有施。有施人以妹喜女焉。」注云：「有施，喜姓之國。妹喜，其女也。」妹音未[四]嬉音喜何肆，湯何殛焉？王逸曰：言桀得妹喜，肆其情意，故湯放之南巢。其昶案：以上遥接前段，而終夏事，大抵其禍皆起於女戎。

舜閔在家，父何以鱞？古音古魂反。洪興祖曰：言舜孝如此，父何以不爲娶乎？書：「有鱞在下曰虞舜。」堯不姚告，二女何親？王逸曰：姚，舜姓也。洪興祖曰：二女，娥皇、女英也。其昶案：言堯何故不告其父母，而以二女妻之。正莊子所謂「二女事之，以觀其内」也。厥萌在初，何所億焉？洪興祖曰：億，度也。其昶案：此問伊尹何由而度桀之必亡。璜臺十成，誰所極焉？洪興祖曰：璜，美玉也。郭璞注爾雅云：「成，猶『重』也。」其昶案：新序云：「桀作瑶臺。」呂覽云：「伊尹報於亳，曰桀迷惑於末喜，好彼琬琰，不恤其衆。」是桀之縱欲無極，皆由女寵。設問以惕之，使人思而得其故也。登立爲帝，孰道尚之？黄維章曰：上先言「初萌」，後言「十成」，此先言「登立」，後言「女媧」，皆倒句也。其昶案：帝王世紀：「女媧氏亦風姓也，承庖犧制度，一號女希，是爲女皇。」女帝始於媧，故曰「登立爲帝」。「承庖犧制度」，是其所尚之道也。女媧古華反有體，孰制匠之？王逸曰：傳言女媧人頭蛇身，一日七十化，其體如此。洪興祖曰：列子云：「女媧氏蛇身人面，牛首虎鼻。此有非人之狀，而有聖人之德。」注云：「人形貌自有偶與禽獸相似者，亦如相書龜背、鵠步、鳶肩、鷹喙耳。」其昶案：淮南及山海經注，皆言女媧七十化。「孰制匠」者，謂其變化多，莫可擬似也。此因鄭袖而言舜之登庸，由於二女釐降；桀之縱欲，由於迷惑妹嬉。末又上溯古女帝形體之怪異者，以見人之至貴在德不在色也。以上論妃匹，一法一戒。

舜服厥弟，終然爲害。王夫之曰：服，順也。姚永樸曰：終然，猶終焉。何肆犬豕，而厥身不危敗？王逸曰：言象無道，肆其犬豕之心。其昶案：舜封象於有庳，親之欲其貴，愛之欲其富，然必使吏治其國，豈得暴彼民哉？故「厥身不危敗」。然則所以待椒、蘭者，可知矣。吳獲迄古，南嶽是止。毛奇齡曰：迄古，即終古也。言吳之得以終古者，以泰伯採藥南嶽，故得以荊蠻爲句吳耳。史記、吳越春秋皆云：泰伯至荊蠻，自號句吳。索隱云：「吳名起於泰伯。」是時，吳已滅，其曰「終古」者，言吳名不衰，世已有此也。孰期去斯，得兩男子？其昶案：斯，指吳。不意泰伯去之吳，仲雍亦偕行也。象肆犬豕，而不危敗者，以吏治其國。吳兩男子之稱，赫然終古者，以讓國去位。今頃襄以弟子蘭爲令尹，非所以愛之矣。此因椒、蘭而及象，又因象而及泰伯、仲雍，蓋痛頃襄無賢兄弟也。以上論親親之道，以舜及泰伯、仲雍爲法，以象爲戒。

緣鵠飾玉，后帝是饗。去聲。王逸曰：后帝，謂殷湯。其昶案：周書云：湯以諸侯來獻，命伊尹爲四方獻令，因其地勢所有，正南之獻有翠羽菌鶴，正北之獻有白玉。即此所云「緣鵠飾玉」也。鵠亦鶴類，故淮南云：「鴻鵠鶬鸛。」饗，讀如「享多儀」之「享」。萬國來享，言尹能使天下歸殷也。何承謀夏桀，終以滅喪？去聲。張惠言曰：何去湯就桀，而桀終以滅喪？不用故也。帝乃降觀，下逢伊摯。王逸曰：帝，謂湯也。其昶案：尹耕有莘之野，湯三使往聘，故曰「下逢」。何條放致罰，而黎服大說？弋制反。王逸曰：黎，衆也。洪興祖曰：史記：「桀敗於有娀之虛，奔於鳴條。」此言「條放」者，自鳴條放之也。「致罰」者，湯誥所謂「致天之罰」也。天對云：「條伐巢放，民用瀆厥疣，以夷於膚，夫曷不謡？」方績曰：說文：「說，从言，兑聲。」其昶案：前四句言尹能佐殷，而無救於夏。此四句言湯能用尹，故以臣放君，而九服大說。簡狄在臺嚳苦篤反何宜？戚學標曰：宜，古音俄。然俄音微歛，即同泥。玄鳥致貽女何喜？平聲。王逸曰：簡狄，帝嚳之妃也。言簡狄侍帝嚳於臺上，有飛燕墮遺其卵，喜而吞之，因生契也。其昶案：此問帝嚳何以宜，簡狄何以喜？蓋由湯能恢大前緒。正如商頌之作，必言「天命玄鳥，降而生商」也。以上論用賢則興，不用賢則亡，一法一戒。

該秉季德，厥父是臧。錢澄之曰：該，槩也。王者家天下，季德也。子復傳子，爲「該秉季德」。其昶案：禮運以禹、湯、文、武爲小康。季德，猶小康也。「厥父是臧」，洪注言「爲父所善，以有天下」是也。蓋即禮運「大道既隱，天下爲家，各親其親，各子其子」之義也。胡終弊於有扈，牧夫牛羊？王逸曰：澆滅夏后相，相之遺腹子曰少康，後爲有仍牧正，典主牛羊。洪興祖曰：書序云：「啓與有扈戰於甘之野。」淮南云：「有扈氏爲義而亡。」注云：「有扈，夏啓之庶兄。以堯舜與賢，啓獨與子，故伐啓，啓亡之。」其昶案：此言自禹以後，皆繼世以有天下。一傳啓，有有扈之戰；再傳太康，有羿之亂；四傳至相，遂有浞、澆之弑。夏統中絶，禍始於有扈。及其終也，夷爲牧豎，較有扈之亂爲尤甚焉。故曰「終弊於有扈」。此言天位不可恃。干協時舞，何以懷之？洪興祖曰：莊子云：「執干而舞。」干，盾也。協，合也。其昶案：此言啓既荒於樂舞，將何以懷諸侯。墨子云：「啓乃淫泆康樂，萬舞翼翼，天用弗式。」是其事也。平脅曼膚，何以肥之？其昶案：此申言少康爲牧正之事。「平脅曼膚」，猶言膏粱紈袴，何以善牧牛羊，而能使之肥也？有扈牧豎，云何而逢？其昶案：「有扈牧豎」，要其始終之亂而言之。問夏禹傳子，何又一再逢此禍亂也？擊牀先出，其命何從？其昶案：帝王世紀云：「奡之殺帝相也，妃仍氏女曰后緡，歸有仍，生少康。」「擊牀先出」，謂后緡之得竄去。「其命何從」，謂少康生於有仍也。恒秉季德，焉得夫朴匹角反牛？古音疑。洪興祖曰：說文「特牛，牛父也」，言其朴特。其昶案：此葛伯仇餉事也。再言「秉季德」者，天子家天下，諸侯亦世其國，故得暴彼民也。葛伯不祀，湯使人饋之牛羊。「焉得夫朴牛」，問安從得此犧牲也。何往營班禄，不但還來？古音釐。其昶案：班禄，謂藉田。葛又不祀，湯不但又使人問之，且使亳衆往爲之耕也。昏微遵迹，有狄不寧。孫詒讓曰：狄，讀爲「惕」。其昶案：葛伯率其民，以追奪老弱之饋食者。「昏微遵迹」，猶言潛踵其後。何繁鳥萃棘，負子肆情？其昶案：亳衆來饋於葛，如繁鳥之萃於荆棘。「負子肆情」，則謂其殺是童子。湯始征，自葛載。此言葛伯之助桀爲虐，而速其亡也。眩弟竝淫，危害厥兄。古音虚王反。洪興祖曰：眩弟，猶惑婦。言舜有惑亂之弟。何變化以作詐，後嗣而逢長？王逸曰：象欲殺舜，變化其態，内作姦詐，使舜治廩，從下焚之；又命穿井，從上寘之，終不能害舜。其昶案：舜非特象所不能害，且傳禹天下，而子商均爲封國。歷夏殷至周，虞閼父爲陶正，武王配以元女大姬，而封之陳，以備三恪，故曰「後嗣逢長」。視秉季德者之多佚君暴政，爲何如。以上論虞、夏之得失。

成湯東巡，有莘爰極。王逸曰：極，至也。言湯東巡狩，至於有莘國，以爲婚姻也。何乞彼小臣，而吉妃是得？王逸曰：小臣，謂伊尹。洪興祖曰：列女傳：「湯妃，有莘氏之女，明而有序。」左傳以后稷之妃爲「吉人」，與此「吉妃」同意。其昶案：此言湯之求尹，由吉妃而得也。水濱之木，得彼小子。夫何惡之，媵有莘之婦。古音房以反。其昶案：吕覽云：「有侁氏女子採桑，得嬰兒空桑中，獻其君。君令烰人養之，察其所以然。曰：其母居伊水上，孕，夢神告曰：『臼出水而東走，毋顧。』明日，視臼出水，告其鄰，東走十里，而顧其邑盡爲水，身因化爲空桑。伊尹長而賢，湯使人請之有侁氏，有侁氏不可。伊尹亦欲歸湯，湯於是請取婦爲婚。有莘氏喜，以伊尹爲媵，送女。」張惠言曰：能用賢者求之，不能用賢者棄之。湯出重泉，夫何辠古「罪」字尤？古音怡。王逸曰：重泉，地名。洪興祖曰：史記：「夏桀不務德，乃召湯而囚之夏臺，已而釋之。」不勝心伐帝，夫誰使挑之？王逸曰：帝，謂桀也。言湯不勝衆人之心，而以伐桀。其昶案：東面而征西夷怨，南面而征北狄怨，故曰「不勝心伐帝」。挑，謂易代也。問桀之帝位，誰使其挑之？天對云：「師憑怒以割，癸挑而讎。」以上論夏商之興亡。

會鼂争盟，何踐吾期？其昶案：盟，即盟津。史記：「不期而會盟津者，八百諸侯。」蒼鳥羣飛，孰使萃之？孫詒讓曰：蒼鳥，即蒼雉。王逸以比諸將帥，是也。齊世家：「師尚父誓曰：蒼兕蒼兕。」索隱云：「本或作『蒼雉』」。到擊紂躬，其昶案：到，同「倒」。史記：「紂師皆倒兵以戰。」叔旦不嘉。古音姬。王逸曰：始至孟津，白魚入於王舟，羣臣咸曰：「休哉！」周公曰：「雖休勿休。」故曰「叔旦不嘉」也。何親揆發，其昶案：揆發，猶上文之言「吞揆」。揆，滅也。「發」、「伐」同字。詩箋：「發，伐也。」盧植禮記注：「伐，發也。」是其證。足周之命以咨嗟？古音咨。王夫之曰：周公成周之景命，而流言繁興，使公咨嗟，有毀室取子之憂。讒言之爲害甚矣。授殷天下，其位安施？古音佗。反成乃亡，其罪伊何？王夫之曰：施，置。乃，汝也。言管叔以武庚叛，欲授還殷之天下，則將置成王何地？棄親即讎，祇以反[五]速武庚之亡而已。其昶案：「其罪伊何」，深痛之辭。争遣伐器，何以行古音杭之？竝驅擊翼，何以將平聲之？王夫之曰：伐器，斧戕之屬。行、將，所奉之辭，以致討也。竝驅，盡驅除也。擊翼，翦其黨也。周公破斧折戕，以平商奄，盡翦亂人之黨，其奉辭伐罪，將王命而行，以何爲名乎？惟管叔之不度德而棄懿親，自取之也。其昶案：翼，即大誥「考翼不可征」之「翼」。敘周事，又反覆於二叔之亂，意在椒、蘭也。昭后成遊，南土爰底。洪興祖曰：左傳「昭王南征不復」，注云：「昭王，成王孫，南巡狩，涉漢，船壞而溺。」厥利惟何，逢彼白雉？毛奇齡曰：竹書紀年：昭王之季，荆人卑詞致於王，曰「願獻白雉」。昭王信之而南巡，遂遇害。王夫之曰：楚王貪商於，而會武關。殆類此也。穆王巧梅，夫何爲周流？洪興祖曰：史記：「周穆王得驥、温驪、驊騮、騄耳之駟，西巡狩，樂而忘歸。徐偃王作亂，造父爲穆王御，長驅歸周。」王夫之曰：梅，與「枚」通，馬策也。巧梅，善御也。環理天下，夫何索求？其昶案：左傳云：「穆王欲肆其心，周行天下，將必有車轍馬迹焉。」環理，猶言周行。「夫何索求」，皆其貪肆之心所致耳。妖夫曳衒，熒絹反。何號平聲于市？王逸曰：周幽王前世有童謡曰：「檿弧箕服，實亡周國。」後有夫婦賣是器，以爲妖怪，執而戮之。洪興祖曰：曳衒，行且賣也。毛奇齡曰：號市，呼賣於市也。周幽誰誅，焉得夫褒姒？王逸曰：昔夏后氏之衰，有二神龍止於夏庭而言曰：「余，褒之二君也。」夏后布幣糈而告之，龍亡而漦在，櫝而藏之。至厲王之末，發而觀之，漦流於庭，化爲玄黿，入王後宮。後宮處妾遇之而孕，無夫而生子，懼而棄之。時被戮夫婦夜亡，道聞後宮處妾所棄女啼聲，哀而收之，遂奔褒。褒人後有罪，幽王欲誅之，乃入此女以贖罪，是爲褒姒。其昶案：以上論商周之興亡。

天命反側，何罰何佑？古音異。齊桓九合，卒然身弒。王逸曰：齊桓公任管仲，九合諸侯。洪興祖曰：小白之死，諸子相攻，身不殯，與見殺無異。其昶案：將言天命之反側無定，而齊桓一身，倏興倏敗，故以之發端。彼王紂之躬，孰使亂惑？王逸曰：惑妲己也。何惡輔弼，讒諂是服？古音蒲北反。洪興祖曰：服，用也。比干何逆，而抑沈之？王逸曰：比干諫紂，紂怒，乃殺之，剖其心。洪興祖曰：抑沈，猶九章云「情沈抑而不達」也。雷開何順，而賜封古音汾之？王逸曰：雷開，佞人，阿順於紂，乃賜之金玉，而封之也。戚學標曰：封，从「丰」聲，移音如汾。何聖人之一德，卒其異方？洪興祖曰：下文云「梅伯受醢，箕子佯狂」。此異方也。梅音浼伯受醢，箕子詳同「佯」狂。王逸曰：梅伯，紂諸侯也，忠直而數諫，紂怒，殺之，葅醢其身。箕子見之，則被髮佯狂也。洪興祖曰：淮南云：「葅梅伯之骸。」稷維元子，帝何竺音篤之？蔣驥曰：「竺」、「毒」通用。言稷爲元子，帝當愛之，何爲而毒苦之邪？俞樾曰：帝，謂帝嚳。投之於冰上，鳥何燠音郁之？王逸曰：燠，温也。詩云：「誕寘之寒冰，鳥覆翼之。」何馮同「憑」弓挾矢，殊能將之？既驚帝切激，何逢長之？王逸曰：帝，謂紂也。毛奇齡曰：文王脱羑里之囚，紂賜之弓矢鈇鉞，使得專征伐。「驚帝切激」，書稱：「西伯戡黎，祖伊奔告。」史記稱崇侯虎譖西伯：

「諸侯嚮之，將不利」。是也。逢長，是立國久長義。伯昌号同「號」衰，秉鞭作牧。古音墨。王逸曰：伯昌，謂文王也。王夫之曰：秉鞭，御也。西伯賜鉞專征，御天下，作牧伯。其昶案：「号衰」者，号稱衰世。文王作易，大傳云：「其衰世之意邪。」何令徹彼岐社，命有殷國？王逸曰：徹，壞也。洪興祖曰：此言文王秉鞭作牧以事紂，而武王伐殷以有天下也。詩云：「乃立冢土，戎醜攸行。」「冢土，大社。」美太王之社，遂爲大社也。」其昶案：「作牧」承上「殊能將之」，「徹社」承上「何逢長之」。遷藏就岐何能依？王夫之曰：藏，帑也。其昶案：此承徹岐社而言，太王遷岐，特以避狄難，豈能久依於此？殷有惑婦何所譏？王逸曰：惑婦，謂妲己也。譏，諫也。妲己惑誤於紂，不可復譏諫。其昶案：周自后稷開基，積德累仁如此。商王受之，惟婦言是用又如此。此殷命之所以「不救」，周之所以「命有殷國」者也。受賜兹醢，西伯上告。古音轂。王夫之曰：受，紂名。其昶案：呂覽云：「紂殺梅伯而醢之，殺鬼侯而脯之，以禮諸侯於廟。文王流涕而咨之。」上告，謂文王之流涕咨紂也。何親就上帝罰，殷之命以不救？洪興祖曰：言紂爲無道，自致天討，故不可救也。天對云：「孰盈癸惡，兵躬殄祀。」師望在肆昌何識？音志。鼓刀揚聲后何喜？去聲。王逸曰：師望，謂太公。后，謂文王也。呂望鼓刀在列肆，文王親往問之。對曰：「下屠屠牛，上屠屠國。」文王喜，載與俱歸。其昶案：此言文王雖服事殷，然亦未嘗不喜得賢，以安天下。鹽鐵論云：「太公屠牛於朝歌，利不及妻子。」武發殺殷何所悒？音邑。載尸集戰何所急？王逸曰：

言武王發欲誅紂，何所悒悒而不能久忍？尸，主也。集，會也。武王伐紂，載文王木主，稱太子發，急欲奉行天誅，爲民除害也。洪興祖曰：悒，憂也。張惠言曰：此言武王伐紂，似非所急，然后稷、太王、文王之業，必以武承之，況大仇未復，可苟安乎？伯林雉經，維其何故？王逸曰：伯，長也。林，君也。謂晉太子申生爲驪姬所譖，遂雉經而自殺。洪興祖曰：國語：「雉經於新城之廟。」注云：「頭槍而懸死也。」王夫之曰：妹喜也，妲己也，褒姒也，驪姬也，原屢言致詰以致痛。何感天抑墜，夫誰畏懼？洪興祖曰：左傳：「狐突遇太子曰：『夷吾無禮，余得請於帝矣。』又曰：『帝許我罰有罪矣。』」此言申生之冤，感天抑地。毛奇齡曰：抑，冤也。其昶案：「夫誰畏懼」，言申生之降神，仍欲惕懼晉君耳。死不忘國，惓惓無已之忠也。幸則爲吕望之佐周，不幸則爲申生之死晉。以上論天命之無常，覆舉商周之興亡證之。傳所謂近己而事變相類也。天命罰佑之效，明白如此，而主曾不悟，遂以死自決。史稱原「明於治亂，嫻於辭令」，觀其論列三代興亡，如指諸掌，誠命世之偉才矣。

皇天集命，惟何戒之？其昶案：此言伊尹放太甲事也。「用集大命」，語見今太甲篇。受禮天下，又使至代之？其昶案：書：伊尹「奉嗣王祗見厥祖，侯甸羣后咸在。」故曰「受禮天下」。承前史記：「太甲既立，不遵湯德，伊尹放之於桐宫。三年，伊尹攝行政當國。」故曰「又使至代之」。段申生降神以儆晉君，遂及太甲、伊尹之事。蓋以悔過遷善冀之頃襄也。仍以天命發端。初湯臣摯，後茲承輔。王逸曰：備輔翼承疑。洪興祖曰：言伊尹初爲媵臣，後乃以爲相耳。何卒官湯，尊食宗緒？徐呂反。王逸曰：卒，終也。洪興祖曰：官湯，猶言相湯。尊食，廟食也。其昶案：宗緒，即洛誥之「宗功」。言尹之所以配享先王而爲宗功者，以既相湯，又輔太甲。傷己亦懷王舊臣，無益於嗣君耳。勳闔夢生，少離同「罹」散亡。王逸曰：勳，功也。闔，吳王闔廬。夢，闔廬祖父壽夢。壽夢卒，太子諸樊立。諸樊傳弟餘祭，餘祭傳弟夷末。夷末卒，太子王僚立。闔廬，諸樊之長子，次不得爲王，放在外，乃使專諸刺殺王僚，代爲吳王。王夫之曰：生，與「姓」同，孫也。錢澄之曰：勳闔者，大其開吳之功也。何壯武厲，能流厥嚴？洪興祖曰：闔廬用伍子胥、孫武，破楚入郢。錢澄之曰：少罹散亡，壯能武厲，至今仰其威名。俞正燮曰：嚴，本作「莊」，漢人避諱所改。其昶案：周書謚法：「屢征殺伐曰莊」，闔廬曾破楚，幾滅其國，武功足稱。太甲不可幾矣，豈吳光亦不可幾邪？彭鏗可衡反斟雉帝何饗？平聲。受壽永多夫何長？洪興祖曰：斟，勺也。神仙傳：「彭祖，姓籛，名鏗，顓頊玄孫，善養性，能調鼎，進雉[六]羹於堯，堯封於彭城。歷夏經殷至周，年七百六十七歲而不衰。」其昶案：喻言己之所以拳拳，亦欲國祚不傾，使其君得保壽命，與上「陽離爰死」節相應。中央共牧后何怒？毛奇齡曰：中央，中國也。其昶案：史記：「召公、周公二相行政，號曰共和。」竹書紀年：「共伯干王位。」沈約注云：「大旱既久，廬舍俱焚，卜於太陽，兆曰：『厲王爲祟。』周公、召公乃立太子靖，共和遂歸國。」魯連子亦云：共伯，名和，好行仁義。厲王奔彘，諸侯奉王子靖爲宣王，而共伯復歸國於衛。史記不言共伯和，特所記詳略有異，其爲諸侯共治則一也。故曰「中央共牧」。怒，即指「厲王爲祟」之事。痛懷王客死於秦，亦猶厲王之死於彘也。蠭同「蜂」。蛾古「蟻」字微命力何固？洪興祖曰：傳云：「蠭蠆有毒，而況國乎？」其昶案：復仇洩憤，蠭蛾之微猶且有然，懷王客死，頃襄獨不念其父乎？驚女采薇鹿何祐？古音異。毛奇齡曰：譙周古史攷云：「夷齊采薇，有婦人難之。」劉峻辨命論云：「夷叔斃淑媛之言。」注：「夷齊采薇，有女子謂之曰：『子義不食周粟，此亦周之草木也。』因餓首陽。」又廣博物志：「夷齊逃首陽，棄薇不食，白鹿乳之。」類林亦云：「夷齊棄薇，有白鹿來乳。」驚，警也。猶言警於是女也。言夷齊采薇，既驚於女，何以鹿復祐之也？北至回水萃何喜？去聲。王逸曰：萃，止也。毛奇齡曰：莊子云：「北至於首陽之山。」首陽在蒲坂，華山北，河曲中。禹貢：「河水至雷首下，屈曲而南，故曰河曲。」曲，即回也。猶瓠子歌所謂「北渡回」也。其昶案：此言君不聽諫，國將危亡，天下無可自容之地，將從夷齊於首陽矣。何祐何喜，采薇之歌，亡國之痛也。兄有噬犬弟何欲？易之以百兩音亮卒無祿。王逸曰：噬犬，齧犬也。秦伯有齧犬，弟鍼欲請之，不肯與。鍼以百兩易之，又不聽，因逐鍼而奪其爵祿。洪興祖曰：春秋昭元年「夏，秦伯之弟鍼出奔晉」，傳云：「罪秦伯也。」晉語：「秦后子來仕，其車千乘。」后子，即鍼也。天對注云：「百兩，蓋謂車也。」其昶案：此又言秦之無道，由來舊矣。自其先世，兄弟且以利相争奪。而楚乃忘仇忍恥，與爲婚姻，豈足恃邪。以上言武功不可不厲，國仇不可不思。己雖與世長辭，而秦之貪利忘親，終不能不痛切言之，史公所謂「冀幸君之一悟」也。以下再舉楚事而切言之。

薄暮雷電歸何憂。其昶案：詩緇衣鄭注：「歸，或爲懷。」歸何憂，懷何憂也。此言天變可畏。厥嚴不奉帝何求？蔣驥曰：求，猶責也。其昶案：帝，天帝也。天降嚴威，而人不知承奉，其奈之何哉？伏匿穴處爰何云？王逸曰：吾將退於江濱，當復何言乎？荆勳作師，夫何長上聲先？姚文田曰：「先」與「云」爲韻。一本無「先」字，失諧。其昶案：稱楚爲「荆勳」，猶稱闔廬爲「勳闔」。師，衆也。「長」、「先」二字同義。言楚衆若此，不當復居人後，夫誰能爲之長先？悟過改更，平聲。蔣驥曰：左傳：「吴入楚，昭王奔隨。藍尹亹不與王舟。及楚寧，王欲殺之，子西曰：『子常惟思舊怨以敗，君何效焉？』王使復其所。」「子西遷都於鄀，而改紀其政。」所謂「悟過改更」也。又何言吴光争國，久余是勝。平聲。王逸曰：光，闔廬名。洪興祖曰：懷王與秦戰，爲秦所敗，亡其六郡，入秦不返。故原徵吴光争國事諷之。蔣驥曰：「又何言」至「是勝」爲一句。左傳：「吴師在陳，楚大夫皆懼，曰：『闔廬惟能用其民，以敗我於柏舉，今聞其嗣又甚焉，將若之何？』」所謂「久余是勝」也。言楚既能知過而改其政，又何復以吴之常勝爲言而懼之乎？何環穿自閭社丘陵，句。爰出子文？王逸曰：子文，楚令尹也。名鬬穀於菟，有仁賢之行。王夫之曰：吴光挾争國之威，破楚入郢。昭王出奔，鬬辛救之，穴牆而逃，出閭社，越丘陵，乃免於難。辛出自子文之後，固楚同姓之世臣也。楚自亡而存，皆宗臣之力。而懷王惑於靳尚、張儀，疏遠世臣，故詰之。其昶案：左傳：「楚子涉睢濟江，入於雲中，鬬辛與其弟以王奔隨。吴謂隨曰：『天致罰於楚，而君又竄之。』」環穿，即竄也。吾告堵敖以不長，王夫之曰：楚人謂不成君者爲敖。堵敖，楚成王兄，立而遇弑。此言昭王奔隨，國人不知，傳其已死，告於子西：王且如堵敖。其昶案：以，同「已」。吾者，代楚衆之辭。其後楚卒滅於秦，屈子其先見乎？吾告堵敖以不長，此乃微言，至爲深痛。何試上自予，忠名彌彰？王夫之曰：昭王奔隨，子西因自立以拒吳。「試上自予」，非貪大位，爲社稷計也。故忠名不損，昭王能知其忠，任以國政，楚以復振。哀今王之聽讒而疑忌也。其昶案：試上，猶擬上也。言其帝制自爲。左傳正義云：「王之在隨也，國內無主，子西以民無所依，恐其潰散，故僞爲王之車服，以安道路之人，國於脾洩之地。於時，子西蓋假稱王矣。」子西，平王子，亦楚宗臣。楚爲吳光所勝，亡而復存。以此終篇，其存君興國之念，何其篤也。

【校勘記】

[一]「門」，原作「方」，據補注改。

[二]「虺」，原作「蛇」，據補注改。

[三]「海內南」，原作「南海內」，據山海經海內南經乙。

[四]「未」，原作「末」。說文女部：「妹，从女，未聲。」據改。

[五]「反」字原脫，據王夫之楚辭通釋補。

[六]「雉」字原脫，據補注補。

屈賦微卷下

九章

王逸曰：原放於江南，復作九章。

惜誦以致愍音敏兮，王逸曰：愍，病也。其昶案：說文：「惜，痛也。」惜誦，猶痛陳也。詩云：「家父作誦，以究王訩。」發憤以抒情。所非忠而言之兮，朱子曰：所者，誓詞。指蒼天以爲正。平聲。令五帝以折中兮，王逸曰：五帝，謂五方神也。東方爲太皞，南方爲炎帝，西方爲少昊，北方爲顓頊，中央爲黄帝。戒六神與嚮服。古音逼。王逸曰：六神，謂六宗之神。嚮，對也。朱子曰：服，服罪之詞。書所謂「五刑有服」者也。俾山川以備御兮，命咎繇使聽直。竭忠誠以事君兮，反離羣而贅肬。古音怡。洪興祖曰：肬，瘤腫也。莊子云：「坿贅懸肬。」忘儇音喧媚以背衆兮，王逸曰：儇，佞也。朱子曰：吾寧忘儇媚之態，以與衆違。待明君其知之。言與行其可迹兮，情與貌其不變。上聲。故相臣莫若君兮，所以證之不遠。吾誼先君而後身兮，羌衆人之所仇。專惟君而無他兮，朱子曰：惟，思念也。又衆兆之所讎。壹心而不

豫兮，王逸曰：豫，猶豫也。羌不可保也。其昶案：自言徑情直行，宜其不保。疾親君而無他
兮，王夫之曰：疾，亟也。有招禍之道上聲也。王夫之曰：此追述未放以前之情事，故自白其忠貞
之易知，以冀君之違衆以鑒己，故明知爲招禍之道，而不恤也。其昶案：以上惜誦之始，猶冀君知。
思君其莫我忠兮，忽忘身之賤貧。事君而不貳兮，迷不知寵之門。忠何辜以遇
罰兮，亦非予之所志。俞樾曰：禮鄭注：「志，猶知也。」行不羣以顛越兮，又衆兆之所咍。
古音異。王逸曰：咍，笑也。紛逢尤以離謗兮，洪興祖曰：離，遭也。謇不可釋古音爍也。
情沈抑而不達兮，又蔽而莫之白古音博也。心鬱邑余侘傺兮，又莫察余之中情。陳第
曰：情，或是「愫」字，與「路」韻。固煩言不可結而詒兮，願陳志而無路。退靜默而莫余知
兮，進號呼又莫吾聞。申侘傺之煩惑兮，王逸曰：申，重也。中悶瞀音茂之忳忳。王夫之
曰：此述諫而不聽，又思再諫時之情。其昶案：以上因惜誦而遇罰。
昔余夢登天兮，魂中道而無杭。洪興祖曰：杭，與「航」同。吾使厲神占之兮，王夫之
曰：厲神，大神之巫。曰有志極而無旁。王逸曰：旁，輔也。但有勞極心志，終無輔佐。終危
獨以離異兮，曰君可思而不可恃。上聲。故衆口其鑠書藥反金兮，洪興祖曰：顔師古云：
「美金見毁，衆共疑之，數被燒鍊，以至銷鑠。」初若是而逢殆。古音以。吴汝綸曰：「初若是而逢
殆」，謂懷王時疏絀也。史記：離騷作於懷王時；而離騷序謂：九章，頃襄時遷江南所作。懲熱羹

而吹整音賚兮，王逸曰：人有歠羹而中熱，心中懲忿，見整則恐而吹之，言易改移也。洪興祖曰：鄭康成云：「凡醯醬所和，細切爲整。」何不變此志也？欲釋階而登天兮，王夫之曰：謂無左右近習之援。猶有曩之態古音剃也。衆駭遽以離心兮，又何以爲此伴也。王逸曰：伴，侶也。洪興祖曰：言衆人見己所爲如此，皆驚駭皇遽，離心而異志也。同極而異路兮，又何以爲此援王眷反也？洪興祖曰：援，救助也。姚永樸曰：太玄注：「極，出也。」其昶案：以上古夢，戒其直言見忌。

晉申生之孝子兮，父信讒而不好。古音休去聲。行婞直而不豫兮，鮌功用而不就。吾聞作忠以造怨兮，忽謂之過言。九折臂而成醫兮，洪興祖曰：左氏云：「三折肱知爲良醫。」吾至今而知其信然。如延反。矰弋機而在上兮，洪興祖曰：淮南云：「矰繳機而在上。」注云：「矰，弋，射鳥短矢也。機，發也。」罻羅張而在下。古音户。王逸曰：罻羅，捕鳥網也。設張辟以娛君兮，王念孫曰：張，讀「弧張」之「張」。辟，讀「機辟」之「辟」。鄭注周官：「弧張，罿罦之屬。」其昶案：以逸樂導君，皆陷阱也。願側身而無所。疎舉反。其昶案：君蹈危機，則己亦側身無所，所謂覆巢之下無完卵也。欲儃佪以干傺兮，王逸曰：儃佪，猶低佪。曾國藩曰：傺，當作「際」，謂際遇、際會。莊子云：「仁義之士貴際。」恐重去聲患而離尤。古音怡。欲高飛而遠集兮，君罔謂女同「汝」何之？欲横奔而失路兮，蓋堅志而不忍。其昶案：遠集、横奔，皆謂去適他國。「君罔謂女何之」，言見棄於君，固不問其所之，特己不忍耳。背膺胖音判以交痛兮，王逸曰：膺，胸也。胖，分也。心鬱結而紆軫。章忍反。王逸曰：紆，曲也。軫，隱也。擣木蘭以矯蕙兮，王逸曰：矯，猶糅也。糳音作申椒以爲糧。洪興祖曰：説文：「糲米一斛，春九斗曰糳。」播江離與滋菊兮，王逸曰：播，種也。詩云：「播厥百穀。」願春日以爲糗芳。王逸曰：糗，糒也。恐情質之不信同「伸」兮，故重著以自明。古音芒。其昶案：此又惜誦以告後人也。撟居表反茲媚以私處兮，願曾同「增」思而遠身。王逸曰：曾，重也。方績曰：身，當與上「信」字韻。其昶案：以上留既有患，去又不忍，惟有清潔自保，媚茲幽獨而已。此惜誦後無聊之思也。

右惜誦

朱子曰：其言作忠造怨，遭讒畏罪之意，曲盡彼此之情狀，爲君臣者皆不可以不察。王夫之曰：此章追述進諫之始末，雖作於頃襄之世，而所述者乃未遷以前之情事，故無決於自沈之志。

余幼好此奇服兮，年既老而不衰。所追反。王逸曰：衰，懈也。帶長鋏音夾之陸離兮，王逸曰：長鋏，劍名。冠切雲之崔嵬。五灰反。五臣曰：切雲，冠名。被明月兮佩寶璐。音路。洪興祖曰：淮南云：「明月之珠。」注：「夜光之珠，有似月光，故曰明月。」説文：「璐，玉名。」世溷濁而莫余知兮，吾方高馳而不顧。駕青虬兮驂白螭，音痴。吾與重華遊兮瑤之圃。博故反。洪興祖曰：山海經：「槐江之山，上多琅玕金玉，實爲帝之平圃。」登崑崙兮食玉英，古音央。與天地兮比壽，與日月兮齊光。陳澧曰：以上言人不知而不愠，與古聖人爲徒，高矣，美矣，足以不朽也。哀南夷之莫吾知兮，旦余濟乎江湘。王夫之曰：南夷，武陵西南蠻夷，今辰沅苗種也。既被遷江南，將絶江水，泝湘而上，與諸夷雜處，誰復有知我者乎？乘鄂渚而反顧兮，王逸曰：乘，登也。王夫之曰：鄂渚，今江夏。欸音哀秋冬之緒風。古音方愔反。王逸曰：欸，歎也。緒，餘也。步余馬兮山皋，邸余車兮方林。王夫之曰：步，解駕使散行也。邸，閣而懸之不用也。乘舲音靈船余上沅兮，洪興祖曰：淮南云：「越舲蜀艇。」注：「舲，小船也。」上，謂遡流而上。王夫之曰：自江夏往辰陽，絶江而南，至洞庭，乃西泝沅水而上。洞庭九派，湘水爲其正支，涉洞庭則涉湘矣。故前云濟湘，此云上沅。齊吴榜以擊汰。音泰。王逸曰：吴榜，船櫂也。汰，水波也。洪興祖曰：字書：「䑶，船也。」吴，借用。朱子曰：齊，同時並舉也。船容與而不進兮，淹回水而凝滯。古音帶。朝發枉渚兮，夕宿辰陽。洪興祖曰：水經云：「沅水東徑辰陽縣南，東[一]合辰水。舊治在辰水之陽，故取名焉。楚辭所謂『夕宿辰陽』也。沅水又東，歷小灣，謂之枉渚。」苟余心其端直兮，雖僻遠其何傷。其昶案：以上途中所歷。

入漵音叙浦余儃佪兮，蔣驥曰：辰州志：「漵浦在萬山中。」迷不知吾之所如。深林杳以冥冥兮，乃猿狖之所居。山峻高以蔽日兮，下幽晦以多雨。霰雪紛其無垠音銀兮，雲霏霏而承宇。洪興祖曰：垠，畔岸也。朱子曰：霰，雨凍如珠，將爲雪者也。王夫之曰：雲嵐垂地，簷宇若出其下。哀吾生之無樂兮，幽獨處乎山中。吾不能變心以從俗兮，固將愁苦而終窮。其昶案：以上貶所。

接輿髡音坤首古音洗兮，桑扈臝力果反行。古音杭。朱子曰：接輿，楚狂也。披髮佯狂，後乃自髡。桑扈，即莊子所謂子桑户，論語所謂子桑伯子。家語云：「伯子不衣冠而處。」即此裸行之證。其昶案：首，與下以、醢韻。行，與下殃韻。忠不必用兮，賢不必以。王逸曰：以，亦用也。伍子逢殃兮，王逸曰：伍子，伍子胥也。比干菹醢。古音喜。與前世而皆然兮，王夫之曰：與，數也。歷數前世之賢而不用者。吾又何怨乎今之人。余將董道而不豫兮，王逸曰：董，正也。豫，猶豫也。固將重昏而終身。王夫之曰：重昏，幽閉於南夷荒遠之中也。人不足怨，而守正無疑，安於幽廢，明己非以黜辱故而生怨，所怨者，君昏國危。其昶案：以上引義命自安。

亂曰：鸞鳥鳳皇，日以遠雲阮反兮，王夫之曰：言君側無賢。燕雀烏鵲，巢堂壇音善兮。王夫之曰：疾小人乘權誤國。露申辛夷，死林薄兮。王逸曰：露，暴也。申，重也。言重積辛夷露而暴之，使死於林薄之中。腥臊音騷竝御，芳不得薄兮。王夫之曰：御，進也。薄，與「泊」同，近也。陰陽易位，時不當平聲兮。懷信侘傺，忽乎吾將行古音杭兮。其昶案：生不當時，陰陽易位。此所謂將行者，言將去人間世，而視死若歸也。以上慨世。

右涉江

皇天之不純命兮，王夫之曰：純，常也。言天道之無常。何百姓之震愆。其袒案：言震撼愆差。民離散而相失兮，方仲春而東遷。其袒案：秦在楚之西，楚屢被秦兵，則當時之轉徙避難者，必東遷江夏。疑此是懷王三十年陷秦時事，故有天命靡常之感。去故鄉而就遠兮，遵江夏以流亡。王夫之曰：江夏，江漢合流也。漢水方夏，水漲於石首，東溢，合於江，故漢有夏名。其經流至漢陽，乃與江合，而漢口亦名夏口。出國門而軫懷兮，王逸曰：軫，痛也。甲之鼂吾以行。古音杭。王逸曰：甲，日也。鼂，旦也。發郢都而去閭兮，洪興祖曰：前漢：南郡江陵縣，故楚郢都。閭，里門也。荒忽其焉極。楫齊揚以容與兮，哀見君而不再得。其袒案：此史公所謂「楚人既咎子蘭以勸懷王入秦而不反也」。以上楚民避亂東遷，原亦以其時竄逐去郢。

望長楸而太息兮，涕淫淫其若霰。蘇見反。過夏首而西浮兮，王逸曰：夏首，夏水口也。錢澄之曰：由郢入漢，以至夏口，皆東行，由夏口出江而轉，溯湖湘，則西浮矣。其袒案：流亡之民東遷江夏而止，而原獨以竄逐，復過夏首而西浮，故下文曰「眇不知余所蹠」。顧龍門而不見。洪興祖曰：水經云：「龍門，即郢城之東門。」心嬋媛而傷懷兮，眇不知余所蹠。古音鵲。王逸曰：蹠，踐也。順風波以從流兮，焉洋洋而爲客。古音恪。淩陽侯之氾濫兮，王逸曰：陽侯，大波之神。洪興祖曰：戰國策：「塞漏舟而輕陽侯之波，則舟覆矣。」忽翺翔之焉薄。心絓結而不解兮，思蹇産而不釋。古音施灼反。王逸曰：蹇産，詰屈也。王念孫曰：絓，亦結也。絓結雙聲，蹇産疊韻。凡雙聲疊韻字，皆上下同義。將運舟而下浮兮，上洞庭而下江。古音工。其昶案：由漢入江，故曰下浮。自夏口望洞庭，則在江之上流。去終古之所居兮，今逍遥而來東。其昶案：以上敘竄逐，又自江夏而西浮沅湘。來東者，來自東也。

羌靈魂之欲歸兮，何須臾而忘反。其昶案：此及抽思篇之「靈魂」，皆謂懷王也。言懷王思歸，己亦何嘗須臾忘反君乎？此即史公所謂「繫心懷王，不忘欲反，冀幸君之一悟，俗之一改」也。背夏浦而西思兮，哀故都之日遠。雲阮反。其昶案：史記：秦伏兵武關，楚王至則閉武關，遂與西至咸陽。此曰「西思」，思咸陽也。前曰「東遷」、曰「來東」，思夏浦也。此則背夏浦而西思矣。「哀故都之日遠」，竄逐之臣雖欲悟君以反懷王，不可得也。登大墳以遠望兮，王逸曰：水中高者爲墳。詩云：「遵彼汝墳。」聊以舒吾憂心。哀州土之平樂兮，悲江介之遺風。古音方愔反。洪興祖曰：介，閒也。其昶案：哀州土平樂，蓋諷其忘仇耳。故「冀幸俗之一改」。當陵陽之焉至兮，錢澄之曰：陵陽，即前「陽侯之波焉至」，言不知從何而至也。其昶案：淮南「陽侯之波」，注云：「陽侯，陵陽國侯也。」淼音眇南渡之焉如。朱子曰：淼，滉[二]漾無涯也。曾不知夏之爲丘兮，蔣驥曰：夏，即夏水。爲丘，即滄海桑田意。孰兩東門之可蕪。朱子曰：郢都東關有二門。其昶案：此因南渡，遂言夏水可爲丘陵。彼州土平樂者，曾不知陵谷之有遷變，孰知郢門之可蕪邪？言其昏而忘亂也。心不怡之長久兮，憂與憂其相接。吴汝綸曰：懷王不反，已復被放，故曰「憂與憂相接」。惟郢路之遼遠兮，江與夏之不可涉。忽若去不信兮，至今九年而不復。吴汝綸曰：「江與夏之不可涉」，述其諫入秦之言也。「九年不復」，則未報此國仇耳。其昶案：懷王失國後三年，卒於秦。此文之作，又後六年。「忽若去不信」者，言不信其去國忽已九年也。仇恥未復，故含慼益深。慘鬱鬱而不通兮，蹇侘傺而含慼。其昶案：以上國破君亡之恨。

外承歡之汋音綽約兮，王逸曰：汋約，好貌。諶音忱荏音稔弱而難持。王逸曰：諶，誠也。其昶案：子蘭，懷王穉子，故曰「荏弱」。此豈能持國柄者乎？忠湛湛而願進兮，王逸曰：湛湛，重厚貌。妒被同「披」離而鄣同「障」之。洪興祖曰：鄣，壅也。其昶案：史稱屈平既嫉子蘭，故被讒而遷。堯舜之抗行兮，瞭音了杳杳而薄天。古音汀。洪興祖曰：杳杳，遠貌。王夫之曰：瞭，明也。薄天，言德之高峻，極於天也。衆讒人之嫉妒兮，被以不慈之僞名。洪興祖曰：言此者，以明堯舜大聖，猶不免讒謗，況餘人乎？朱子曰：莊子云：「堯不慈，舜不孝。」蓋戰國時流俗有此語也。憎慍音穩惀音論之脩美兮，蔣驥曰：慍惀，六書故云：「忠悃貌。」好夫人之忼苦朗反慨。洪興祖曰：君子之慍惀，若可鄙者；小人之忼慨，若可喜者，惟明者能察之。衆踥音妾蹀音牒而日進兮，洪興祖曰：踥蹀，行貌。美超遠而逾邁。蔣驥曰：美，對「衆」言，即脩美也。其昶案：以上深抉忠佞賢姦進退消長之故，爲萬世戒。史公所謂「懷王兵挫地削，客死於秦，爲天下笑」，此不知人之禍也。

亂曰：曼余目以流觀兮，洪興祖曰：說文：「曼，引也。」冀壹反之何時。鳥飛反故鄉兮，狐死必首丘。古音區。洪興祖曰：記云：「樂，樂其所自生；禮，不忘其本。古人有言曰：『狐死正丘首，仁也。』」信非吾罪而棄逐兮，何日夜而忘之？

右哀郢吳汝綸曰：向疑此篇爲頃襄王徙陳時作。徙陳在襄王二十一年，屈原遷逐蓋在襄王初年，不能至徙陳時尚在也。然篇內百姓離散相失，及兩東門之可蕪，皆非一身放逐之感，且必皆實事，非空言，殆懷王失國之恨歟。

心鬱鬱之憂思兮，獨永歎乎增傷。思蹇產之不釋兮，曼遭夜之方長。悲秋風之動容兮，何回極之浮浮。朱子曰：秋風動容，謂秋風起而草木變色。回極，指天極回旋之樞軸。浮浮，言其運轉之速而不可常。數惟蓀之多怒兮，傷余心之懮懮。音憂。錢澄之曰：史記稱「王怒而疏原」，又載其擊秦失利，皆以怒而敗，固知王之多怒也。願搖起而橫奔兮，覽民尤以自鎮。平聲。其昶案：搖起橫奔，謂使齊之役。尤，同「疣」，病也。鎮，安也。民之病秦久矣，故願結齊拒秦，以自鎮安。原之計畫如是，所謂「成言」者，此也。結微情以陳詞兮，矯以遺夫美人。昔君與我成言兮，曰黄昏以爲期。羌中道而回畔兮，反既有此他志。平聲。憍吾以其美好兮，洪興祖曰：憍，矜也。莊子云：「虚憍而恃氣。」覽余以其修姱。古音枯去聲。與余言而不信兮，蓋爲余而造怒。其昶案：以上追思立朝之時，謀國大計，忽逢君怒而不見用。

願承閒而自察兮，心震悼而不敢。悲夷猶而冀進兮，心怛當割反傷之憯憯。音亶。王夫之曰：憯憯，猶蕩蕩。其昶案：自察者，願王之自反。冀進者，冀王之進德也。歷茲情以陳辭兮，蓀詳同「佯」聾而不聞。古音煙。固切人之不媚兮，朱子曰：言懇切之人不能輭媚。衆果以我爲患。古音瑚涓反。初吾所陳之耿著兮，豈至今其庸亡。同「忘」。何獨樂斯之謇謇兮，願蓀美之可光。馬瑞辰曰：諸本作「可完」，此當從王逸注「完，一作『光』」，與「亡」爲韻。望三五以爲像兮，王逸曰：三王五伯，可修法也。指彭咸以爲儀。古音俄。其昶案：

君臣交相勉也。夫何極而不至兮，洪興祖曰：言以聖賢爲法，盡心行之，何遠而不至也。故遠聞而難虧。古音科。王逸曰：功名布流，長不滅也。善不由外來兮，名不可以虛作。孰無施而有報兮，孰不實而有穫？其昶案：賈誼新書云：「楚懷王心矜好高人，無道而欲有霸王之號。」今觀原所諫語，乃切中其病，聽張儀詐獻商於地六百里，此正所謂不實而欲有穫也。少歌曰：朱子曰：少歌，樂章音節之名。荀子佹詩亦有「小歌」，即此類也。與美人抽怨兮，王逸曰：爲君陳道，拔恨意也。并日夜而無正。平聲。其昶案：周禮注：「正，猶定也。」憍吾以其美好兮，敖同「傲」朕辭而不聽。平聲。其昶案：以上追思昔日陳諫之辭。

倡曰：其昶案：「倡曰」者，更端言之。有鳥自南兮，來集漢北。姚鼐曰：懷王入秦渡漢而北，故託言「有鳥」，而悲傷其南望郢而不得反也。故曰：「雖流放，睠顧楚國，繫心懷王，不忘欲反。」好姱佳麗兮，牉獨處此異域。既惸音瓊獨而不羣兮，又無良媒在其側。道卓遠而日忘兮，願自申而不得。望南山而流涕兮，臨流水而太息。望孟夏之短夜兮，何晦明之若歲。吴汝綸曰：遭夜方長，秋風動容，屈子作此篇之時令也。孟夏短夜，則代設懷王夢歸之幻境也。惟郢路之遼遠兮，魂一夕而九逝。曾不知路之曲直兮，南指月與列星。願徑逝而不得兮，魂識路之營營。何靈魂之信直兮，人之心不與吾心同。吴汝綸曰：人，秦也。吾，懷王也。理弱而媒不通兮，尚不知余之從容。姚鼐曰：言懷王以信直而爲秦欺矣，又無行理爲通一言，王尚不知余之心，所謂「以此見懷王之終不悟」也。其昶案：以上遥思懷王在秦之況。

亂曰：長瀨湍流，泝江潭古音淫兮。狂顧南行，王逸曰：狂，猶遽也。聊以娱心兮。軫石崴音隈嵬，洪興祖曰：軫石，謂石之方者，如車軫。崴嵬，不平也。蹇吾願兮。王夫之曰：蹇，語助詞。超回志度，行隱進古音薦兮。其昶案：回，與度對文。志，識也。言其程途徑直不回遠，故進而不自覺也。低佪夷猶，宿北姑兮。王逸曰：北姑，地名。煩冤瞀容，實沛徂昨胡反兮。其昶案：低佪，緩行。沛徂，速行。瞀容，猶蒙茸。揚雄賦「飛蒙茸而走陸」，注云：「亂走貌。」愁歎苦神，靈遥思兮。路遠處幽，又無行媒古音迷兮。道思作頌，王夫之曰：道，言也。聊以自救兮。朱子曰：救，解也。憂心不遂，斯言誰告古音穀兮。其昶案：以上洪注所謂「總理一賦之終」，「以爲亂辭」云爾。

右抽思

滔滔孟夏兮，王逸曰：滔滔，盛陽貌。洪興祖曰：原以仲春去國，以孟夏徂南土也。草木莽莽。古音姥。王夫之曰：莽莽，叢生貌。傷懷永哀兮，汩徂南土。眴同「瞬」兮杳杳，孔靜幽默。古音穆。王逸曰：言江南山高澤深，視之冥冥，野甚清靜，漠無人聲。鬱結紆軫兮，離同「罹」愍同「慇」而長鞠。王逸曰：鞠，窮也。撫情效志兮，寃屈而自抑。古音懿。刓五官反方以爲圜兮，王逸曰：刓，削。常度未替。王逸曰：替，廢也。其昶案：刓方爲圜，乃老氏「和光同塵」之旨，然常度猶未替也。易初本迪兮，其昶案：爾雅：「迪，道也。」史記作「本由」。「迪」、「由」通借。正義云：「本，常也。」言人違離常道。君子所鄙。章畫音獲志墨兮，王逸曰：章，明也。王夫之曰：志，記也。錢澄之曰：畫墨，猶繩墨。前圖未改。古音紀。内厚質正兮，大人所盛。巧倕音垂不斵兮，王逸曰：倕，堯巧工也。斵，斫也。孰察其撥正。王逸曰：言君子不居爵位，衆亦莫知其賢能。孫詒讓曰：淮南「扶撥以爲正」，高注：「撥，枉也。」其昶案：以上自述平生守正大節。

玄文處幽兮，矇瞍謂之不章。洪興祖曰：有眸子而無見曰矇，無眸子曰瞍。其昶案：章，謂文采。離婁微睇兮，瞽以爲無明。古音芒。王逸曰：言離婁明目，無所不見，微有所眄，盲人輕之，以爲無明也。變白以爲黑兮，倒上以爲下。古音户。鳳皇在笯音奴兮，王逸曰：笯，籠落也。雞鶩音木翔舞。同糅玉石兮，一概而相量。平聲。夫惟黨人之鄙固兮，羌不知余之所臧。王念孫曰：臧，讀爲「藏」。任重載盛兮，洪興祖曰：盛，多也。陷滯而不濟。懷瑾握瑜兮，窮不知所示。王逸曰：示，語也。王夫之曰：黨人以匪材而居大任，以致陷覆，且愎諫自用，使有嘉謀嘉猷者無可告語。邑犬之羣吠兮，吠所怪古音記也。非俊疑傑兮，固庸態古音剃也。文質疏内音訥兮，洪興祖曰：内，木訥也。衆不知余之異采。古音泚。材朴委積兮，莫知余之所有。古音以。其昶案：以上傷不見用於當世。

重仁襲義兮，洪興祖曰：淮南「聖人重仁襲恩」，注云：「襲，亦重累。」謹厚以爲豐。重華不可遻兮，王夫之曰：遻，與「晤」同。孰知余之從容。古固有不竝兮，洪興祖曰：言聖賢有不竝時而生者。豈知其何故也。湯禹久遠兮，邈而不可慕也。懲違改忿兮，王念孫曰：違，恨也。抑心而自彊。上聲。其昶案：不怨天不尤人，至死而不移，是之謂自彊。離慜而不遷兮，願志之有像。上聲。王逸曰：像，法也。其昶案：謂以古人爲法也。進路北次兮，王逸曰：次，舍也。日昧昧其將暮。莫故反。朱子曰：言將北歸郢都，而日暮不得前也。舒憂娱哀兮，限之以大故。王逸曰：大故，死也。其昶案：限之以大故，猶言要之以一死。以死爲「舒憂娱哀」，所謂「求仁得仁」者也。以上上觀千載，有繼往聖之志。

亂曰：浩浩沅湘，分流汩兮。脩路幽蔽，道遠忽兮。懷質抱情，獨無匹兮。伯樂既没，驥焉程古音秩兮。王逸曰：言騏驥不遇伯樂，則無所程量其才力。戚學標曰：史記「便程」，即平秩。民生稟命，各有所錯兮。王逸曰：錯，安也。定心廣志，余何畏懼兮。曾同「增」傷爰哀，王念孫曰：方言：「凡哀泣而不止曰咺，曰爰。」爰哀，與「曾傷」對文。永歎喟兮。

世溷濁莫吾知，人心不可謂兮。王逸曰：謂，猶説也。王夫之曰：舉國安危樂亡，不可與言也。知死不可讓，願勿愛古音衣去聲兮。洪興祖曰：屈子以爲知死之不可讓，則舍生而取義可也。所惡有甚於死者，豈復愛七尺之軀哉？戚學標曰：説文：「㤅，从心，旡聲。古文𢟪。」旡讀欤，今通用。愛字，禮記注：「愛，或爲哀。」哀，讀衣，愛如之。明告君子，吾將以爲類兮。王夫之曰：歸於一死，而猶表著己志者，蓋欲使有心者，超然於禍福之外，抗忠直以匡危亂，勿懲己之放逐，而欲勿與爲類也。其昶案：以上下觀千載，有待來哲之思。

右懷沙

史記曰：「上官大夫短屈原於頃襄王，王怒而遷之。乃作懷沙之賦。」

思美人兮，擥涕而竚眙。音夷。洪興祖曰：文選注：「竚眙，立視也。」朱子曰：擥，猶收也。媒絶路阻兮，言不可結而詒。蹇蹇之煩冤兮，陷滯而不發。王逸曰：含辭鬱結，不得揚也。申旦以舒中情兮，其昶案：申旦，猶申明。志沈菀音鬱而莫達。願寄言於浮雲兮，遇豐隆而不將。因歸鳥而致辭兮，羌迅高而難當。平聲。朱子曰：鳥飛速而又高，難可當值。其昶案：以上懷忠莫達。

高辛之靈盛兮，洪興祖曰：史記：「帝嚳高辛者，黄帝之曾孫，生而神靈。」遭玄鳥而致詒。王逸曰：嚳妃吞燕卵以生契也。其昶案：致詒者，詩所云「天命玄鳥，降而生商」也。此即孟子「彊爲善，後世子孫必有繼者」之恉。懷王已矣，猶不能不竚眙於頃襄也。欲變節以從俗兮，媿易初而屈志。平聲。其昶案：變節從俗，則不能靈盛以感天。屈志，謂屈意以事秦也。獨歷年而離愍兮，羌馮同「憑」心猶未化。古音訛。朱子曰：馮，憤懣也。其昶案：懷王十七年，怒伐秦，秦大破楚師於丹陽，斬首八萬，虜屈匄，取漢中地。懷王乃悉發國中兵，以深入擊秦，魏聞之，襲楚，楚大困。明年，秦割漢中地與楚和，王曰：「不願得地，願得儀而甘心焉。」故曰「馮心未化」。寧隱閔而壽考兮，何變易之可爲。古音乎。其昶案：懷王十八年，儀至，因之。賂鄭袖免，因以連横説王。是時，原使於齊，反，諫曰：「何不殺儀？」王悔之不及。「隱閔壽考」，謂飲恨終身。「變易」，謂復與秦和。知前轍之不遂兮，未改此度。其昶案：懷王二十年，齊湣王惡楚之與秦合，乃遺楚書，於是懷王竟不合秦，是「知前轍之不遂」也。二十四年，又倍齊而合秦，秦來迎婦。至是三次與秦合，故曰「未改此度」。車既覆而馬顛兮，蹇獨懷此異路。其昶案：懷王二十六年，齊、韓、魏來伐楚，楚使太子質於秦。二十七年，太子亡歸。二十八年，秦與諸侯共攻楚，取重丘，殺唐昧。二十九年，秦取襄城，殺景缺。故曰「車覆馬顛」。和、戰皆不可，惟有自彊以俟時。改轍異路，獨原有此懷耳。勒騏驥而更駕兮，造父爲我操之。朱子曰：操之，執轡也。王夫之曰：

原願懲前敗而改轍，已將授以固本保邦、待時而動之策，如操轡徐行，審端正術，則可以自彊而待彊秦之敝。遷逡次而勿驅兮，朱子曰：遷，猶進也。逡次，猶逡巡。聊假日以須旹。指嶓冢之西隈兮，與纁黄以爲期。王夫之曰：嶓冢，在秦西，秦始封之地。秦者，楚不共戴天之讎。深謀定慮，以西擣其穴，雖未可卒圖，而黄昏不爲遲暮。孫詒讓曰：纁黄，即昏黄。其昶案：以上言己所欲致辭効忠之事。

開春發歲兮，白日出之悠悠。王夫之曰：初春韶日，喻頃襄初立，且有更新之望。其昶案：懷王三十年，秦復伐楚，取八城，昭王誘懷王入秦。國人召太子於齊，立之。吾將蕩志而愉樂兮，遵江夏以娱憂。擥大薄之芳茝兮，洪興祖曰：薄，叢薄也。搴長洲之宿莽。古音姥。惜吾不及古人兮，陳本禮曰：古人，指高辛。吾誰與玩此芳草？古音楚。王夫之曰：原雖不見任，而猶未罹重譴，故將集思廣謀，以有爲於國。乃頃襄無夏少康、燕昭王之志，則懷芳自玩，誰與聽之？解萹薄與雜菜兮，王逸曰：萹，萹蓄也。王夫之曰：雜菜，惡菜也。錢澄之曰：解，猶採也。備以爲交佩。古音避。王逸曰：交，合也。佩繽紛以繚轉兮，遂萎絶而離異。王夫之曰：繚轉，縈回於左右也。惡草充佩，則芳草萎而不用。其昶案：令尹子蘭使上官大夫短原於頃襄，頃襄怒而遷之。吾且儃佪以娱憂兮，觀南人之變態。古音剃。其昶案：君臣上下，竊以得位爲樂，並無欲反懷王之志。忘讎忍恥，故曰「變態」。竊快在其中心兮，揚厥憑而不誒。古音矣。其昶案：淮南注：「揚，和也。」「揚厥憑」者，和其憤懣之心。不誒，言其忘讎之速也。以上遷謫之由。

芳與澤其雜糅兮，羌芳華自中出。古音砌。紛郁郁其遠烝兮，滿内而外揚。情與質信可保兮，羌居蔽而聞章。王逸曰：雖在山澤，名宣布也。其昶案：此承上擘茝搴莽而言。國之賢才猶有可用，内治誠修則國恥可振。令薜荔以爲理兮，憚舉趾而緣木。因芙蓉而爲媒兮，憚褰裳而濡足。其昶案：理、媒，喻臣也。緣木、濡足，言己身之不保，何能薦賢。登高吾不説同「悦」兮，入下吾不能。古音泥。蔣驥曰：登高，承緣木。入下，承濡足。固朕形之不服兮，然容與而狐疑。王引之曰：然，猶乃也。其昶案：明知賢才有益於國，徒以己之不諧於世，不能薦達，不能不自疑耳。服，謂諧習。廣遂前畫音獲兮，未改此度也。錢澄之曰：廣遂，多方以遂之也。其昶案：前畫，即上所云「固本求賢」之策。忠謀不用，無能改於其德。命則處幽，吾將罷兮，願及白日之未暮莫故反也。獨煢煢而南行兮，思彭咸之故也。王夫之曰：罷，止也。未暮，國尚未亡也。故，故迹也。謂憤世沈江，彭咸之故事，己忠莫白，國事益非。命已處於幽暗莫伸，唯及敗亡未至之日，一死而已。其昶案：以上誓死之志。

右思美人 王夫之曰：此篇述其所爲國謀之深遠。要以固本自彊，報秦讎而免於敗亡，而頃襄不察。誓以必死，非悻悻抱憤，乃以己之用舍，繫國之存亡，不忍見宗邦之淪没，故必死而無疑焉。

惜往日之曾信兮，洪興祖曰：史記：「原博聞强志，明於治亂，嫺於辭令，入則與王圖議國事，以出號令；出則接遇賓客，應對諸侯。王甚任之。」受命詔以昭時。其昶案：昭時，猶言曉世。奉先功以照下兮，王逸曰：承宣祖業以示民。明法度之嫌疑。王逸曰：草創憲度，定衆難也。國富强而法立兮，屬貞臣而日娭。同「嬉」。王夫之曰：娭，樂也。朱子曰：娭，所謂逸於得人也。祕密事之載心兮，雖過失猶弗治。平聲。王夫之曰：王許其雖有過失，不責治之。其昶案：此猶言十世宥之也。蓋王戒其祕密，故原不以草藁與上官大夫。心純庬莫江反而不泄兮，洪興祖曰：庬，厚也。泄，漏也。遭讒人而嫉之，君含怒而待臣兮，不清澈其然否。古音胚。朱子曰：史記：「懷王使屈原造爲憲令，屬草藁未定，上官大夫見而欲奪之，原不與，因讒之曰：『王使屈平爲令，衆莫不知，每一令出，平伐其功，曰：「非我莫能爲也。」』王怒而疏屈平。」即此事。蔽晦君之聰明兮，虛惑誤又以欺。弗參驗以考實兮，遠遷臣而弗思。信讒諛之溷濁兮，盛氣志而過之。洪興祖曰：漢書云：「聞將軍有意督過之。」何貞臣之無辠兮，被離謗而見尤。古音怡。王夫之曰：離謗，謗以離其上下之交也。慙光景之誠信兮，身幽隱而備之。其昶案：國語注：「備，收藏也。」光景，謂日。容光必照，由其真陽充實，今己身幽隱收藏，必其誠信之不足，故足慚也。臨沅湘之玄淵兮，遂自忍而沈流。古音僚。卒没身而絶名兮，惜廱古「壅」字君之不昭。君無度而弗察兮，朱子曰：記云：「無節於内者，其察物弗省矣。」其衵案：謂無權衡。使芳草爲藪幽。焉舒情而抽信兮，其衵案：焉，於是也。恬死亡而不聊。古音劉。洪興祖曰：恬，安也。言安於死亡，不苟生也。獨鄣廱而蔽隱兮，使貞臣而無由。屈復曰：獨是壅蔽之姦人在側，即有貞臣，無由使矣。其衵案：以上惜往日懷王信任之專，遭讒而敗，今不難一死，而惜君之壅蔽。

聞百里之爲虜兮，伊尹烹於庖廚。古音稠。呂望屠於朝歌兮，甯戚歌而飯牛。古音疑。不逢湯武與桓繆兮，世孰云而知之？吴信讒而弗味兮，洪興祖曰：言貪嗜讒諛，不知忠直之味。子胥死而後憂。介子忠而立枯兮，文君寤而追求。王逸曰：介子，介子推。文君，晉文公也。封介山而爲之禁兮，報大德之優游。洪興祖曰：史記：「晉初定，賞從亡，未至隱者介子推。子推從者乃懸書宫門，文公出，見其書，使人召之，則亡。遂求其所在，聞其入緜上山中。於是文公環緜上山中而封之，以爲介推田，號曰介山。」莊子云：「介子推，至忠也，自割其股，以食文公。公後背之，子推怒而去，抱木而燔死。」思久故之親身兮，洪興祖曰：親身，言不離左右。因縞素而哭之。王逸曰：文公思子推，爲變服，悲而哭之。或忠信而死節兮，或訑音移謾謨官反而不疑。洪興祖曰：訑、謾，皆欺也。弗省察而按實兮，聽讒人之虚辭。芳與澤其雜糅兮，孰申旦而別之。何芳草之早殀兮，微霜降而下戒。諒聰不明而蔽廱兮，洪興祖曰：易噬嗑、夬卦皆曰：「聰不明也。」使讒諛而日得。去聲。姚永樸曰：得，如左傳「得太子適郢」之「得」。言日見親説於君也。自前世之嫉賢兮，謂蕙若其不可佩。洪興祖曰：若，杜若也。妒佳冶之芬芳兮，嫫音謨母姣而自好。洪興祖曰：説文：「嫫母，都醜也。」其昶案：好，當爲「媚」，廣雅：「媚，好也。」疑校者旁注其訓，因譌爲正文，遂至失韻，不可讀矣。雖有西施之美容兮，讒妒入以自代。古音地。戚學標曰：代，从弋聲。弋，古讀同「翳」。願陳情以白行兮，得罪過之不意。朱子曰：不意，出於意外也。情冤見之日明兮，朱子曰：情冤，情實與冤枉，猶言曲直也。如列宿音秀之錯置。棄騏驥而馳騁兮，無轡銜而自載。洪興祖曰：説文：「銜，馬勒口中，行馬者也。」朱子曰：載，乘也。乘氾音汎泭音敷以下流兮，朱子曰：氾泭，編竹木以渡水者也。無舟檝同「楫」而自備。背法度而心治兮，其昶案：言各以己意爲治。辟同「譬」與此其無異。錢澄之曰：身廢且死，而猶眷眷國事，極言法度之不可背。寧溘死而流亡兮，恐禍殃之有再。古音至。王夫之曰：再者，懷王辱死於秦，頃襄將爲之繼也。不畢辭而赴淵兮，惜廱君之不識。去聲。朱子曰：不死，則恐邦其淪喪，而辱爲臣僕。箕子之憂，蓋如此也。識，記也。設若不盡其辭而閔默以死，則上官、靳尚之徒，廱君之罪，誰當記之邪？其爲後世君臣之戒，可謂深切著明矣。其昶案：以上歷數古人遇合之無常，見士不遇不足惜，獨己所立之法度，實興亡治亂所關，故雖死而猶欲畢其辭也。

右惜往日　其昶案：惜往日者，惜其所立之憲令法度也。

后皇嘉樹，朱子曰：后皇，指楚王。橘徠服古音蒲北反兮。王逸曰：服，習也。服習南土，便其風氣。受命不遷，生南國兮。朱子曰：漢書「江陵千樹橘」，楚地正産橘也。受命不遷，記所謂「橘踰淮而北爲枳」也。深固難徙，更壹志兮。王夫之曰：喻忠臣生死依於宗國。緑葉素榮，洪興祖曰：爾雅：「草謂之榮，木謂之花。」此言素榮，則亦通稱。紛其可喜去聲兮。曾同「層」枝剡棘，王逸曰：剡，利也。棘，橘枝，刺若棘也。圜果摶度官反兮。朱子曰：摶，與「團」同。青黄雜糅，文章爛盧干反兮。王夫之曰：當橘熟時，或青或黄。精色内白，類任道兮。王夫之曰：内，瓤也。内含精液而清白，類人有精白之心，可託以大任。紛緼宜脩，王夫之曰：紛緼，剖之而香霧霏微也。姱而不醜古音竅兮。其昶案：以上頌橘，以下述志。

嗟爾幼志，有以異兮。獨立不遷，豈不可喜去聲兮。深固難徙，廓其無求兮。蘇世獨立，王逸曰：蘇，寤也。洪興祖曰：魏都賦云：「非蘇世而居正。」横而不流兮。陳澧曰：此中庸所謂「强哉矯」也。閉心自慎，終不失過平聲兮。王夫之曰：含忠内韞，不敢輕泄。如上官大夫所譖者。秉德無私，參天地古音沱兮。願歲幷謝，與長友古音以兮。屈復曰：橘不彫，故願於歲寒並謝之時，而長與爲友。淑離不淫，王夫之曰：離，麗也。梗其有理兮。其昶案：爾雅：「梗，正直也。」梗，謂不淫。有文理，謂淑麗。年歲雖少，可師長上聲兮。其昶案：師長，謂以長者爲師，指伯夷也。欲比其行於伯夷，故植橘以爲像也。行比伯夷，置以爲像上聲兮。王夫之曰：置，植也。植之園圃，以礪己志，因而頌之。

右橘頌

姚鼐曰：此篇尚在懷王朝，初被讒時所作，故首言「后皇」，末言「年歲雖少」，與涉江「年既老」之時異矣。而「閉心自慎」之語，又若以辨釋上官所云「每一令出，平伐其功」之爲誣也。

悲回風之搖蕙兮，心冤結而內傷。朱子曰：回風，旋轉之風也。亦上篇「悲秋風動容」之意。物有微而隕性兮，王夫之曰：性，生也。聲有隱而先倡。黃文煥曰：霜降冰至，皆風倡之先矣。錢澄之曰：秋風起，蕙草先死；害氣至，賢人先喪。夫何彭咸之造思兮，暨志介而不忘。其昶案：夫何，言其無端而至也。慕彭咸之思，與自決之志，無須臾忘。萬變其情豈可蓋兮，洪興祖曰：蓋，掩也。孰虛僞之可長？其昶案：此自言其情發於至誠，所謂「指蒼天以爲正」也。鳥獸鳴以號平聲羣兮，草苴子閭反比而不芳。王逸曰：生曰草，枯曰苴。比，合也。魚葺鱗以自別兮，朱子曰：魚整治其鱗，以自別異。蛟龍隱其文章。故荼音徒薺不同畝兮，朱子曰：荼，苦菜。薺，甘菜。蘭茝幽而獨芳。錢澄之曰：萬物各從其類，則君子豈能與小人並世乎？惟佳人之永都兮，朱子曰：都，美也。王夫之曰：佳人，猶言君子。更統世以自睨。平聲。其昶案：統計萬世，而以古人自睨也。眇遠志之所及兮，憐浮雲之相羊。介眇志之所惑兮，錢澄之曰：介然此微志也。竊賦詩之所明。古音芒。其昶案：毛詩序云：「詩有六義焉，一曰風，二曰賦。」今以心慮煩惑，故竊取賦詩之義，以自明其所志也。自屈子創爲此體，而遂有賦之名。班固曰：「賦者，古詩之流也。」以上言賢者不容於世，自明己志在此，無可悔也。

惟佳人之獨懷兮，折芳椒以自處。去聲。曾歔欷之嗟嗟兮，獨隱伏而思慮。涕泣交而淒淒兮，思不眠以至曙。終長夜之曼曼兮，掩此哀而不去。王夫之曰：宵而不安於寢。寤從容以周流兮，聊逍遥以自恃。上聲。傷太息之愍憐兮，氣於音烏邑而不可止。洪興祖曰：顏師古云：「於邑，短氣。」王夫之曰：旦而不怡於遊。糺吉酉反思心以爲纕兮，洪興祖曰：糺，繩三合也。編愁苦以爲膺。王逸曰：膺，絡胷者也。哲若木以蔽光兮，王逸曰：光，謂日光。隨飄風之所仍。王逸曰：仍，因也。其昶案：蔽光，自晦其明也。隨風，任運無心也。存髣髴而不見兮，心踊躍其若湯。王逸曰：中心沸熱若湯。錢澄之曰：原所存者，愁憤而已，或有一時依稀不見，而即一時踊躍若湯。撫佩衽以案志兮，洪興祖曰：案，抑也。超惘惘而遂行。古音杭。王夫之曰：憂從中來，不可忍戢，惟整衣惝恍，抑志而赴江南。歲曶曶音忽其若頹兮，旹亦冉冉而將至。朱子曰：時，謂衰老之期。蘋蘅槁而節離兮，朱子曰：草枯則節處斷落。芳已歇而不比。去聲。其昶案：天地閉，賢人隱，所憂非止一身之故。憐思心之不可懲兮，證此言之不可聊。古音劉。錢澄之曰：謂無聊之極，而爲此言。寧溘死而流亡兮，不忍此心之常愁。孤子唫古「吟」字而抆音吻淚兮，洪興祖曰：抆，拭也。放子出而不還。音旋。朱子曰：放，棄逐也。孰能思而不隱兮，朱子曰：隱，痛也。昭彭咸之所聞。古音煙。其昶案：言彭咸遺迹，昭昭在耳目也。以上述赴江南之時，幽憂愁苦之情，而因以彭咸自證。登石巒落官反以遠望兮，路眇眇之默默。錢澄之曰：眇眇以遠，默默以幽。其昶案：之，猶與也。入景響之無應兮，洪興祖曰：景，物之陰影也。葛洪始作影。聞省想而不可得。王夫之曰：登高山而回瞻故國，省想其聲容，不可得而見聞，宗國之安危不可知，是以鬱戚愈不能堪。愁鬱鬱之無快兮，居戚戚而不可解。古音計。心鞿羈而不開兮，氣繚轉而自締。穆眇眇之無垠兮，莽芒芒之無儀。古音俄。朱子曰：儀，猶像也。聲有隱而相感兮，物有純而不可爲。古音乎。其昶案：再申篇首之意。言因秋聲興感，而知氣化所乘。凡物之彫隕，實亦無可奈何也。邈漫漫之不可量兮，縹匹妙反緜緜之不可紆。傷魚反。朱子曰：縹，微細也。愁悄悄之常悲兮，翩冥冥之不可娛。淩大波而流風兮，託彭咸之所居。其昶案：以上言眷懷君國之念，登高遠望，益生其感，惟有淩大波以從彭咸，庶幾可以忘憂耳。

上高巖之峭岸兮，處雌蜺之標顛。古音真。洪興祖曰：標，杪也。顛，頂也。據青冥而攄虹兮，王逸曰：上至玄冥，舒光曜也。遂儵忽而捫天。古音汀。吸湛露之浮涼兮，漱音瘦凝霜之雰雰。古音軒。依風穴以自息兮，蔣驥曰：風穴，在崑崙之巔。淮南云：崑崙山北門開，以納不周之風。忽傾寤以嬋媛。王夫之曰：此想像魂遊空際，與霜露風虹相爲往來貌，此下俯瞰江山之貌。馮同「憑」崑崙以瞰苦濫反霧兮，王夫之曰：瞰，俯視也。隱岐同「岷」山以清江。古音工。洪興祖曰：岷山，在蜀郡氐道縣，大江所出。朱子曰：隱，依也，如「隱几」之「隱」。王夫之曰：清江，澄江水使清也。憚涌湍之磕磕兮，王夫之曰：憚，驚也。聽波聲之洶洶。音匈。紛容容之無經兮，罔芒芒之無紀。其昶案：無經、紀，言隨水泛濫。軋音押洋洋之無從兮，朱子曰：軋，傾壓貌。馳委移之焉止。王夫之曰：委移，與「逶迤」同。其昶案：無從、焉止，言水之源流。漂音飄翻翻其上下兮，翼遥遥其左右。古音以。其昶案：上下、左右，言波瀾。氾潏潏音決其前後兮，伴張弛音矢之信期。上聲。王夫之曰：伴，與「泮」同。其昶案：前後、張弛，言潮汐。觀炎氣之相仍兮，窺煙液之所積。王夫之曰：煙，雲也。液，雨也。此春夏之氣。悲霜雪之俱下兮，聽潮水之相擊。王夫之曰：此秋冬之氣。借光景以往來兮，施黄棘之枉策。王逸曰：言己願借神光電景，飛注往來，施黄棘之刺，以爲馬策。言其利用急疾也。王夫之曰：以上言沈湘之後，魂爽不昧。離汙濁而釋不解之憂，故不忍常愁而決於一死。乃豫想其浩然之氣，不隨生死爲聚散，而蝹蜦旁薄於兩間者如此。蔣驥曰：中山經：苦山有木名黄棘，其實如蘭。

求介子之所存兮，見伯夷之放迹。古音資鵲反。心調度而弗去兮，刻著志之無適。

其昶案：介子、伯夷，皆古志節之士。刻著，猶牢著也。言嚮慕二子之專。曰：吾怨往昔之所冀兮，悼來者之愁愁。他歷反。朱子曰：往昔所冀，謂猶欲有爲於時。蔣驥曰：愁，同「惕」。來者愁愁，言危亡將至而可懼也。其昶案：「曰」者，語辭。言己之志節專一如此，既不能有爲，又不忍見國之危亡，則惟有死之可樂耳。浮江淮而入海兮，從子胥而自適。洪興祖曰：越絶書云：「子胥死，王使捐於大江，乃發憤馳騰，氣若奔馬，乃歸神大海。」望大河之洲渚兮，王夫之曰：大河，黄河。悲申徒之抗迹。洪興祖曰：莊子云：「申徒狄諫而不聽，負石自投於河。」淮南注云：「申徒狄，殷末人也。不忍見紂亂，自沈於淵。」驟諫君而不聽兮，任重石之何益？王逸曰：任，負也。洪興祖曰：懷沙，即任石也。心絓結而不解兮，思蹇産而不釋。王夫之曰：此復言子胥死而吴亡，申徒沈而殷滅。君不閔己之死而生悔悟，則雖死無益，心終不能自釋。蓋原愛君憂國之心，不以生死而忘，非但憤世疾邪，悻悻焉決意捐生而已。

右悲回風王夫之曰：**此章蓋原自沈時永訣之辭。**

【校勘記】

[一]「南東」二字，原作「東南」，據水經注乙。

[二]「涗」，原作「涚」，據朱熹楚辭集注改。

遠遊

姚永樸曰：太史公屈賈傳贊云：「讀離騷諸篇，悲其志。適長沙，觀屈原所自沈淵，未嘗不垂涕，想見其爲人。」又云：「讀鵩鳥賦，同死生，輕去就，又爽然自失矣。」案：遠遊與鵩鳥賦同一旨趣，揚子雲反離騷云：「棄由聃之所珍兮，蹠彭咸之所遺。」觀於遠遊，又何嘗「棄由聃之所珍」乎？

悲時俗之迫阨兮，王夫之曰：阨，與「隘」通。願輕舉而遠遊。質菲薄而無因兮，焉託乘而上浮。遭沈濁而汙穢兮，獨鬱結其誰語！去聲。夜耿耿而不寐兮，魂營營而至曙。惟天地之無窮兮，哀人生之長勤。往者余弗及兮，來者吾不聞。步徙倚而遙思兮，怊音超惝音敞怳而乖懷。古音回。洪興祖曰：怊，悵恨也。意荒忽而流蕩兮，心愁悽而增悲。神儵忽而不反兮，形枯槁而獨留。王夫之曰：寓形宇內，爲時凡幾，斯既生人之大哀矣。況素懷不展，與時乖違，愁心苦志，神將去形，枯魚銜索，亦奚以爲。內惟省以端操兮，求正氣之所由。朱子曰：知愁歎之無益而有損，乃能反自循省，而求其本初也。漠虛靜以恬愉兮，澹無爲而自得。聞赤松之清塵兮，洪興祖曰：列仙傳：「赤松子，神農時爲雨師。常止西王母石室，隨風雨上下。」願承風乎遺則。其昶案：以上悲時俗之迫隘，念人生之長勤，而因有觀化頤生之志。

貴真人之休德兮，洪興祖曰：休，美也。美往世之登仙。與化去而不見兮，王夫之曰：「與化去」者，蜕形而往，所謂尸解也。名聲著而日延。奇傅説之託辰星兮，洪興祖曰：莊子音義云：「傅説死，其精神乘東維，託龍尾。今尾上有傅説星。」淮南云「傅説之所騎辰尾」是也。羨韓衆之得一。王逸曰：衆，一作「終」。洪興祖曰：列仙傳：「齊人韓終，爲王採藥，王不肯服，終自服之，遂得仙也。」形穆穆以寖遠兮，離人羣而遁逸。因氣變而遂曾同「增」舉兮，洪興祖曰：曾，高舉也。忽神奔而鬼怪。古音記。洪興祖曰：淮南云：「鬼出電入。」又云：「電[二]奔而鬼騰。」皆神速之意。時髣髴以遥見兮，精皎皎以往來。古音利。絶氛埃而淑尤兮，朱子曰：言其淑善而絶尤。終不反乎故都。古音豬。免衆患而不懼兮，世莫知其所如。其昶案：如此則時俗之迫隘，不足爲患。恐天時之代序兮，耀靈曄音饁而西征。洪興祖曰：博雅：「耀靈，日也。」朱子曰：曄，閃光貌。微霜降而下淪兮，悼芳草之先霝。古「零」字。聊仿音旁佯音羊而逍遥兮，永歷年而無成。其昶案：年歲易邁，若稍一逍遥玩愒，便已無成。承「人生之長勤」言。誰可與玩斯遺芳兮，晨鄉同「嚮」風而舒情。高陽邈已遠兮，余將焉所程？王夫之曰：無從取法。其昶案：以上申發首節之義，羨仙去之樂，而因歎高陽已邈，故都無可留戀。

重曰：春秋忽其不淹兮，奚久留此故居？軒轅不可攀援兮，吾將從王喬而娱戲。

古音呼。洪興祖曰：列仙傳：「王子喬，周靈王太子晉也。」餐六氣而飲沆胡朗反瀣音械兮，洪興祖曰：莊子云：「御六氣之辨。」五臣注琴賦云：「沆瀣，清露。」漱正陽而含朝霞。古音胡。保神明之清澄兮，精氣入而麤穢除。順凱風以從遊兮，王逸曰：南風曰凱風。至南巢而壹息。俞樾曰：書序有「巢伯來朝」，鄭云：「巢，南方之國，世一見。」據大行人云「九州之外，謂之蕃國，世一見」。則南巢固在九州之外矣。見王子而宿之兮，朱子曰：宿，與「肅」通。審壹氣之和德。朱子曰：審，究問也。曰：「道可受兮，不可傳。洪興祖曰：曰者，王子之言也。謂可受以心，不可傳以言語。其小無内兮，其大無垠；古音研。王夫之曰：小無内者，一身之内無毫毛，非元氣之所察。大無垠者，與天地陰陽合體也。其昶案：垠，从艮聲。安古琴説：艮，古音艱。枚乘七發以圻諧先、門韻。「圻」、「垠」同字。無滑音骨而魂兮，洪興祖曰：滑，亂也。朱子曰：而，汝也。彼將自然；壹氣孔神兮，於中夜存。虚以待之兮，無爲之先。庶類以成兮，此德之門。」朱子曰：人能無滑亂其魂，則身心自然，而氣之甚神者，當中夜虚靜之時，自存於己，而不相離矣。如此，則於應世之務，皆虚以待之於無爲之先，而庶類自成，萬化自出。其昶案：以上從王喬聞至貴之道。

聞至貴而遂徂兮，忽乎吾將行。古音杭。王夫之曰：至貴，上所聞之道要也。忽乎，迫欲行之也。既得受修行之術於王喬，遂如其言以行之。下文皆行之之事。仍羽人於丹丘兮，王逸曰：丹丘，晝夜常明也。九懷云：「夕宿乎明光。」明光，即丹丘也。洪興祖曰：羽人，飛仙也。王夫之曰：仍，效之也。留不死之舊鄉。朝濯髮於湯谷兮，夕晞余身兮九陽。洪興祖曰：仲長統云「九陽代燭」，注云：「九陽，日也。」吸飛泉之微液兮，懷琬琰之華英。古音央。洪興祖曰：琬琰，皆玉名。黄庭經：「含漱金醴吞玉英。」玉色頩普茗反以脕音晚顔兮，洪興祖曰：頩，美貌。脕，澤也。精醇粹而始壯。質銷鑠以汋約兮，洪興祖曰：汋約，柔弱貌。莊子云：「肌膚若冰雪，綽約若處子。」質銷鑠，謂凡質盡也。司馬相如云：「列仙之儒，形容甚臞。」神要平聲眇以淫放。洪興祖曰：廣雅：「淫，遊也。」其昶案：以上言行道之效。

嘉南州之炎德兮，麗桂樹之冬榮。山蕭條而無獸兮，野寂漠其無人。載營魄而登霞兮，朱子曰：霞，與「遐」通。王夫之曰：營，魂也。掩浮雲而上征。朱子曰：上四句記時物，下二句言以此時昇仙而去也。其昶案：原，楚人，故至南巢見王子，復自南州上征，先入帝宮，尚未覩南疑也。命天閽其開關兮，排閶闔而望余。洪興祖曰：排，推也。朱子曰：望予，須我之來也。召豐隆使先導兮，問太微之所居。洪興祖曰：大象賦注云：「太微宫垣，十星，在翼、軫北。」集重陽入帝宮兮，洪興祖曰：積陽爲天，天有九重，故曰重陽。造旬始而觀清都。古音豬。王逸曰：旬始，星名。春秋考異郵云：「太白，名旬始。」洪興祖曰：造，至也。列子云：「清都、紫微、鈞天、廣樂，帝之所居。」其昶案：以上從南州上入帝宮。

朝發軔於太儀兮，王逸曰：太儀，天帝之庭。夕始臨乎於微閭。王逸曰：暮至東方之玉山也。爾雅：「東方之美者，有醫無閭之珣玗琪焉。」釋文：一云「微母閭」。屯余車之萬乘兮，紛容與而竝馳。駕八龍之婉婉兮，載雲旗之逶蛇。古音夷。建雄虹之采旄兮，五色雜而炫燿。服偃蹇以低昂兮，洪興祖曰：以二馬夾轅謂之服。驂連蜷以驕驁。五到反。朱子曰：驂，衡外挽靷兩馬也。騎去聲膠葛以雜亂兮，斑曼衍而方行。古音杭。洪興祖曰：斑，駁文也。撰余轡而正策兮，吾將過乎句芒。王逸曰：東方甲乙，其帝太皓，其神句芒。其昶案：以上從帝都太儀，而始臨於東。

歷太皓以右轉兮，朱子曰：太皓，即太皡。前飛廉以啓路。陽杲杲其未光兮，洪興祖曰：詩云：「杲杲出日。」淩天地以徑度。洪興祖曰：徑，直也。其昶案：自東至西，不歷轉於南，故曰徑度。風伯爲余先驅兮，氛埃辟同「避」而清涼。鳳皇翼其承旂兮，遇蓐音辱收乎西皇。王逸曰：西方庚辛，其帝少皓，其神蓐收。西皇，即少昊也。其昶案：以上由東至西。

擥彗星以爲旍兮，洪興祖曰：旍，即「旌」字。舉斗柄以爲麾。洪興祖曰：天文志：「北斗七星，杓攜龍角。」杓，斗柄也。麾，旗屬。叛同「判」陸離其上下兮，遊驚霧之流波。古音疲。旹曖曃音逮其曭音儻莽兮，洪興祖曰：曖曃，暗也。曭，日不明也。召玄武而奔屬。音燭。洪興祖曰：禮記：「行前朱雀而後玄武。」二十八宿，北方爲玄武。說者云：龜蛇，位在北方，故曰玄；身有鱗甲，故曰武。蔡邕云：「北方玄武，介蟲之長。」後文昌使掌行兮，洪興祖曰：天文志：「文昌六星，在北斗魁前。」掌行，謂掌領從行者。選署衆神以竝轂。洪興祖曰：署，置也。路曼曼其脩遠兮，徐弭節而高厲。洪興祖曰：厲，渡也。左雨師使徑侍兮，右雷公以爲衞。欲度世以忘歸兮，朱子曰：度世，謂度越塵世而仙去也。意恣睢以担撟。音驕去聲。洪興祖曰：恣睢，自得貌。朱子曰：担撟，軒舉也。內欣欣而自美兮，聊媮娛以自樂。五教反。其昶案：以上由西轉北。北者，萬物之所藏也。意欲休息於此而仍不能。

涉青雲以汎濫兮，忽臨睨夫舊鄉。僕夫懷余心悲兮，邊馬顧而不行。古音杭。洪興祖曰：邊，旁也。朱子曰：謂兩驂也。思舊故以想像兮，長太息而掩涕。古音底。氾容與而遐舉兮，聊抑志而自弭。音米。指炎帝而直馳兮，王逸曰：南方丙丁，其帝炎帝，其神祝融。吾將往乎南疑。古音牛。王逸曰：過衡山而觀九疑也。覽方外之荒忽兮，沛罔象而自浮。洪興祖曰：文選「罔象相求」，注云：「虛無罔象然也。」祝融戒而蹕御兮，洪興祖曰：大人賦「祝融警而蹕御」，注云：「蹕，止行人也。御，禦也。」騰告鸞鳥迎宓妃。張咸池奏承雲兮，王逸曰：承雲，即雲門，黃帝樂也。二女御洪興祖曰：御，侍也。朱子曰：二女，娥皇、女英。九韶歌。苗夔曰：韻補：歌，居之切。引遠遊，「歌」與「妃」、「夷」、「飛」、「徊」爲韻，知「哥」从「可」聲，與「奇」从「可」聲，音「奇偶」之「奇」同音也。使湘靈鼓瑟兮，洪興祖曰：湘水之神。令海若舞馮夷。洪興祖曰：海若，莊子所稱「北海若」也。馮夷，河伯也。玄螭蟲象竝出進兮，洪興祖曰：國語云：「水之怪：龍、罔象。」形蟉虯而逶蛇。古音夷。洪興祖曰：蟉虯，盤曲貌。雌蜺便平聲娟以增撓兮，洪興祖曰：便娟，輕麗貌。集韻：「撓，纏也。」鸞鳥軒翥而翔飛。音樂博衍無終極兮，朱子曰：博衍，寬平之意。焉乃逝以徘徊。王夫之曰：焉乃，猶言於是。舒并節以馳騖兮，王夫之曰：并節，總轡也。逴音卓絕垠乎寒門。古音民。洪興祖曰：逴，遠也。李善云：「絕垠，天邊之際也。」朱子曰：寒門，北極之門。軼音逸迅風於清源兮，從顓頊乎增冰。洪興祖曰：北方壬癸，其帝顓頊，其神玄冥。淮南云：「北方有凍寒積冰雪雹羣水之野。」其昶案：以上悲思故鄉，因往南疑，盤桓既久，而復歸於北。

歷玄冥以邪徑兮，王夫之曰：邪徑，猶言枉道。乘閒維以反顧。洪興祖曰：孝經緯云：「天有七衡而六閒。」淮南云：「兩維之閒，九十一度。」注云：「自東北至東南爲兩維，市四維，三百六十五度。」召黔嬴而見之兮，洪興祖曰：大人賦：「左玄冥而右黔雷。」注云：「黔嬴也，天上造化神名。」朱子曰：黔嬴，史記作含靁，漢書作黔靁。則「嬴」當爲「嬴」。爲余先乎平路。其昶案：既遊覽四方，復窮極上下，故又召黔嬴先路。經營四荒兮，周流六漠。洪興祖曰：漢樂歌作「六幕」，謂六合也。上至列缺兮，降望大壑。洪興祖曰：大人賦：「貫列缺之倒影。」注云：「列缺，天閃也。」列子云：「渤海之東有大壑焉，實惟無底之谷，名曰歸墟。」下峥嶸而無地兮，上寥廓而無天。古音汀。洪興祖曰：顔師古云：「崢嶸，深遠貌。寥廓，廣遠也。」視儵忽而無見兮，聽惝怳而無聞。超無爲以至清兮，與泰初而爲鄰。洪興祖曰：列子云：「泰初者，氣之始也。」朱子曰：屈子本以來者不聞爲憂，而願爲方仙之道，至此則真可以後天不老，而凋三光矣。下視人世，甕盎之閒，百千蚊蚋，須臾之頃，萬起萬滅，何足道哉！何足道哉！

【校勘記】

〔一〕「電」，原作「雷」，據補注改。

卜居

王夫之曰：卜居者，設爲之辭，以章己之獨志也。居，處也。君子處躬，信諸心而與天下異趨。澄濁之辯，粲如分流；吉凶之故，輕若飄羽。恐天下後世且以己爲過高，不知俾躬處休之善術，故託爲問之蓍龜，而詹尹不能決，以旌己志。

屈原既放，三年不得復見，竭知盡忠，而蔽障於讒。古音崇。心煩慮亂，不知所從。往見太卜鄭詹尹，王夫之曰：太卜，爲國掌卜筮之官。曰：「余有所疑，願因先生決之。」詹尹乃端策拂龜，五臣曰：策，蓍也。曰：「君將何以教之？」屈原曰：「吾寧悃悃款款朴以忠乎？朱子曰：悃款，誠實傾盡之貌。將送往勞去聲來斯無窮乎？王夫之曰：不忠於國，則惟奔走勢要，終身不疲。寧誅鋤草茅以力耕乎？將遊大人以成名乎？朱子曰：大人，猶貴人。寧正言不諱以危身乎？將從俗富貴以媮同「偷」生乎？寧超然高舉以保真乎？將哫訾粟斯、喔咿儒兒，俞樾曰：哫訾，即趦趄。儒兒，即囁嚅也。其昶案：哫、訾、粟、斯，四字爲一義。喔、咿、儒、兒，四字爲一義。以事婦人乎？朱子曰：婦人，蓋謂鄭袖。寧廉潔正直以自清乎？將突梯滑音骨稽，王逸曰：轉隨俗也。如脂如韋，洪興祖曰：韋，柔皮也。朱子曰：脂，肥澤。以絜楹乎？其昶案：絜楹，猶言雕楹。春秋「丹桓公楹」，穀梁傳：「丹楹，非禮也。」漢書云：「周室衰，禮法壞，諸侯刻桷丹楹。」此言潔清者不受飾，若絜楹，則隨俗爲美觀，故王逸注曰「順滑澤也」。寧昂昂若千里之駒乎？將氾氾若水中之鳧，與波上下，偷以全吾軀乎？寧與騏驥亢軛乎？將隨駑馬之迹乎？寧與黄鵠比翼乎？將與雞鶩爭食乎？洪興祖曰：軛，車轅前衡也。王夫之曰：亢，與「伉」同，竝也。五臣曰：鶩，鴨也。洪興祖曰：師古云：「黄鵠，大鳥，一舉千里。」此孰吉孰凶？何去何從？世溷濁而不清，蟬翼爲重，千鈞爲輕；黄鐘毀棄，瓦釜雷鳴；讒人高張，賢士無名。五臣曰：黄鐘，樂器。洪興祖曰：張，自侈大也。吁嗟默默兮，誰知吾之廉貞！」詹尹乃釋策而謝，曰：「夫尺有所短，寸有所長，物有所不足，智有所不明，古音芒。數有所不逮，神有所不通。古音湯。用君之心，行君之意，龜策誠不能知此事。」

漁父

其昶案：漁父之言，正叔孫通所謂「知時變者」。世俗之見類然，不必果無其人。原感其言，因述己志，而成斯篇，史公以事載之，不爲過，若莊子漁父僞篇，殆後人仿此而作，則誠空語，無事實矣。

屈原既放，游於江潭，行吟澤畔，顔色憔悴，形容枯槁。漁父見而問之，曰：「子非三閭大夫與？王逸曰：屈原仕於懷王，爲三閭大夫。三閭之職，掌王族三姓，曰：昭、屈、景。何故至於斯？」蔣驥曰：未悉所以放之之故。屈原曰：「舉世皆濁我獨清，衆人皆醉我獨醒，平聲。是以見放。」漁父曰：「聖人不凝滯於物，而能與世推移。世人皆濁，何不淈音谷其泥而揚其波？古音疲。王夫之曰：淈，撓亂之也。李詳曰：爾雅：「淈，治也。」治有掘、汨兩義。其昶案：泥波相混，不分清濁也。衆人皆醉，何不餔音逋其糟而歠音啜其釃？音離。五臣曰：餔，食也。歠，飲也。洪興祖曰：釃，薄酒也。其昶案：糟釃並御，不別精粗也。何故深思高舉，自令放爲？」屈原曰：「吾聞之，新沐者必彈冠，新浴者必振衣。戚學標曰：禮鄭注：「衣，讀曰殷，聲之誤也。」凡近衣之聲，多或類殷。安能以身之察察，受物之汶汶者乎？五臣曰：察察，潔白也。蔣驥曰：二語切沐浴者言。史記於「振衣」下多一「人」字，尤爲可見。李詳曰：汶，古與「昏」通。淮南注：「湣，讀汶水之汶。」史記索隱：「汶汶，猶昏暗。」寧赴湘流，葬於江魚之腹中。安能以皓皓之白，古音博。王逸曰：皓皓，猶皎皎。蒙世俗之温蠖於郭反乎？」司馬貞曰：温蠖，猶惛憒也。其昶案：温蠖，舊作「塵埃」，今從史記。漁父莞爾而笑，鼓枻音曳而去。王逸曰：叩船舷也。

歌曰：「滄浪音郎之水清兮，洪興祖曰：禹貢注云：「漾水至武都爲漢，至江夏謂之夏水，又東爲滄浪之水，在荆州。」可以濯吾纓。朱子曰：纓，冠系也。滄浪之水濁古音獨兮，可以濯吾足。」遂去，不復與言。

招魂

張裕釗曰：招魂，招懷王也。屈子蓋深痛懷王之客死，而頃襄宴安淫樂，置君父仇恥於不問。其辭至爲深痛。吴汝綸曰：懷王爲秦所虜，魂亡魄失，屈子戀君而招之，盛言歸來之樂，以深痛其在秦之愁苦。文中所陳皆人君之事，太史公明言「讀離騷、天問、招魂、哀郢，悲其志」，其爲屈賦無疑。

朕幼清以廉潔兮，蔣驥曰：朕，原自謂。身服義而未沬。音寐。主此盛德兮，牽於俗而蕪穢。其昶案：主，宗主之也。盛德，謂懷王。言君雖賢，而牽敗於俗。上無所考此盛德兮，王夫之曰：考，成也。長離同「罹」殃而愁苦。其昶案：懷王以失德而喪國亡身。此咎己不能輔成君德，致罹殃禍。下言天帝不能延其命，皆爲招魂張本。帝告巫陽曰：「有人在下，古音户。吴汝綸曰：人，懷王也。我欲輔之。魂魄離散，汝筮予之。」吴汝綸曰：筮，與「遾」同。爾雅：「遾，逮也。」謂遠捕之也。巫陽對曰：「掌㝱同「夢」上帝其難從。吴汝綸曰：「從」、「蹤」同字。「掌夢」屬下讀。其昶案：夢，即篇末與「王趨夢兮」之夢，謂雲夢也。言此爲上帝掌夢之人，魂魄離散，其難蹤跡也。蓋上下四方，不知其所在，故不能逮與，必從而招之。夢爲楚之澤，故知此所招者，乃懷王也。若必筮予之，恐後之謝，不能復用。」平聲。朱子曰：恐其離散之遠，而或後之，以致徂謝。其昶案：「恐後之謝，不能復用」二語，乃微言也。此必懷王已死於秦，屈子慟之，不忍質言其死。因古有皋復之禮，北面三號。禮疏云：「三號者，一號於上，冀神在天而來；一號於下，冀神在地而來；一號於中，冀神在天地之間而來也。」故本此義，作爲招魂之篇，亦史公所謂「繫心懷王，不忘欲反」者也。生歸無望，今望其魂反，其痛更深矣。以上爲通篇立案。

巫陽焉乃下招曰：王念孫曰：焉乃，語詞，猶言於是下招。魂兮歸來，去君之恒幹，王逸曰：恒，常也。幹，體也。何爲四方些？寫邪反。洪興祖曰：説文：「些，語詞也。」王夫之曰：些，楚人歌曲之餘聲。舍君之樂處，蔣驥曰：樂處，謂楚。而離彼不祥些。魂兮歸來，東方不可以託些。長人千仞，洪興祖曰：山海經：「東海之外，大荒之中，有大人之國。」惟魂是索些。十日代出，洪興祖曰：莊子云：「昔者十日並出，萬物皆照。」代出，言一日至，一日出，交會相代也。流金鑠石些。彼皆習之，王夫之曰：彼，謂彼土之人。習者，相與慣習，不畏炎灼。魂往必釋，施灼反些。王逸曰：釋，解也。歸來歸來，不可以託些。其昶案：此招魂於東。魂兮歸來，南方不可以止些。雕題黑齒，王逸曰：題，額也。洪興祖曰：禮記：「南方曰蠻，雕題交趾。」注云：「雕題，刻其肌，以丹青涅之。」得人肉以祀，上聲。以其骨爲醢古音喜些。蝮蛇蓁蓁，音臻。王逸曰：蓁蓁，積聚之貌。洪興祖曰：山海經：「蝮蛇，色如綬文，大者百餘斤。」封狐千里些。王夫之曰：千里，言能爲妖怪，倏忽千里也。雄虺九首，往來儵忽，吞人以益其心些。五臣曰：益其心，助其毒也。歸來歸來，不可以久淫些。五臣曰：淫，淹也。其昶案：此招魂於南。魂兮歸來，西方之害，流沙千里些。旋去聲入雷淵，王逸曰：淵，文選作「泉」。洪興祖曰：唐人避諱，以「淵」爲「泉」。靡莫爲反散而不可止些。王逸曰：靡，碎也。幸而得脱，其外曠宇些。王逸曰：無人之土也。吴汝綸曰：幸而得脱，殆懷王走趙，復爲秦得之後所爲歟。其昶案：秦在西，故言於此。赤螘同「蟻」若象，王逸曰：螘，蚍蜉也。蔣驥曰：八紘譯史：蟻國在極西，其色赤，大如象。玄蠭同「蜂」若壺古音瓠些。王逸曰：壺，乾瓠也。洪興祖曰：方言：「蠭大而蜜[一]，謂之壺蠭。」五穀不生，藂同「叢」菅音姦是食些。王逸曰：菅，茅也。其土爛人，王夫之曰：燥氣灼人，筋骨糜裂也。求水無所得些。朱子曰：今環靈、夏之閒，有旱海六七百里，無水泉，即其證也。彷徉無所倚，廣大無所極些。王夫之曰：彷徉、廣大，皆曠杳無可棲泊之意。歸來歸來，恐自遺賊些。王逸曰：賊，害也。其昶案：此招魂於西。魂兮歸來，北方不可以止些。增冰峨峨，飛雪千里些。洪興祖曰：尸子云：「北極左右，有不釋之冰。」歸來歸來，不可以久古音几些。其昶案：此招魂於北。魂兮歸來，君無上天古音汀些。虎豹九關，啄害下人些。錢杙曰：山海經：崑崙，帝之下都，面有九門，門有開明獸守之，虎身人面。一夫九首，拔木九千古音親些。王夫之曰：言此九首之夫，力能拔九千木而不倦。豺狼從目，往來侁侁音莘些。五臣曰：從，豎也。侁侁，衆貌。懸人以娭，投之深淵古音因些。致命於帝，然後得瞑失人反些。其昶案：此言豺狼或以人爲娭戲，投之深淵，不得出，必待天命盡，乃克瞑目而死。「致命於帝」，猶言委命於天也。傷不即死，痛苦之甚。歸來歸來，往恐危身些。其昶案：此招魂於上。魂兮歸來，君無下此幽都古音豬些。王逸曰：地下幽冥，故稱幽都。土伯九約，其角觺觺音疑些。王逸曰：約，屈也。地有土伯，其身九屈，有角，觸害人。五臣曰：觺觺，銛利貌。孫志祖曰：説文繫傳云：「土伯九約，謂身有九節也。」敦脄音梅血拇，音母。逐人駓駓音丕些。王逸曰：敦，厚也。脄，背也。駓駓，走貌。王夫之曰：以指攫人，血嘗染拇。參目虎首，其身若牛古音疑些。洪興祖曰：博雅：「參，三也。」此皆甘人，王逸曰：言此物食人，以爲甘美。歸來歸來，恐自遺災古音齎些。其昶案：此招魂於下。魂兮歸來，入修門古音民些。王逸曰：修門，郢城門。洪興祖曰：伍端休江陵記云：「南關三門，其一名龍門，一名修門。」工祝招君，五臣曰：工祝，良巫也。背行先些。王夫之曰：背行，卻行。先，導也。秦篝齊縷，鄭緜絡古音路些。其昶案：類篇：「上大下小而長，謂之篝笭。」儀禮鄭注：「篚，竹器，如笭者。」古之復者，升屋而號，曰「皋某復」，招以衣，受用篚，以衣尸。鄭謂：「衣尸者覆之，若得魂反之。」此云秦篝，殆即篚類。齊縷、鄭緜，皆謂衣也。絡，謂絡繹。禮疏云：「諸侯既用褒衣，又以冕服、爵弁服而復也。」招具該備，永嘯呼去聲些。朱子曰：招具，謂上三物。嘯呼，即所謂皋也。魂兮歸來，反故居去聲些。其昶案：此正敘皋復招魂之事。禮疏云：「凡復者，緣孝子之心，望得魂氣復反。」蓋既復而後行死事，若懷王未死，不能豫凶事也。以上言懷王羈魂於外之愁苦，以下則盛陳楚宮室服御之崇麗娛樂。凡所陳，皆生人之趣也，死則無此矣。縱招魂歸來，已不能復用。此蓋諷諫頃襄，動其哀死之心，而激其不共戴天之志，故又以射獵終之。自來解者皆失其恉。

天地四方，多賊姦些。像設君室，靜閒安些。王夫之曰：像設者，以意想像而設言之。自此至「反故居些」，皆像設之辭。高堂邃宇，檻層軒些。其昶案：殿堂前檐，特起曲椽，無中梁者曰軒。檻者，層軒之下有欄版也。漢書：「天子自臨軒檻。」層臺累榭，臨高山些。朱子曰：言其高出於山上，而下臨其山也。網户朱綴，刻方連些。朱子曰：網户者，以木爲門扉，而刻爲方目，如羅網之狀。朱綴者，以朱丹飾其交綴之處，使其所刻之方相連屬也。冬有穾音要廈，王逸曰：穾，複室也。廈，大屋也。夏室寒些。川谷徑復，王逸曰：流源爲川，注谿爲谷。五臣云：徑，往也。流潺湲些。光風轉蕙，五臣曰：日光風氣。氾崇蘭古音蓮些。王逸曰：氾，猶汎汎，摇動貌。王念孫曰：崇，猶叢。廣雅：「崇，聚也。」經堂入奧，王逸曰：西南隅謂之奧。朱塵筵些。王逸曰：塵，承塵也。吴汝綸曰：筵，借爲「延」。砥室翠翹，挂曲瓊古音旋些。王逸曰：翹，羽也。曲瓊，玉鉤也。以砥石爲壁，平而滑澤。以翠鳥之羽，雕飾玉鉤，以懸衣物。翡翠珠被，王逸曰：被，衾也。洪興祖曰：翡，赤羽雀。翠，青羽雀。爛齊光些。王逸曰：牀上之被，飾以翡翠羽及珠璣，其文爛然而同光明。蒻阿拂壁，王夫之曰：所以爲壁衣。王念孫曰：蒻，與

「弱」同。阿，細繒也。弱阿，猶淮南之言「弱緆」。羅幬音儔張些。洪興祖曰：爾雅：「幬，謂之帳。」纂組綺縞，王夫之曰：結縷純赤曰纂，五色雜曰組，素練曰縞，文繒曰綺。結琦璜些。王夫之曰：繫以琦璜，蓋流蘇之類。室中之觀，多珍怪古音記些。其昶案：以上堂室陳設之盛。

蘭膏明燭，王逸曰：蘭膏，以蘭香煉膏也。華容備些。五臣曰：華容，謂美人也。二八侍宿，王逸曰：二八，二列也。大夫有二列之樂，故晉悼公賜魏絳女樂二八、歌鐘二肆也。射音亦遞代古音地些。王逸曰：射，厭也。意有厭倦，則使更相代。九侯淑女，朱子曰：設言商九侯之女，入之紂，而不喜淫者也。王夫之曰：言美人貞靜似之。多迅衆古音宗些。吴汝綸曰：迅，與「洵」同。盛鬋音翦不同制，王逸曰：鬋，鬢也。五臣曰：盛飾理鬢，其制不同。實滿宮些。容態好比，順彌代古音地些。王夫之曰：比，合也。彌代，猶言蓋世。好合柔順，世無與匹也。弱顔固植，謇其有意些。王逸曰：植，志也。心志堅固，不可侵犯。五臣曰：有意，禮則之意。朱子曰：謇，語辭。姱容修態，絙音亘洞房些。王逸曰：絙，竟也。五臣曰：洞，深也。洪興祖曰：絙，與「亘」同。蛾眉曼睩，音禄。王逸曰：睩，視貌。五臣曰：曼，長也。目騰光些。靡顔膩女吏反理，王逸曰：靡，緻也。膩，滑也。其昶案：理，謂肌理。遺視矊音緜些。洪興祖曰：矊，眇遠貌。王夫之曰：遺視，猶言留眄。離榭修幕，王夫之曰：離榭，別館之榭。修幕，長廊而施之幕也。侍君之閒音弦些。朱子曰：閒，閑暇也。翡帷翠帳，飾高堂些。紅壁沙版，王逸曰：沙，丹砂也。王夫之曰：以丹砂塗户版。玄玉梁些。五臣曰：黑玉飾於屋梁。仰觀刻桷，畫龍蛇古音夷些。朱子曰：桷，椽也。刻爲龍蛇而彩畫之。坐堂伏檻，臨曲池些。芙蓉始發，雜芰荷古音奚些。紫莖屏風，王逸曰：或云：紫莖，言荷莖紫色。屏風，言荷葉障風也。文緣波古音疲些。王逸曰：風起水動，波緣其葉上而生文也。文異豹飾，洪興祖曰：詩云：「羔裘豹飾。」王夫之曰：文異，服飾奇瑋也。侍陂音皮陁音移些。李詳曰：陂陁，侍者邪偎不齊貌。軒輬音涼既低，王逸曰：軒，輬，皆輕車名。低，屯也。孫詒讓曰：涉江：「邸余車兮方林。」邸，一作「低」。步騎羅古音離些。王逸曰：徒行爲步，乘馬曰騎。蘭薄户樹，瓊木籬些。五臣曰：木叢生曰薄。言夾户種叢蘭，又栽木爲藩籬以自蔽。魂兮歸來，何遠爲古音臾些？其袓案：以上妾媵游觀之樂。

室家遂宗，其袓案：廣雅：「宗，聚也。」食多方些。稻粢子夷反穱音捉麥，王逸曰：粢，稷也。洪興祖曰：穱，稻處種麥也。挐女居反黄粱些。王逸曰：挐，糅也。洪興祖曰：本草：「黄粱出蜀、漢，閩[二]、浙閒亦種之，香美逾於諸粱，號爲竹根黄。」大苦鹹酸，辛甘行古音杭些。其袓案：周禮注：「行，猶用也。」肥牛之腱，音建。五臣曰：腱，筋肉。臑音儒若芳些。洪興祖曰：説文：「臑，爛也。」王夫之曰：若芳，猶言而芳。和酸若苦，王夫之曰：若苦，猶言與苦。陳吴羹古音郎些。洪興祖曰：淮南云：「窮荆吴甘酸之變。」注云：「二國善鹹酸之和。」胹音而鼈炮蒲交反羔，洪興祖曰：炮，合毛炙物。朱子曰：胹，煮也。有柘音蔗漿些。王夫之曰：柘，與「蔗」通。鵠酸臇子兗反鳧。王逸曰：以酸酢烹鵠爲羹。洪興祖曰：鵠，鴻鵠。臇，臛少汁也。鳧，野鴨也。煎鴻鶬音倉些。洪興祖曰：鶬，麋鴰也。露雞臛音霍蠵，音攜。王逸曰：露雞，露棲之雞。蠵，大龜之屬。洪興祖曰：臛，字書作「脽」，肉羹也。厲而不爽平聲些。王逸曰：厲，烈也。爽，敗也。洪興祖曰：老子云：「五味令人口爽。」粔音巨籹音女蜜餌，有餦音張餭音皇些。王逸曰：以蜜和米麪熬煎，作粔籹，擣黍作餌，又有美餳。洪興祖曰：方言：「餌謂之糕，餳謂之餦餭。」瑶漿蜜勺，實羽觴些。王逸曰：實，滿也。王夫之曰：皆言酒也。瑶，其色。蜜，其味也。勺，與「酌」通。羽觴，翠羽飾爵也。挫糟凍飲，五臣曰：糟，酒滓也。李善曰：凍，冷也。王夫之曰：挫，壓也。壓去其糟爲清酒。酎音紂清涼些。王逸曰：酎，醇酒也。洪興祖曰：月令：「孟夏，天子飲酎。」注云：「春酒至此始成。」華酌既陳，有瓊漿些。王逸曰：酌，酒斗也。言華酌陳列，復有瓊漿，恣意所用。歸反故室，敬而無妨些。王夫之曰：以酒將敬，醉而無妨也。其昶案：以上飲饌之盛。

肴羞未通，王夫之曰：通，徧設也。女樂羅些。敶鐘按鼓，五臣曰：按，猶擊也。造新歌些。涉江采菱，發陽荷些。文選注曰：荷，當作「阿」。涉江、采菱、陽阿，皆楚歌名。洪興祖曰：淮南云：「歌采菱，發陽阿。」美人既醉，朱顏酡音駄些。王逸曰：酡，著也。面著赤色。娭光眇視，目曾同「層」波些。王夫之曰：娭光，流目送光。眇視，微眄也。曾波，目若含水，波紋重疊之狀。被文服纖，王逸曰：文謂綺繡，纖謂羅縠。麗而不奇些。孫志祖曰：雖華麗，不奇衺也。長髮曼鬋，豔陸離些。二八齊容，王逸曰：儀容齊一。起鄭舞些。王逸曰：鄭國之舞也。衽若交竿，撫案下古音户些。王逸曰：舞者衣衽掉摇，回轉相鉤，狀若交竹竿，以手抑案而徐來下也。竽瑟狂會，搷音田鳴鼓些。王夫之曰：狂會，競奏也。搷，與「填」通，鼓聲。宮庭震驚，發激楚些。李善曰：激楚，歌曲也。吴歈音俞蔡謳，奏大吕些。王逸曰：歈、謳，皆歌也。大吕，六律名。士女雜坐，亂而不分些。吴汝綸曰：劉勰辨騷摘「士女雜坐」等句，以爲屈原異乎經典之据，則固不謂此篇爲宋玉作矣。放敶組纓，班其相紛些。蔣驥曰：放，散。組，帶也。班，坐列也。鄭衛妖玩，來雜陳古音田些。朱子曰：妖玩，妖好可玩之物。激楚之結，獨秀先些。王夫之曰：結，曲尾也。曲終而奏激楚，獨秀於先作之樂也。此言歌舞之美。菎音昆蔽象棊，王逸曰：菎，玉也。蔽，簙箸，以玉飾之也。洪興祖曰：方言：「秦、晉之閒謂之簙，吴、楚之閒謂之蔽，或謂之箭裏，或謂之棊。」其袓案：菎，借爲「琨」。有六簙音博些。王逸曰：投六箸，行六棊，故爲六簙。分曹竝進，王逸曰：曹，偶。遒相迫些。五臣曰：遒，急也。言務以求勝。成梟堅堯反而牟，王逸曰：倍勝爲牟。洪興祖曰：淮南云：「善博者不欲牟，不恐不勝。」王夫之曰：梟，博采。呼五白些。王逸曰：五白，簙齒也。洪興祖曰：列子云：「樓上博者射，明瓊張中。」説者曰：「凡戲争能取中，皆曰射。明瓊，齒五白也。」晉制犀比，王逸曰：言晉國工作簙棊箸，比集犀角，以爲雕飾。費白日些。洪興祖曰：費，耗也。王夫之曰：費白日，猶言消日。鏗鐘摇簴，王逸曰：鏗，撞也。王夫之曰：鐘聲震摇，簴爲之動。考工記所謂若自其簴鳴也。揳音甲梓瑟些。五臣曰：以梓木爲瑟。洪興祖曰：揳，轢也。娱酒不廢，朱子曰：不廢，猶言不已也。沈日夜古音豫些。朱子曰：沈，沈湎也。蘭膏明燭，華鐙錯些。洪興祖曰：説文：「鐙，錠也。」徐鉉云：「錠中置燭，故謂之鐙。」朱子曰：華，謂刻飾華好。錯，置也。結撰至思，蘭芳假古音故些。王夫之曰：藻思中發，若蘭蕙之芳相假借也。人有所極，同心賦些。王夫之曰：人各盡其思之所至，相競美。謂酒闌作賦，以紀勝會也。酎飲盡歡，樂先故些。五臣曰：樂君先祖及故舊。魂兮歸來，反故居去聲些。其衵案：以上歌舞賽戲之樂，自「像設君室」至此，窮極珍靡，皆欲其妥先王之魂，則嗣君之當復仇，而未忍溺於宴樂，意自可見。其辭雖麗，其旨則哀。

亂曰：獻歲發春兮，汨吾南征。王逸曰：獻，進也。言歲始來進，春氣奮揚，萬物皆感氣而生。自傷放逐，獨南行也。菉蘋齊葉兮，白芷生。路貫廬江兮，左長薄。王逸曰：貫，出也。洪興祖曰：前漢地理志：「廬江出陵陽東南，北入江。」王夫之曰：長薄，山林亘望，皆叢薄也。倚沼畦瀛兮，遥望博。王逸曰：畦，猶區也。王夫之曰：沼，小水如池。瀛，大水如海。博，遠也。其衵案：管子謂「水之性躍則倚」，注云：「倚，排也。謂前後相推排也。」懷王死於頃襄三年，屈子還放亦在其時。此云遥望者，謂在貶所遥望雲夢，但見懸火烝天，知其爲獵也。青驪結駟兮，齊千乘。平聲。王逸曰：純黑爲驪。結，連也。四馬爲駟。懸火延起兮，玄顔烝。洪興祖曰：説文：「烝，火氣上行也。」楊慎曰：懸火，即周禮之「墳燭」。蓋焚林而田，所持以起火者。蔣驥曰：玄，天色。步及驟處兮，誘騁先。王逸曰：誘，導也。朱子曰：步行而及驟馬所至之處，言走之疾也。抑騖若通兮，引車右還。音旋。王逸曰：抑，止也。騖，馳也。若，順也。還，轉也。朱子曰：引車右轉，以射獸之左也。其衵案：馳止順通，言進退自如也。與王趨夢兮，課後先。洪興祖曰：爾雅：「楚有雲夢。」左傳：「楚子與鄭伯田於江南之夢。」子虛賦云：「雲夢者，方八九百里。」則此澤跨江南北，亦得單稱雲，單稱夢。其衵案：與王趨夢射獵，而課第羣臣功績之先後。此想望之辭，非事實也。因其好畋，而進以講武習戎之事。楚人以弋説襄王，同此旨也。惜乎襄王終不能用，故莊辛譏其馳騁雲夢之中，而不以國家爲事。此屈子之所以死也。君王親發兮，憚青兕。王逸曰：發，射。憚，驚也。洪興祖曰：爾雅：「兕，似牛。」朱明承夜兮，時不可淹。王逸曰：朱明，日也。承，續也。淹，久也。其衵案：日月迅邁，蓋警其忘仇耳。皋蘭被徑兮，斯路漸。側銜反。王逸曰：皋，澤也。漸，没也。湛湛江水兮，上有楓。古音方愔反。目極千里兮，傷春心。其衵案：自楚望秦也。魂兮歸來哀江南。古音尋。戚學標曰：南从「羊」聲，羊讀若飪。其衵案：南音乃林反。見經典釋文。哀江南者，懷王西入秦，終不反，所望其歸來者，魂耳，故足哀也。此文以「掌夢」發端，以「趨夢」作結，以崇極孝養，振武刷恥，爲其微旨之所寄。

【校勘記】

［一］蜜，原作「密」，據補注改。

［二］「闔」，原作「商」，據徐鍇説文解字繫傳改。

附　屈賦哲微

目録

屈賦晳微下……二五一

前言

屈賦哲微，清馬其昶（一八五五—一九三〇）所作，其昶有屈賦微，前已收録。哲者，明也。哲微，謂闡明微旨也。首爲馬氏作於光緒三十一年（一九〇五）自叙，與屈賦微自叙相較，除文中「自與之長存」，刻本作「自旁礴而長存」，及末署「馬其昶叙」，刻本爲「馬其昶撰」外，無一字之差異；較其全本内容，大體相同，知是書爲屈賦微稿本。稿本係删改稿，以黑、朱二筆在底本上修改，眉端有大量批語，正文行間亦有多處改動，筆跡繁複，足見馬氏著書之覃精窮思，嚴謹細緻。其修改情況如下：

一則校正文字。或於文中以黑筆徑改，難以辨認原字。或於文中以黑色△標記被改字，而書其改字於天頭或字旁。有改爲本字者，如，離騷「馳椒丘且焉止息」，「丘」原作「邱」，邱，借字；九歌國殤「終剛強而不可凌」，「凌」原作「陵」，陵，借字。有改爲古字者，如離騷「棄騏驥以馳騁兮」，「棄」原作「乘」，棄、乘古今字；「又樹蕙之百晦」，「晦」原作「畝」，晦、畝，古今字。有改錯字者，如九章橘頌「紛其可喜兮，曾枝剡棘」，「棘」原作「棘」，眉批注「从朿，不从朿」。然馬氏未明言其所依底本，亦不知其據何本而改。

二則修改注釋。其删改，或直接以黑筆塗抹、或以○、□、「」圈出删除内容，於天頭、地腳或行間新添文字；若改動範圍較大，則徑覆白紙於原文上，重新撰寫。有增補闕略者，如離騷「扈江離與辟芷兮」，「扈」字下加注「音户」；「吾獨窮困乎此時也」，「時」字下注「古音是」。字音之外，馬氏還增加了四百餘條注釋。如，「朝搴阰之木蘭兮」下，引俞樾注：「阰，『坒』之叚字。説文：『坒，地相次比也。』」又，天問「梅伯受醢」，底本僅引王逸注「梅伯，紂諸侯也」，未見其忠而遇害之冤情，故補其事於後：「忠直而數諫紂，紂怒，殺之，葅醢其身。箕子見之，則被髮佯狂也。」又，九章題下引王逸叙：「屈原放於江南之壄，思君念國，故復作九章。章者，著也，明也。言己所陳忠信之道，甚著明也。」有改易前説者，如離騷「又樹蕙之百畮」，「畮」下原注「音米」，改爲「古音滿以反」。又，天問「延年不死，壽何所止」下原引洪興祖：「素問云：『真人壽敝於天地，至人益其壽命而强者也，亦歸於真人。聖人精神不散，亦可以百數。』」後改引蔣驥注：「穆天子傳：『黑水之阿，爰有木禾，食者得上壽。』淮南云：『三危之國，石城金室，飲氣之民，不死之野。』」蔣注引書更爲具體，且與上文「黑水玄沚，三危安在」意義相連。又，「帝何竺之」下，原引俞樾注：「帝，謂帝嚳。竺當爲毒，憎也。」後删去「竺當爲毒憎也」六字，增引蔣驥「『竺』、『毒』通用。言稷爲元子，帝當愛之，何爲而毒苦之邪？」以蔣驥先于俞樾，故改易之。

三則調整格式，或直接於文中劃綫加以標示，或於眉批處加注。有調整注釋間次序者，據注家時代先後重新編次排列，如天問「穆王巧梅，夫何爲周流」下注原作：「王夫之曰：梅，與

『枚』通，馬策也。巧梅，善御也。洪興祖曰：史記：『周穆王得驥……造父爲穆王御，長驅歸周。』」王夫之晚於洪興祖，不當在前，底本有誤，馬氏於眉批注云：「洪注移王注前。」有調整注釋與正文關係者，如，招魂：「長人千仞，惟魂是索些。」引洪興祖注：「山海經：『東海之外，大荒之中，有大人之國。』」此處有對調符號，將洪注移至「千仞」下。底本格式依洪興祖補注，然馬氏裁而引之，此句無關「惟魂是索些」句，故將洪注提至「長人千仞」下。

稿本有朱筆畫△於韻脚旁，如離騷「紛吾既有此内美兮，又重之以修能。扈江離與辟芷兮，紉秋蘭以爲佩」，「能」及「佩」字有韻脚符號。又有朱筆標示的句讀及分段綫，此或出自馬氏之手。

以上删改修訂，刻本或完全繼承，如「招魂」題下，底本無釋，稿本引「張裕釗曰：招魂，招懷王也。屈子蓋深痛懷王之客死，而頃襄宴安淫樂，置君父仇恥於不問，其辭至爲深痛。吴汝綸曰：懷王爲秦所虜，魂亡魄失，屈子戀君而招之，盛言歸來之樂，以深痛其在秦之愁苦。文中所陳，皆人君之事，太史公明言『讀離騷、天問、招魂、哀郢，悲其志。』其爲屈賦無疑。」刻本全録。王逸章句以招魂爲宋玉所作，乃招屈子之魂；其昶以招魂爲屈原作，是招懷王魂，蓋本其師吴汝綸、張裕釗之説。或加以修改，如九章悲回風「隱峧山以清江」句下注，底本原作：「音工。洪興祖曰：峧，與『岷』同，史記作汶。朱子曰：隱，依也。如隱几之隱。」稿本删洪注「史記作汶」，補「岷山在蜀郡氐道縣，大江所出」，又補王夫之注曰：「清江，澄江水，使清也。」刻本承稿本，又删洪注「岐與岷同」，改在「岐」字下注「同岷」。或捨棄不用，如悲回風「處雌蜺之標顛」，稿本增引王夫之注：「此下言沈湘以後，精神不泯，游翱天宇之内，脱濁世之汙卑，釋離愁之菀結，以一死自靖於先君，逌然自得也。」刻本删之。

兩相對比，刻本更爲完善。有補稿本闕略者，「離騷」題下，稿本無釋。刻本則引史記曰：「懷王使屈原造爲憲令，屈平屬草稾未定，上官大夫見而欲奪之。屈平不與，因讒之曰：『王使屈平爲令，衆莫不知。每一令出，平伐其功，曰以爲非我莫能爲也。』王怒而疏屈平。屈平疾王聽之不聰也，讒諂之蔽明也，邪曲之害公也，方正之不容也，乃憂愁而作離騷。離騷者，猶離憂也。」此段題解正爲屈原作離騷之由，知人論世，不可或缺。又，「朕皇考曰伯庸」，稿本節引補注：「蔡邕云：『朕，我也，上下共之。』」刻本則全引補注：「蔡邕云：『朕，我也。古者上下共之。咎繇與帝舜言稱朕，屈原曰朕皇考。至秦獨以爲尊稱，漢遂因之。』」案：以明「朕」義之演變，則宜全引爲允。又，「及少康之未家兮，留有虞之二姚」，稿本無注，刻本引王逸注：「有虞，國名，姚姓，舜後也。昔寒浞使澆殺夏后相，少康逃奔有虞，虞因妻以二女，而邑於綸。有田一成，有衆一旅，能布其德，以收夏衆。遂誅滅澆，復禹之舊績。」補三代之史事。

有糾正稿本之偏頗謬誤者。如，離騷「朝飲木蘭之墜露兮」，稿本「墜」作「墮」；天問「驚帝切激」，稿本「切激」作「激切」，刻本皆正之。又，「朝搴阰之木蘭兮」，稿本：「音蹇。」刻本：「音愆。」稿本讀上聲，非。刻本讀平聲，是也。又，九歌國殤「左驂殪兮右刃傷」，稿本引王夫之：

「右，右驂。」刻本引王逸：「殪，死也。言己所乘，左驂馬死，右騑馬被刃創也。」左馬爲驂，右馬爲騑。稿本誤矣，刻本正其謬。天問「曰遂古」，稿本引王夫之曰：「統一篇而繫以『曰』，則原所自撰成章可知。」刻本引姚永樸：「『曰』，如『曰若稽古』之『曰』，詞也。」稿本作言説之「曰」，非也。「曰」爲句首語詞，類「粵」、「越」等，刻本發明新義。又，釋章旨者，離騷「佩繽紛其繁飾兮，芳菲菲其彌章」，稿本引方苞：「忽反顧昭質之未虧，而不忍坐視滔滔之天下，故欲往觀四荒，或有重我之佩飾，好我之芳菲者乎。」刻本以馬氏案語代之：「不能恝然於國，仍欲以直道行之，冀有萬一之合。」稿本以爲屈子將去楚國，另謀慧眼識人之賢君，與前文「帝高陽之苗裔兮」下案語「同姓之臣，義無可去，死國之志已定於此」相違，自亂體例，刻本予以糾正。

然馬氏千慮一失，或矯正爲枉，稿本無誤，而刻本改之。如，天問「革孽夏民」，稿本引王夫之：「革夏祚，孽夏民。」刻本引姚永樸：「高宗肜日，以民指高宗，酒誥以民指紂。『革孽夏民』，言夏本宗子，易之使爲庶孽。」孽非庶孽，刻本誤。王逸注：「孽，憂也。言羿弒夏家，居天子之位，荒淫田獵，變更夏道，爲萬民憂患。」當爲確詁。招魂「陳吴羹些」之「羹」，稿本云「古郎反。」刻本云「古音郎。」羹，古見紐字；郎，來紐字。羹、郎古同部而不同聲紐。刻本非矣。或畫蛇添足，稿本無注，而刻本加之，然不如無注。如離騷「馳椒丘且焉止息」，稿本無注，刻本引五臣注：「椒丘，丘上有椒也。行息依蘭椒，不忘芳香以自潔也。」椒丘，當依王逸注「土高四墮曰椒丘」。漢、魏自有此義，廣雅曰：「土高四墮曰山椒。」且以下文登高「反顧」斷之，椒丘即高丘。

或改猶未改，稿本、刻本悉異而皆非。如，離騷「以爲佩」，稿本引方績：「廣韻：能，十九代；佩，十八隊。古隊、代同韻。」刻本注「佩」：「古音疲。」代，古屬之部；隊，古屬脂部。古不同韻。佩，古屬之部；疲，古屬月部。亦非其古韻。或當改未改，如以《招魂》爲屈子招懷王魂（前文已示）。

大致而言，訓詁字義、考證史地及闡釋章旨類注釋，刻本有修訂，然多繼承之，注音解韻則改動頗大，天問「何本何化」，稿本：「古音毀禾反。」刻本：「古音訛。又，「惠氣安在」，稿本：「昨宰反。」刻本：「古音止。」等等。又，稿本引方績注入韻之説二十餘條，刻本盡數刪之，九章「迷不知寵之門」，稿本引方績注：「廣韻：『貧，十七真；門，二十三魂。』」又劃去。貧、門、魂，文部字；真，真部字，古不同部。刻本亦刪。蓋方績説古韻引廣韻反切，而廣韻固非先秦古音之韻書，刻本稱「古音一本説文」，故不録方氏依廣韻解韻之説。然馬氏於古音之學未精，故有矯正爲枉、改猶未改、當改未改之疏。

此爲光緒三十一年（一九〇五）年稿本，存美國哈佛大學燕京圖書館。刻本更名爲屈賦微，有光緒三十二年（一九〇六）刊集虛草堂本，國家圖書館有藏本；另有一九六六年廣文書局據民國十五年（一九二六）舊本影印本及二〇〇九年安徽大學整理馬其昶著作三種本。此次整理，僅校其明顯之誤字，如離騷「夫孰異道而相安」，「孰」訛作「執」；惜往日「臨沅湘之玄淵兮」，「沅」訛作「江」，據補注本改。九章哀郢「淼南渡之焉如」，引朱熹：「淼，混漾無涯也。」混，據集注改作「滉」。若兩可者，則不出校。如涉江「與天地兮比壽」，「比」，集注同，補注作「同」；天問「玄鳥致詒女何嘉」，嘉，補注同，集注作「喜」。又，馬氏徵引他家注説多加裁剪，不礙於文義，皆不出校。屈賦微旨幽邃，余駑鈍之人，學識未精，標點校記，或有不當之處，祈請博雅君子不吝賜教，正其疏誤。

李鳳立

自叙

叙曰：漢藝文志：屈原賦二十五篇。王逸楚辭章句：離騷一、九歌二、天問三、九章四、遠遊五、卜居六、漁父七、九辯八、招魂九、大招十。其篇第與釋文互異，皆不以作者先後次序。釋文次宋玉九辯於九歌前，王逸既以招魂屬宋玉、大招屬屈原，而又次大招於後。太史公明言：「讀離騷、天問、招魂、哀郢，悲其志。」則招魂爲屈原作，固然無疑，逸乃以大招當之，誤矣。洪興祖則斷自漁父以上爲屈賦，以符漢志二十五篇之數，朱子集注一承用其說。蓋九章九篇，九歌十一篇。九者，數之極，故凡舉甚多之數，皆以九約之，文不限於九也。王船山先生說：九歌前十篇，皆有所專祀之神，至禮魂則送神之曲，爲前十篇所通用。然則禮魂各坿前篇之末，不自爲篇數。今定自離騷至漁父二十四篇，入招魂一篇，凡二十五，與漢志適合，蓋原之賦具此矣。淮南王安序離騷傳以謂：「兼國風、小雅之變，推其志，與日月争光。」太史公采其說入本傳，而益反復明其存君興國之念，無可奈何，而繼之以死。悲夫！死，酷事耳，志定於中，而從容以見於文字，彼有以通性命之故矣。豈與夫匹婦、匹夫不忍一時之悁岔而自裁者比乎？天地之氣，儲與扈治，爲人物之所公得，而其閒條縷分晰，乃至杪忽不相越紊。宗國者，人之祖氣也。宗國傾危，或乃鄙夷其先故，而潛之他族，冀綿須臾之喘息。吾見千古之賊臣篡子，不旋踵而即於亡者，其祖氣既絶，斯無能獨存也。事可爲則單瘁心力，善吾生，且善人物之生。一人一物之生不善，即吾之氣不有虧乎？事不可爲則返其氣於太虛，吾又未見屈子之果爲死也。太虛不毀，彼其浩然者，自與之長存。性與性相通於無盡，是故屈子書，人之讀之者，無不欷歔感泣。然真知其文者蓋寡，自王逸已見，謂文義不次。今頗發其旨趣，務使節次瞭如秩如，分上下二卷，名曰屈賦哲微，人之讀之者，其益可興起而決然祛其疑惑乎？又非徒區區文字得失閒也。光緒三十一年夏五月戊戌，桐城馬其昶叙。

屈賦哲微上

離騷

帝高陽之苗裔兮，王逸曰：屈原自道本與君共祖，俱出顓頊，是恩深而義厚也。其昶案：史公列傳大書曰：「屈原者，名平。楚之同姓也。」同姓之臣義無可去，死國之志已定於此。朕皇考曰伯庸。洪興祖曰：蔡邕云：「朕，我也。古者上下共之。」攝提貞於孟陬兮，王逸曰：太歲在寅曰攝提格。正月爲陬。其昶案：貞、格同訓正。攝提貞，即攝提格。惟庚寅吾以降。古音户工反。皇覽揆余於初度兮，王逸曰：皇，皇考也。肇，始也。朱子曰：「初度」之「度」，猶言時節。肇錫余以嘉名。名余曰正則兮，字余曰靈均。洪興祖曰：正則以釋名平之義，靈均以釋字原之義。王夫之曰：平者，正之則也。原者，地之善而均平者也。靈，善也。紛吾既有此内美兮，又重之以修能。古音奴代反。扈音户江離與辟芷兮，王逸曰：扈，被也。江離、芷，皆香草。辟，幽也。紉女鄰反秋蘭以爲佩。洪興祖曰：紉，說文：「繟繩也。」古者男女皆佩容臭。方績曰：廣韻：能，十九代；佩，十八隊。古隊、代同韻。汩于筆反余若將不及兮，朱子曰：汩，水流去疾之貌。恐年歲之不吾與。余吕反。朝搴音蹇阰音毗之木蘭兮，俞樾曰：阰，「坒」之叚字。説文：「坒，地相次比也。」夕攬洲之宿莽。莫補反。王逸曰：草冬生不死者，楚人名曰宿莽。日月忽其不淹兮，春與秋其代序。徐吕反。方績曰：廣韻：莽，十姥；序，八語。古語、姥同韻。惟草木之零落兮，恐美人之遲暮。莫故反。其昶案：美人，泛言賢士。不撫壯而棄穢兮，其昶案：不，語詞。文選無「不」字。穢，謂當時秕政敝俗。何不改乎此度也？錢澄之曰：度，法也。楚國多可改之度，宜乘己壯年以速改也。椉同「乘」騏驥以馳騁兮，來吾導夫先路。吴汝綸曰：以上及時自修而致之君。

昔三后之純粹兮，王夫之曰：三后，鬻熊、熊繹、莊王也。固衆芳之所在。昨宰反。雜申椒與菌桂兮，豈惟紉夫蕙茝。昌改反。彼堯舜之耿介兮，王逸曰：耿，光。介，大也。既遵道而得路。何桀紂之猖披兮，夫惟捷徑以窘步。惟黨人之偷樂兮，路幽昧以險隘。古音益。豈余身之憚殃兮，恐皇輿之敗績。其昶案：新序云：「原有博通之知，清潔之行，懷王用之。秦欲吞滅諸侯，并兼天下。原爲楚東使於齊，以結强黨。秦患之，使張儀之楚，貨楚貴臣上官大夫、靳尚之屬，上及令尹子蘭、司馬子椒，内賂夫人鄭袖，共譖屈原。原放逐於外，乃作離騷。」前後所云「黨人」，即指上官之屬。恐皇輿敗績，知國之將亡也。忽奔走以先後兮，及前王之踵武。王逸曰：踵，繼也。武，跡也。其昶案：前王，即指三后。荃不察余之中情兮，反信讒而齌怒。奴古反。王逸曰：荃，香草，以喻君。齌，疾也。洪興祖曰：荃，與「蓀」同。余固知謇謇居輦反之爲患兮，忍而不能舍古音戍也。指九天以爲正兮，其昶案：正，猶「證」也。夫爲靈脩之故也。王夫之曰：靈，善也。脩，長也。稱君爲靈脩者，祝其所爲善而國祚長也。初既與余成言兮，後悔遁而有他。託何反。王夫之曰：成言者，史稱平爲楚合齊，以擯秦，懷王惑於張儀，合秦以絶齊。此序王始信己説，繼而内惑鄭袖，外聽上官、靳尚、張儀之邪説，己力争而不勝，爲被放之由。余既不難夫離别兮，傷靈脩之數化。古音毀禾反。吴汝綸曰：以上事君不合。

余既滋蘭之九畹於阮反兮，王逸曰：滋，蒔也。洪興祖曰：説文：「田三十畝曰畹。」又樹蕙之百畮。古「畝」字，古音滿以反。畦音攜留夷與揭車兮，雜杜衡與芳芷。王逸曰：留夷、揭車、杜衡，皆香草。其昶案：王逸稱：「原仕懷王，爲三閭大夫。三閭之職，掌王族三姓，曰：昭、屈、景。原序其譜屬，率其賢良，以厲國士。」此言廣植衆芳，即指此也。冀枝葉之峻茂兮，願竢時乎吾將刈。魚肺反。雖萎於危反絶其亦何傷兮，哀衆芳之蕪穢。吴汝綸曰：扈離、辟芷，喻道德。後之結芷、矯桂，凡云服佩者是也。樹蕙、滋蘭，喻衆賢，後之「蘭爲可恃」、「椒榝干進」是也。此云「衆芳蕪穢」，即芳草爲蕭艾，故云「衆皆競進」。衆皆競進以貪婪盧含反兮，王逸曰：愛財曰貪，愛食曰婪。馮不厭乎求索。古音素。其昶案：「憑」、「馮」同。史記[一]注：「馮，貪也。」言其貪求不知厭足。羌内恕己以量人兮，王逸曰：羌，楚人語詞。各興心而嫉妒。洪興祖曰：貪婪之人，不知其非，自恕以度人，謂君子亦有競進求索之心，故嫉妒也。忽馳騖音務以追逐兮，非余心之所急。王逸曰：言衆人急於財利，我獨急於仁義也。老冉冉其將至兮，恐修名之不立。朝飲木蘭之墜[二]露兮，夕餐秋菊之落英。古音央。苟余情其信姱苦瓜反以練要兮，王逸曰：練，簡也。洪興祖曰：信姱，與「信芳」、「信美」同意。長顑音坎頷音菡亦何傷。王逸曰：顑頷，不飽貌。其昶案：此四句言餐飲之清潔，下四句言佩服之芬芳。擥音覽木根以結茝一作「芷」兮，貫薜蒲計反荔郎計反之落蘂。古音如我反。矯菌桂以紉蕙兮，五臣曰：矯，舉也。索胡繩之纚纚。古音所禾反。王逸曰：胡繩，香草也。纚纚，索好貌。謇吾法夫前修兮，孫志祖曰：黃伯思云：謇，楚語也。則不作「謇謬」訓。非世俗之所服。古音蒲北反。雖不周於今之人兮，願依彭咸之遺則。王逸曰：周，合也。彭咸，殷賢大夫，諫其君不聽，自投水而死。張惠言曰：彭咸之遺則，謂其道也。彭咸之所居，謂其死也。俞樾曰：彭咸，疑彭祖之後，與屈子同出高陽，故一再言之。長太息以掩涕兮，哀民生之多艱。戚學標曰：艱，籀文作「囏」。故艱有「喜」音，與「涕」、「替」、「茝」爲韻。余雖好脩姱以鞿居依反羈居宜反兮，王逸曰：鞿羈，以馬自喻。韁在口曰鞿，革絡頭曰羈。王念孫曰：雖，與「唯」同。言余唯有此脩姱之行，以致爲人所係累也。謇朝誶音粹而夕替。王夫之曰：替，虧替之也，謂讒毀也。其祉案：漢書注：「誶，誚。」既替余以蕙纕息羊反兮，又申之以攬茝。諸市反。王逸曰：纕，佩帶也。其祉案：上官大夫讒原伐其功，「既替」二句，正述讒言，謂其以善自矜也。亦余心之所善兮，雖九死其猶未悔。方績曰：廣韻：茝，六止；悔，十四賄。古賄、止同韻。怨靈修之浩蕩兮，終不察夫民心。衆女嫉余之蛾眉兮，謡音遥諑音卓謂余以善淫。王逸曰：謡，謂毀也。諑，猶譖也。固時俗之工巧兮，偭音面規矩而改錯。王逸曰：偭，背也。錯，置也。背繩墨以追曲兮，競周容以爲度。錢澄之曰：原作憲令，楚弊政多所釐革，上文「何不改乎此度」是也。原一遵規矩繩墨以爲度，故使姦邪無所容。原去而法廢，則棄其規矩繩墨，而「周容以爲度」矣。其鬱邑侘傺，不惜其身，惜其度也。故一則曰「哀民生之多艱」，再則曰「相觀民之計極」，而終之以「莫與爲美政」。忳徒渾反鬱邑余侘敕駕反傺丑利反兮，王逸曰：忳，憂貌。侘傺，失志貌。洪興祖曰：鬱邑，憂貌。吾獨窮困乎此時古音是也？方績曰：古四聲轉用。時，韻補收入五寘，正與下「態」字韻。甯溘渴合反死以流亡兮，洪興祖曰：溘，奄忽也。余不忍爲此態古音剃也。鷙脂利反鳥之不羣兮，自前世而固然。何方圜同「圓」之能周兮，夫孰[三]異道而相安。方績曰：廣韻：然，二仙；安，二十五寒。古寒、仙同韻。屈心而抑志兮，忍尤而攘詢。同「詬」。何焯曰：攘，取也。伏清白以死直兮，固前聖之所厚。吳汝綸曰：以上見排同列。

悔相道之不察兮，王逸曰：相，視也。察，審也。延佇乎吾將反。回朕車以復路兮，及行迷之未遠。雲阮反。方苞曰：反覆審處，謂舍死無他塗，又復自悔，輕身就死，亦相道之不察也。進不見用，尚可隱處以俟時。步余馬於蘭皋兮，俞樾曰：左傳「左師見夫人之步馬者」，杜注：「步馬，習馬。」馳椒丘且焉止息。進不入以離尤兮，五臣曰：尤，過也。洪興祖曰：離，遭也。退將復修吾初服。古音蒲北反。製芰奇寄反荷以爲衣兮，雧古「集」字芙蓉以爲裳。不吾知其亦已兮，苟余情其信芳。高余冠之岌岌魚及反兮，長余佩之陸離。古音羅。洪興祖曰：許慎云：「陸離，美好貌。」芳與澤其雜糅女救反兮，王逸曰：糅，雜也。外有芬芳之德，内有玉澤之質。唯昭質其猶未虧。古音去禾反。五臣曰：唯獨守其明潔之質，猶未爲自虧損也。忽反顧以遊目兮，將往觀乎四荒。張惠言曰：「往觀四荒」，即下文「上下求索」。佩繽匹賓反紛其繁飾兮，芳菲菲其彌章。方苞曰：忽反顧昭質之未虧，而不忍坐視滔滔之天下，故欲往觀四荒，或有重我之佩飾，好我之芳菲者乎。民生各有所樂兮，余獨好修以爲常。姚鼐曰：常，當作「恒」，避漢諱改。雖體解吾猶未變兮，豈余心之可懲。王逸曰：雖獲罪支解，志猶未艾。姚鼐曰：以上言欲退隱不涉其患而不能也。王夫之曰：此上原述志已悉，以下復設爲愛己者之勸慰，以廣言之。明己悲憤之獨心，人不能爲謀，神不能爲決也。

女嬃音須之嬋音蟬媛音爰兮，申申其詈力異反予。上聲。王逸曰：申申，重也。洪興祖曰：說文：「嬃，女字也。」水經引袁崧云：「原有賢姊，聞原放逐，亦來歸，喻令自寬全。鄉人冀其見從，因名曰秭歸。縣北有原故宅，宅之東北有女須廟，擣衣石猶存。」觀女嬃之意，蓋欲原爲甯武子之愚，不欲爲史魚之直耳。朱子曰：嬋媛，眷戀牽持之意。其昶案：予，讀上聲，與「野」韻，義仍同「予我」之「予」。古無四聲之別，餘倣此。方植之先生云：「古者字少，多叚借，古音四聲互用。」明乎此，可以讀古書矣。曰鮌同鯀婞下頂反直以亾身兮，王逸曰：婞，很也。終然殀於矯反乎羽之野。古音暑。洪興祖曰：殀，没也。鮌遷羽山，三年然後死。其昶案：終然，猶終焉。汝何博謇而好脩兮，其昶案：博謇，謂謇諤之甚。紛獨有此姱節。薋音茲菉音緑葹音施以盈室兮，王逸曰：薋，蒺藜。菉，王芻。葹，枲耳。皆惡草。判獨離而不服。古音蒲北反。衆不可户説兮，洪興祖曰：管子云：「聖人之治於世，不人告也，不户説也。」孰云察余之中情？世竝舉而好朋兮，夫何煢渠營反獨而不予聽？平聲。王逸曰：煢，孤也。錢澄之曰：上余字，爲原言也；下予字，女嬃自指。姚鼐曰：以上設爲女嬃辭。其昶案：懼其婞直取禍，所謂垂涕泣而道之也。

依前聖以節中兮，朱駿聲曰：節中，猶「折中」。喟憑心而歷茲。洪興祖曰：說文：「憑，懣也」。其昶案：歷茲，猶言至今也。濟沅湘以南征兮，就重華而敶古「陳」字辭。王逸曰：帝繫云：「瞽叟生帝舜，是爲重華。葬於九疑山，在沅湘之南。」啓九辯與九歌兮，洪興祖曰：山海經：「夏后上三嬪於天，得九辯與九歌以下。」注云：「皆天帝樂名，啓登天而竊以下用之。」天問亦云：「啓棘賓商，九辯九歌。」夏康娛以自縱。姚鼐曰：「啓九辯」下十六句，皆言失道君之致禍；「湯禹」四句，皆言得道君之致福。啓之失道，載逸書武觀篇，墨子所引是也。屈子以與澆竝斥爲康娛。戴震曰：夏之失德，康娛自縱，以致喪亂。不顧難以圖後兮，五子用失乎家巷。古音胡貢反。王引之曰：巷，讀孟子「鄒與魯鬨」之「鬨」，字亦作「閧」。呂覽「相與私閧」，高誘注：「閧，鬭也。」逸周書云：「五子忘伯禹之命，胥興作亂。」所謂「家鬨」也。五子，即五觀。楚語云：「堯有丹朱，舜有商均，啓有五觀，湯有太甲，文王有管蔡。是五王者，皆元德也，而有姦子。」竹書：「帝啓十年，巡狩，舞九招於大穆之野。十一年，放王季子武觀於西河。」墨子引五觀，亦言「啓淫泆康樂於野」。是五觀之作亂，實啓有以開之。羿五計反淫游以佚畋音田兮，又好射夫封狐。王逸曰：封，大也。固亂流其鮮終兮，浞食角反又貪夫厥家。古音姑。王逸曰：浞，寒浞，羿相也。澆五弔反，一作「奡」身被服强圉兮，王逸曰：澆，寒浞子。强圉，多力也。縱欲而不忍。日康娛而自忘兮，厥首用夫顛隕。于敏反。夏桀之常違兮，五臣曰：言常背天違道。乃遂焉而逢殃。后辛之菹臻魚切醢音海兮，五臣曰：菹醢，肉醬也。朱子曰：后辛，即紂也。殺比干，醢梅伯。殷宗用之不長。湯禹儼而祗敬兮，王逸曰：儼，畏也。周論道而莫差。古音初沙反。舉賢才而授能兮，循繩墨而不頗。滂禾反。皇天無私阿兮，覽民德焉錯輔。王逸曰：錯，置也。夫維聖哲以茂行兮，苟得用此下土。瞻前而顧後兮，相觀民之計極。吴汝綸曰：計極，猶「紀極」。夫孰非義而可用兮，孰非善而可服？古音蒲北反。錢澄之曰：此原之所爲繩墨也。阽余身而危死兮，洪興祖曰：前漢注云：「阽，近邊欲墮之意。」覽余初其猶未悔。不量鑿而正枘兮，洪興祖曰：枘，刻木端，所以入鑿。固前修以菹醢。方績曰：廣韻：悔，十四賄；醢，十五海。古海、賄同韻。曾同「層」歔許居反欷許衣反余鬱邑兮，王逸曰：曾，累也。哀朕時之不當。平聲。攬茹蕙以掩涕兮，王逸曰：茹，柔耎也。霑余襟之浪浪。音郎。梅曾亮曰：就正重華而知中正之無可悔，則仍將以此道望吾君、吾相矣。所謂「一篇之中三致意」者也。此以下言求君也。羲和、望舒、飛廉、鸞皇，皆喻己所以悟君之道。吴汝綸曰：以上因女嬃之言，就正於舜，言得道則興，失道則亡，從古如此，故不敢阿諛以絆身。

跪敷衽以陳辭兮，耿吾既得此中正。古音征。駟玉虬渠幽反以椉鷖於計反兮，溘埃風余上征。張惠言曰：接上「往觀四荒」，謂以道驅馳也。朝發軔音刃於蒼梧兮，夕余至乎縣音玄圃。博故反。王逸曰：縣圃，神山，在崑崙之上。欲少留此靈瑣兮，五臣曰：瑣，門閤也。日忽忽其將暮。吾令羲和弭節兮，望崦音淹嵫音兹而勿迫。古音博。王逸曰：羲和，日御。弭，按也。崦嵫，日所入山。路曼曼其脩遠兮，吾將上下而求索。張惠言曰：上謂君，下謂臣。帝閽不開，傷懷王也。高丘無女，傷椒蘭也。飲余馬於咸池兮，總余轡乎扶桑。王逸曰：總，結也。淮南云：「日出湯谷，浴於咸池，拂於扶桑。」折若木以拂日兮，洪興祖曰：山海經：「南海之内，黑水[四]之間，有木名曰若木。」聊逍遥以相羊。蔣驥曰：相羊，徜徉也。前望舒使先驅兮，後飛廉使奔屬。古音注。王逸曰：望舒，月御。飛廉，風伯。鸞皇一作「凰」爲余先戒兮，雷師告余以未具。夏忻曰：言雷聲未發，不能上通也。吾令鳳鳥飛騰兮，繼之以日夜。古音豫。飄風屯其相離兮，帥雲霓而來御。其昶案：「御」與「禦」同。紛總總其離合兮，王逸曰：總總，聚貌。斑陸離其上下。古音户。吾令帝閽開關兮，倚閶闔而望予。上聲。其昶案：望予，言欲令帝閽倚門相覗望。遠遊篇亦有此語。下二句乃言久待而關不開，是不肯相望也。時曖曖其將罷兮，王逸曰：曖曖，昏昧貌。結幽蘭而延佇。世溷濁而不分兮，好蔽美而嫉妒。梅曾亮曰：以上言君之不可求，而歸罪於左右之蔽障。此下言求所以通君側之人。

朝吾將濟於白水兮，王逸曰：淮南言：「白水出崑崙之山。」登閬音郎風而緤音薛馬。古音莫補反。王逸曰：閬風，山名，在崑崙之上。緤，繫也。忽反顧以流涕兮，哀高丘之無女。溘吾遊此春宫兮，折瓊枝以繼佩。及榮華之未落兮，相下女之可詒。羊吏切。方績曰：佩，廣韻十八隊；詒，韻補併入五寘。古寘、隊同韻。吾令豐隆乘雲兮，王逸曰：豐隆，雲師。求宓音伏妃之所在。昨宰反。洪興祖曰：洛神賦注云：「宓妃，伏犧氏女，溺洛水而死，遂爲河神。」解佩纕以結言兮，吾令蹇脩以爲理。王逸曰：蹇脩，伏羲氏之臣也。方績曰：廣韻：在，十五海；理，六止。古止、海同韻。孫詒讓曰：理，即「行理」之「理」，猶言使也。廣雅：「理，媒也。」紛總總其離合兮，忽緯音徽繣音畫其難遷。王逸曰：緯繣，乖戾也。夕歸次於窮石兮，朝濯髮乎洧于軌反盤。王逸曰：淮南言：「弱水出於窮石。」禹大傳云：「洧盤之水，出崦嵫之山。」方績曰：廣韻：遷，二仙；盤，二十六桓。古桓、仙同韻。保厥美以驕傲兮，日康娛以淫遊。雖信美而無禮兮，來違棄而改求。李光地曰：高丘無女，則高位者無人矣。下女可詒，猶望其有處於下位而備進用者。乃求女如宓妃者而不可得，相與驕傲淫遊而已。上下相習，大小成風，亂國之朝，其勢固然。其昶案：「保厥美」者，自以爲是也。覽相觀於四極兮，朱駿聲曰：「覽相觀」三疊字，猶詩之「儀式刑」。周流乎天余乃下。古音户。望瑶臺之偃蹇兮，王逸曰：偃蹇，高貌。見有娀音嵩之佚女。王逸曰：有娀，國名。佚，美也。洪興祖曰：李善引呂氏春秋曰：「有娀氏有二佚女，爲九成之臺。」吾令鴆直禁反爲媒兮，鴆告余以不好。雄鳩之鳴逝兮，余猶惡其佻吐彫反巧。何焯曰：拙如鳩者，猶惡其巧。言佞人之多也。心猶豫而狐疑兮，欲自適而不可。鳳皇既受詒兮，恐高辛之先我。李光地曰：於是思遺佚之士，乃爲媒者，鴆毒鳩巧，隱逸之賢，安能以自通。鳳皇既受他人詒，而不爲吾國媒，則有娀之佚女，必爲高辛有，非高陽有矣。欲遠集而無所止兮，聊浮遊以逍遥。及少康之未家兮，留有虞之二姚。理弱而媒拙兮，恐導言之不固。李光地曰：望猶未絕也。使少康而有賢配，倘所謂「祀夏配天，不失舊物」者乎？奈何媒理之妒蔽，無異於前時，而原之望絶矣。蓋懷昏而不悟，襄淫而失道，原固灼見之，而惓惓之誠不能自已。他日天問之作，反復於鮌、禹、啓、少康之事，亦此志也。世溷濁而嫉賢兮，好蔽美而稱惡。烏路反。閨中既以邃遠兮，哲王又不寤。梅曾亮曰：「閨中」句，結求臣節；「哲王」句，結求君節。懷朕情而不發兮，余焉能忍與此終古。古音故。張惠言曰：以上言以道誘掖楚之君臣，卒不能悟。

索藑音瓊茅以筳音廷篿音專兮。王逸曰：藑茅，靈草。筳，小折竹也。楚人名結草折竹以卜曰篿。夏炘曰：以，猶「與」也。命靈氛爲余占之。王逸曰：靈氛，古明占吉凶者。曰：「兩美其必合兮，孰信脩而慕之。朱子曰：兩「之」字自爲韻。思九州之博大兮，豈惟是其有女？」張惠言曰：惟承求女，不忍言求君也。曰：「勉遠逝而無狐疑兮，孰求美而釋女。同「汝」。何所獨無芳草兮，爾何懷乎故宇。」梅曾亮曰：靈氛言止此。錢澄之曰：靈氛勸其遠逝，亦猶史公所云「以彼其才游諸侯，何國不容」之意。世幽昧以昡曜兮，孰云察余之善惡。烏路反。鄧廷楨曰：惡，與「女」字韻。民好惡其不同兮，惟此黨人其獨異。吴汝綸曰：其，讀如「豈」。言人情相同。户服艾以盈要平聲兮，洪興祖曰：要，與「腰」同。謂幽蘭其不可佩。方績曰：廣韻：異，七志；佩，十八隊。古隊與志同韻。覽察草木其猶未得兮，豈珵音呈美之能當。平聲。王逸曰：珵，美玉也。其昶案：當，合也。蘇糞壤以充幃兮，王逸曰：蘇，取也。謂申椒其不芳。梅曾亮曰：以上答靈氛之辭，云去之無益。

欲從靈氛之吉占兮，心猶豫而狐疑。巫咸將夕降兮，王逸曰：巫咸，古神巫也。懷椒糈音所而要平聲之。王逸曰：椒，香物，所以降神。糈，精米，所以享神。百神翳於計反其備降兮，九疑繽其竝迎。方績曰：迎，必迓字之誤。迓、御一字也。鄧廷楨曰：江氏晉三亦謂「迎」當作「迓」，音寤。皇剡剡以冉反其揚靈兮，王夫之曰：皇，尊稱神之辭。剡剡，猶冉冉，彷彿之貌。告余以吉故。曰：「勉陞降以上下兮，求榘音矩矱烏郭反之所同。湯禹嚴而求合兮，摯咎音皋繇音陶而能調。王逸曰：摯，伊尹名。咎繇，禹臣。方績曰：韻補：調，入一東，讀爲「同」。朱子從之。苟中情其好脩兮，何必用夫行媒。説音悦操築於傅巖兮，武丁用而不疑。方績曰：廣韻：媒，十五灰；疑，七之。古之、灰同韻。呂望之鼓刀兮，遭周文而得舉。甯戚之謳歌兮，齊桓聞以該輔。王逸曰：該，備也。用爲客卿，備輔佐也。及年歲之未晏兮，王逸曰：晏，晚。時亦猶其未央。恐鵜音提，一作「鷤」鴂音決之先鳴兮，使夫百草爲之不芳。五臣曰：鷤鴂秋分前鳴，則草木彫落。何瓊佩之偃蹇兮，衆薆音愛然而蔽之。惟此黨人之不諒兮，恐嫉妒而折古音制之。」梅曾亮曰：巫咸言止此。靈氛勸其去，巫咸則欲其留而求合。「勉陞降」二句，求合之大旨也。

時繽紛其變易兮，又何可以淹留。蘭芷變而不芳兮，荃蕙化而爲茅。古音侔。何昔日之芳草兮，今直爲此蕭艾也。豈其有他故兮，莫好脩之害也。洪興祖曰：當是時，守死而不變者，楚國一人而已，屈子是也。余以蘭爲可恃兮，羌無實而容長。其昶案：長，多也。謂容飾多而無實德。委厥美以從俗兮，王逸曰：委，弃。苟得列乎衆芳。椒專佞以慢慆它刀反兮，王逸曰：慆，淫也。樧音殺又欲充夫佩幃。既干進而務入兮，又何芳之能祗。旨夷反。王引之曰：祗之言振也。言干進務入之人，必不能自振其芬芳。固時俗之從流兮，又孰能無變化。古音訛。覽椒蘭其若茲兮，又況揭車與江離。古音羅。戚學標曰：古「離」字音與「羅」近。方言「離謂之羅，羅謂之離」是也。古人用韻或从「離」，或从「羅」。其昶案：巫咸勸其爲及時之芳，毋爲偃蹇之佩。故答言芳易變化，唯茲佩之可貴也。惟茲佩之可貴兮，委厥美而歷茲。錢澄之曰：同爲時所委棄，彼則從俗以變，此則歷久如故。芳菲菲而難虧兮，芬至今猶未沬。古音迷。王逸曰：沬，已也。其昶案：古有香玉。和調度以自娛兮，錢澄之曰：玉音璆然，有調有度。古者佩玉，進則抑之，退則揚之，然後玉聲鏘鳴。和者，鳴之中節也。聊浮游而求女。及余飾之方壯兮，周流觀乎上下。古音户。梅曾亮曰：以上答巫咸之辭。言留以求合之不可，故極言時俗從流之態，以見己之必不同也。

靈氛既告余以吉占兮，歷吉日乎吾將行。古音杭。梅曾亮曰：靈氛欲其去，既答以去之無益，巫咸欲其留以求合，尤有所不能。嗚呼，爲屈子者，去耳、留耳、死耳，故不得已，仍從靈氛之吉占焉，而卒亦不忍，則死從彭咸焉而已。折瓊枝以爲羞兮，洪興祖曰：羞致滋味，見周禮。精瓊靡音糜以爲粻。陟良反。王逸曰：精，鑿。靡，屑。粻，糧也。洪興祖曰：周禮有「食玉」。爲余駕飛龍兮，雜瑶象以爲車。王逸曰：象，象牙也。何離心之可同兮，吾將遠逝以自疏。邅池戰反吾道夫崑崙兮，王逸曰：邅，轉也。路脩遠以周流。揚雲霓之晻烏感反藹兮，鳴玉鸞之啾啾。音秋。朝發軔於天津兮，夕余至乎西極。姚永樸曰：李文貞以爲西指秦言。是也。當時六國之必并於秦，無智愚皆知之。荀子彊國篇言之尤詳。原求君，將遠遊於秦，然而臨睨舊鄉，卒不行。此原之所以爲忠也。鳳皇翼其承旂兮，高翱翔之翼翼。忽吾行此流沙兮，洪興祖曰：山海經「流沙出鍾山西行」，注云：「今西海居延澤。」遵赤水而容與。王逸曰：赤水，出崑崙山。麾蛟龍使梁津兮，王逸曰：津，西海。似周穆王之越海，比黿鼉以爲梁也。詔西皇使涉予。上聲。路脩遠以多艱兮，騰衆車使徑待[五]。路不周以左轉兮，洪興祖曰：山海經：「西北海之外，大荒之隅，有山而不合，名曰不周。」指西海以爲期。梅曾亮曰：所指多西方之地，固山榛隰苓之思，亦刪書終秦誓之意也。時五國皆昏亂將亡，度往而樂者，惟秦耳。而屈子能適秦哉？屯余車其千乘實證反兮，齊玉軑音地而竝馳。古音駝。洪興祖曰：方言云：「輪，韓楚之閒謂之軑。」齊，同也。駕八龍之婉婉兮，載雲旗之委蛇。古音徒禾反。抑志而弭節兮，神高馳之邈邈。音莫。奏九歌而舞韶兮，聊假日以媮音俞樂。陟陞皇之赫戲

音曦兮，王逸曰：皇，皇天也。赫戲，光明貌。忽臨睨五計反夫舊鄉。王逸曰：睨，視也。僕夫悲余馬懷兮，蜷音拳局顧而不行。古音杭。王逸曰：蜷局，詰曲不行貌。

亂曰：王逸曰：亂，理也。洪興祖曰：國語云：「其輯之亂。」輯，成也。凡作篇章既成，撮其大要，以爲亂辭也。已矣哉，國無人莫我知兮，又何懷乎故都？既莫足與爲美政兮，吾將從彭咸之所居。方績曰：廣韻：都，十一模。居，九魚。古魚、模同韻。錢杲之曰：從彭咸所居，猶言相從古人於地下耳。王夫之曰：原之沈湘，雖在頃襄之世，而知幾自審，矢志已夙，君子之進退生死，非一朝一夕之樹立，唯極於死以爲志，故可任性孤行也。張惠言曰：「願俟時乎吾將刈」、「延佇乎吾將反」、「吾將上下而求索」、「吾將遠逝以自疏」、「吾將從彭咸之所居」，五句爲層次。

【校勘記】

[一]「史記」，原作「漢書」，案：漢書正文及注均作「每」，史記作「馮」，據改。

[二]墜，原作「墮」，據補注改。

[三]孰，原作「執」，據補注改。

[四]水，原作「海」，據補注改。

[五]「待」，原作「持」，據補注改。

九歌

何焯曰：漢志載谷永之言云：「楚懷王隆祭祀，事鬼神，欲以邀福，助卻秦軍，而兵挫地削，身辱國危。」則屈子蓋因事以納忠，故寓諷諫之詞，異乎尋常史巫所陳也。其昶案：懷王既隆祭祀，事鬼神，則九歌之作，必原承懷王命而作也。推其時，在離騷前。史稱原博聞彊志，明治亂，嫻辭令，懷王使原造憲令，上官大夫讒之王曰：「每一令出原曰：『非我莫能爲。』」雖非其實，然當時爲文，要無出原右者。彼懷王撰詞告神，舍原誰屬哉？案：懷王十一年，爲從長攻秦；十六年，絶齊和秦，旋以怒張儀故復攻秦，大敗於丹陽，又敗於藍田。吾意懷王事神，欲以助卻秦軍，在此時矣。

吉日兮辰良，穆將愉音俞兮上皇。王逸曰：穆，敬也。上皇，謂東皇太一。言己將修祭祀，必擇吉良之日，齋戒恭敬，以宴樂天神也。撫長劍兮玉珥，璆音求鏘鳴兮琳琅。朱子曰：璆、鏘，皆玉聲。孔子世家云：「環佩玉聲璆然。」瑤席兮玉瑱，音鎮。洪興祖曰：瑱，壓也。下文云「白玉兮爲鎮」是也。周禮「玉鎮、大寶器」，故書作「瑱」。盍將把兮瓊芳。蕙肴蒸兮蘭藉，洪興祖曰：蒸，進也。藉，薦也。奠桂酒兮椒漿。揚枹音浮兮拊音府鼓，王逸曰：拊，擊也。洪興祖曰[二]：枹，擊鼓槌也。疏緩節兮安歌，陳竽瑟兮浩倡。王夫之曰：倡，與「唱」通。靈偃蹇兮姣音狡服，王逸曰：偃蹇，舞貌。姣，好也。朱子曰：靈，謂神也。芳菲菲兮滿堂。五音紛兮繁會，五臣曰：繁會，錯雜也。君欣欣兮樂康。五臣曰：君謂東皇。朱子曰：此篇言其竭誠盡禮以事神，而願神之欣説安寧。

右東皇太一

洪興祖曰：漢書郊祀志云：「天神貴者太一，太一佐曰五帝。古者天子以春秋祭太一東南郊。」

浴蘭湯兮沐芳，華采衣兮若英。古音央。俞樾曰：詩云：「美如英。」英，即「瑛」之叚字。説文：「瑛，玉光也。」此云「若英」，猶詩言「如英」。靈連蜷兮既留，王夫之曰：連蜷，雲行回環貌。爛昭昭兮未央。蹇將憺音旦兮壽宮，王逸曰：蹇，詞也。憺，安也。許慶宗曰：呂覽注：「壽宮，寢堂也。」與日月兮齊光。龍駕兮帝服，聊翺遊兮周章。王闓國曰：周章，周旋舒緩之意。靈皇皇兮既降，古音户工反。王夫之曰：皇皇，盛大而遽也。猋音標遠舉兮雲中。王逸曰：猋，去疾貌。覽冀州兮有餘，王夫之曰：冀州，見淮南子，九州之一，謂中土也。橫四海兮焉窮。思夫君兮太息，五臣曰：夫君，謂雲神。極勞心兮爞爞。音冲。王逸曰：爞爞，憂心貌。其祖案：雲日之神，九州所共，非楚所能私。故神既降而去，猶思之太息，恐神貺之不答，而禱祀之無靈也。

右雲中君

洪興祖曰：漢書郊祀志有雲中君。

君不行兮夷猶，王逸曰：君，謂湘君。夷猶，猶豫也。蹇誰留兮中洲？朱子曰：言既設祭祀，而不肯來，不知爲何人所留也。美要眇兮宜修，王逸曰：要眇，好貌。洪興祖曰：眇，與「妙」同。沛吾乘兮桂舟。令沅湘兮無波，使江水兮安流。望夫君兮未來，方績曰：「來」與「思」韻。來，廣韻十六咍。古支、咍本爲一韻。吹參差兮誰思？王逸曰：參差，洞簫也。其昶案：誰思，言其何所憂思而吹洞簫。下文云云，皆其思之所寄也。駕飛龍兮北征，邅吾道兮洞庭。薜荔拍兮蕙綢，音儔。王夫之曰：拍，橈下板以擊水者。綢，旗杠纏也。蓀橈而遥反兮蘭旌。王逸曰：橈，船小楫也。望涔音岑陽兮極浦，洪興祖曰：今澧州有涔陽浦。横大江兮揚靈。王夫之曰：靈，同「欞」。鼓枻而行，如飛揚也。揚靈兮未極，朱子曰：極，至也。女嬋媛兮爲予太息。朱子曰：女嬋媛，指旁觀之人。其昶案：始欲駕龍北征以迎神，揚靈未届，旁觀皆爲之太息。以迎神未來，憂思隱約，無可與陳，故下遂極言之，而冀神之一鑒也。横流涕兮潺鉏山反湲，音緩。隱思君兮陫音費側。王夫之曰：陫側，與「悱惻」同。桂櫂直教反兮蘭枻，音洩。王逸曰：櫂，楫也。洪興祖曰：楫，謂之枻。斲冰兮積雪。五臣曰：乘舟值天盛寒，斲斫冰凍，徒爲勤苦，而不得前也。采薜荔兮水中，搴芙蓉兮木末。王逸曰：薜荔，緣木而生。芙蓉，荷華也，生水中。心不同兮媒勞，恩不甚兮輕絶。石瀨兮淺淺，則前反。飛龍兮翩翩。其昶案：淺瀨非飛龍所蟠。交不忠兮怨長，期不信兮告余以不閒。古閑切。方績曰：廣韻：洩，一先；翩，二仙；閒，二十八山。古山與仙、先同韻。其昶案：秦使張儀來，詐楚絶齊，賂以商於，地六百里。懷王信之，使一將軍西受地，張儀稱病不出三月，地不可得。懷王曰：「儀以吾絶齊爲尚薄邪？」乃使勇士辱齊王，齊王大怒，折楚符。儀乃起朝，謂楚將軍曰：「何不受地，從某至某，六里。」懷王大怒，伐秦。自是兵連禍結，旋和旋戰，卒以亡國。交不忠，謂絶齊；告余以不閒，謂張儀稱病不出。此蓋述其事，以求神之聽直也。鼂同「朝」騁騖兮江皋，夕弭節兮北渚。鳥次兮屋上，水周兮堂下。古音户。捐余玦古穴反兮江中，洪興祖曰：玦，如環而有缺。遺余佩兮澧浦。洪興祖曰：捐玦遺佩，以詒湘君。采芳洲兮杜若，將以遺去聲兮下女。朱子曰：恐其不能自達，則又采香草以遺其下之侍女。旹古「時」字不可兮再得，聊逍遥兮容與。

右湘君其昶案：諸侯祭其境内名山大川，則楚祀湘水之神，禮也。故舉國之大事，正告於神。

帝子降兮北渚，朱子曰：帝子，謂湘夫人，堯之次女女英，舜次妃也。韓子以爲娥皇正妃，故稱君，女英自宜降稱夫人也。目眇眇兮愁予。上聲。嫋嫋音裊兮秋風，洞庭波兮木葉下。古音户。登白薠音煩兮騁望，王逸曰：薠草秋生。與佳期兮夕張。去聲。王夫之曰：與，如禮記「生與來日」之「與」，數也。鳥何萃兮蘋中，五臣曰：蘋，水草。罾音增何爲兮木上？王逸曰：罾，魚網也。沅有芷兮澧有蘭，思公子兮未敢言。王逸曰：公子，謂湘夫人也。朱子曰：帝子而又曰公子，猶秦已稱皇帝，而其男女猶曰公子、公主。其昶案：「鳥萃」二句，明事與願違，欲言於公子，而又未敢倉卒也。所言之事，蓋即前篇所陳者，故不復述。荒忽兮遠望，觀流水兮潺湲。獲頑反。方績曰：廣韻：蘭，二十五寒；言，二十五元；湲，二十八山。古山與寒、元同韻。麋音眉何爲兮庭中，蛟何爲兮水裔？洪興祖曰：裔，邊也。朝馳余馬兮江皋，夕濟兮西澨。音逝。聞佳人兮召予，將騰駕兮偕逝。王夫之曰：此代神言，感其誠而來降也。湘水北流，漢在其西，故曰「西澨」。逝，行也。夫人與湘君偕行。下言脩飾祠宫，極其芳潔以俟神。築室兮水中，葺音緝之兮荷蓋。方績曰：廣韻：裔、澨、逝，皆十三祭；蓋，十四泰。古泰、祭同韻。蓀壁兮紫壇，匊古「播」字芳椒兮成堂。桂棟兮蘭橑，音老。洪興祖曰：説文：「橑，椽也。」辛夷楣兮葯房，王逸曰：辛夷，香草。葯，白芷也。罔同「網」薜荔兮爲帷，擗普覓反蕙櫋音綿兮既張。五臣曰：擗析以爲屋聯。白玉兮爲鎮，王逸曰：以白玉鎮坐席也。疏石蘭兮爲芳。王逸曰：疏，布陳也。芷葺兮荷屋，繚音了之兮杜衡。古音杭。合百草兮實庭，建芳馨兮廡無音武門。洪興祖曰：廡，説文云：「堂下周屋也。」廡門，謂廡與門也。九疑繽兮竝迎，靈之來兮如雲。捐余袂兮江中，遺余褋音牒兮澧浦。洪興祖曰：方言云：「襌衣，江、淮、南楚之閒謂之褋。」搴汀洲兮杜若，將以遺兮遠者。古音渚。朱子曰：遠者，亦謂侍女，以其既遠去而名之也。時不可兮驟得，聊逍遥兮容與。其昶案：時不可失，一再言之者，蓋速神之來貺，且諷君之及時以修政耳。

右湘夫人

廣開兮天門，紛吾乘兮玄雲。令飄風兮先驅，使涷雨兮灑塵。王逸曰：暴雨爲涷雨。君回翔兮以下，古音户。踰空桑兮從女。同「汝」。洪興祖曰：山海經云：「東曰空桑之山。」紛總總兮九州，何壽夭兮在予？上聲。其昶案：壽夭之柄，司命且不能操，故欲與之適九阬，以縱觀陰陽氣化，皆莫知爲而爲。司命雖欲折麻相遺，無能爲助，老之將至，司命與己不近而愈疎，是以愁也。高飛兮安翔，乘清氣兮御陰陽。吾與君兮齊速，張文虎曰：齊速，即齊遬。

玉藻：「君子之容舒遲，見所尊者齊遬。」述聞云：爾雅：「齊，疾也。」「齊遬」，與「舒遲」對文，二字同義。導帝之兮九阬。音岡。王逸曰：出入九州之山。靈衣兮披披，古音坡。玉佩兮陸離。古音羅。壹陰兮壹陽，衆莫知兮余所爲。古音譌。折疏麻兮瑤華，古音敷。將以遺兮離居。老冉冉兮既極，不寖近兮愈疏。乘龍兮轔轔，高馳兮沖天。古音汀。結桂枝兮延竚，羌愈思兮愁人。愁人兮柰何，願若今兮無虧。古音去禾反。朱子曰：無虧，保守志行，無損缺也。人受命而生，貧富貴賤各有所當，或離或合，非人之所能爲也。因祀司命而發此意，則原所以順受其正者，亦嚴矣。其昶案：若，猶及也。固人命兮有當，孰離合兮可爲？古音譌。陳第曰：始欲從之空桑，又欲與之齊速，冀得命也。既而曰莫知所爲，又曰孰離合可爲，見命之不可移也。其昶案：懷王欲事神邀福，此言命不可爲，其因事納忠，懇懇如此。

右大司命

洪興祖曰：史記天官書：「文昌六星，四曰司命。」晉書天文志：「三台六星，兩兩而居。西近文昌二星曰上台，爲司命，主壽。」然則有兩司命也。

秋蘭兮麋蕪，羅生兮堂下。古音户。王夫之曰：此喻人之有佳子孫。晉人言：「芝蘭玉樹，欲其生於庭砌。」語本於此。綠葉兮素枝，芳菲菲兮襲予。上聲。夫人兮自有美子，蓀何以兮愁苦？王夫之曰：此述祈子者之情。其昶案：蓀，謂君也。巫祝言君若有美子，則不愁苦矣。穐古「秋」字蘭兮青青，綠葉兮紫莖。滿堂兮美人，忽獨與予兮目成。其昶案：此言祀神者多，惟君獨得神之眷睞。「予」者，巫祝代君自稱。入不言兮出不辭，乘回風兮載雲旗。悲莫悲兮生別離，樂莫樂兮新相知。荷衣兮蕙帶，古音帝。儵而來兮忽而逝。夕宿兮帝郊，君誰須兮雲之際。其昶案：君謂神也。以上巫述君之喜得事神，而又悲神去之速也。以下巫代神答君。下文曰女、曰美人，皆神目君之辭。

與女沐兮咸池，古音駝。晞女髮兮陽之阿。王逸曰：晞，乾也。望媺同「美」人兮未徠，同「來」。臨風怳許往反兮浩歌。孔蓋兮翠旍，于盈反。王逸曰：言以孔雀之翅爲車蓋，翡翠之羽爲旗旍。登九天兮撫彗音穗星。竦長劍兮擁幼艾，王夫之曰：彗星如帚，撫之以除災眚。擁，衛也。幼艾，嬰兒也。竦劍以護嬰兒，使人宜子。蓀獨宜兮爲民正。平聲。其昶案：此託爲神言，君知愛子，亦宜愛民，所以動其爲民父母之心也。

右少司命 王夫之曰：大司命統司人之生死，少司命則司人子嗣之有無，以其所司者嬰稚，故曰少。古者臣子爲君親祈永命，徧祀於羣神；而祓無子者祀高禖。大司命、少司命，皆楚俗爲之名而祀之。

暾音吞將出兮東方，照吾檻兮扶桑。撫余馬兮安驅，夜皎皎同「皎」兮既明。古音彌郎反。駕龍輈音舟兮乘雷，王逸曰：輈，車轅也。載雲旗兮委蛇。方績曰：古「蛇」字皆徒何反，惟此弋支反。廣韻入五支，古支與微、灰同用。長太息兮將上，心低佪兮顧懷。古音回。羌聲色兮娛人，觀者憺兮忘歸。其祖案：聲色，即下所陳緪瑟、簫鐘，祭神之樂舞是也。夜中作樂，觀者顧懷聲色，而太息日之將上，娛樂未極，朝野酣嬉如此，而欲媚神以卻敵，其可得乎？原意存諷諫，言之痛絶。緪古登反瑟兮交鼓，王逸曰：緪，急張絃也。簫鐘兮瑤虡。其吕反。鳴鷈音池兮吹竽，思靈保兮賢姱。古音枯去聲。王夫之曰：靈保，即神保，見詩，謂尸也。翾音喧飛兮翠曾，王逸曰：言巫舞翾然若飛。洪興祖曰：博雅云：「翾、翥，飛也。」展詩兮會舞。應律兮合節，靈之來兮蔽日。青雲衣兮白蜺裳，舉長矢兮射天狼。梅曾亮曰：天狼者，秦之分野。舉長矢而射之，此一發之樂也。北斗、桂漿，歸而飲。至撰轡高馳，所謂翩然翱翔，不可復制。操余弧兮反淪降，援北斗兮酌桂漿。撰余轡兮高駝翔，杳冥冥兮以東行。古音杭。其祖案：日冥之時，東行而反，則暾將出時之爲西行可知，秦在西也。谷永謂懷王隆祭祀，欲以助卻秦軍。此章正其祝神卻秦之詞。

右東君

洪興祖曰：博雅云：「東君，日也。」漢書郊祀志有「東君」。

與女遊兮九河，衝風起兮横波。其昶案：巫言其君欲乘車駕龍，與神横波而遊九河也。乘水車兮荷蓋，駕兩龍兮驂螭。古音丑戈反。登崑崙兮四望，其昶案：崑崙，河源。待神不來，遂登崑崙之上，悵望極浦而懷思也。心飛揚兮浩蕩。日將暮兮悵忘歸，惟極浦兮寤懷。古音回。魚鱗屋兮龍堂，紫貝闕兮朱宮。王夫之曰：朱，與「珠」通。靈何爲兮水中，其昶案：水中有龍堂、朱宮，神所居也。訝其不來，故曰「靈何爲兮水中」。乘白黿兮逐文魚。與女遊兮河之渚，流澌紛兮將來下。古音户。其昶案：神至是來矣。一交手後，河自東流，君自南還，曾不得稍流連也。見河非楚境内之川，禮不當祀，神所不歆。此諷諫之旨也。子交手兮東行，送美人兮南浦。波滔滔兮來迎，魚隣隣兮媵以證反予。上聲。王逸曰：媵，送也。其昶案：波迎魚媵，寂寞而還，視向之欲衝風横波，駕龍驂螭者，不侔矣。

右河伯

王夫之曰：河神也。四瀆視諸侯，故稱伯。楚昭王有疾，卜曰「河爲祟」，昭王謂非其境内山川，弗祀焉。昭王能以禮正祀典，故已之，而楚固嘗祀之矣。遥望僭祭，序所謂「信鬼而好祠」也。

若有人兮山之阿，王逸曰：若有人，謂山鬼也。被薜荔兮帶女蘿。王逸曰：女蘿，兔絲也。既含睇音弟兮又宜笑，子慕予兮善窈音杳窕。徒了反。朱子曰：「子」則設爲鬼之命人，而「予」乃鬼之自命也。王夫之曰：此以下皆山鬼之辭，述其情，因以使之歆也。乘赤豹兮從文貍，里之反。辛夷車兮結桂旗。被石蘭兮帶杜衡，折芳馨兮遺所思。王夫之曰：言人既慕而召我，則乘山獸，御木葉，出女蘿、薜荔之中，攜蘭衡以來相遺。其昶案：以上山鬼之來享者，以下則未與享者。予處幽篁兮終不見天，路險難兮獨後來。表獨立兮山之上，雲容容兮而在下。古音户。王夫之曰：容容，不一色也。杳冥冥兮羌晝晦，東風飄兮神靈雨。留靈修兮憺忘歸，歲既晏兮孰華予？上聲。錢澄之曰：華予[二]，猶言光寵也。其昶案：自河伯以上，所祀之神，皆有專主。而山鬼則其類甚繁，不能徧及，故不得祀者羨其得祀者久留君所，憺然忘歸，而歎己之寂寞也。一則安而忘歸，一則悵怨忘歸，曲達其情。既以妥來享之鬼，而其未來者亦有以慰其思也。采三秀兮於山閒，王逸曰：三秀，謂芝草。石磊磊魯猥反兮葛蔓蔓。母官反。怨公子兮悵忘歸，朱子曰：公子，即靈脩。君思我兮不得閒。其昶案：始曲諒君，非不我思，但不得閒耳。山中人兮芳杜若，飲石泉兮蔭松柏。古音博。君思我兮然疑作。其昶案：繼則疑信交作。雷填填音田兮雨冥冥，猨啾啾兮狖音又夜鳴。風颯颯音撒兮木蕭蕭，古音搜。思公子兮徒離憂。其昶案：終乃知公子之不我思矣，徒思公子而有離憂。極寫羣鬼望祀之情，所謂鬼猶求食也。神則慕望其來而不可得，鬼則無厭如此，可謂知鬼神之情狀者矣。而山鬼之爲淫祀，亦即此可見。

右山鬼

洪興祖曰：莊子曰：「山有夔。」淮南曰：「山出嘄陽。」楚人所祠，豈此類乎？姚永樸曰：地理志言：楚俗重巫鬼，信淫祀。此自其國之本俗。

操吳戈兮被犀甲，車錯轂兮短兵接。王逸曰：錯，交也。短兵，刀劍也。旌蔽日兮敵若雲，矢交墜兮士爭先。方績曰：雲，廣韻二十文。古先、文同韻。淩余陣兮躐余行，古音杭。左驂殪音意兮右刃傷。王夫之曰：右，右驂。霾同「埋」兩輪兮縶四馬，古音莫補反。王逸曰：示必死也。援玉枹兮擊鳴鼓。天時懟音隊兮威靈怒，嚴殺盡兮棄原壄。古「野」字，音墅。朱子曰：嚴殺，猶言鏖戰痛殺也。言適值天之怨怒，故衆皆見殺，不得葬也。出不入兮往不反，平原忽兮路超遠。雲阮反。帶長劍兮挾秦弓，古音肱。首雖離兮心不懲。朱子曰：懲，創艾也。雖死而心不悔也。誠既勇兮又以武，終剛强兮不可淩。身既死兮神以靈，魂魄毅兮爲鬼雄。古音羽陵反。

右國殤

洪興祖曰：謂死於國事者。姚永樸曰：九歌終於國殤，亦因兵挫於秦，死者衆也。其昶案：懷王怒而攻秦，大敗於丹陽，斬甲士八萬，乃悉國兵，復襲秦，戰於藍田，又大敗。茲祀國殤，且祝其魂魄爲鬼雄，亦欲其助卻秦軍也。原因敘其戰鬬之苦，死亡之慘，聆其音者，其亦有惻然動念者乎？

成禮兮會鼓，傳芭兮代舞，王逸曰：代，更也。朱子曰：芭，與「葩」同。姱女倡兮容與。王夫之曰：倡，歌也。春蘭兮秋鞠，同「菊」。朱子曰：春祠以蘭，秋祠以鞠，即所傳之芭也。長無絶兮終古。王夫之曰：祀典不廢，常得事神，蓋詩「勿替引之」之意。

右禮魂王夫之曰：**凡前十章，皆各以其所祀之神而歌之，此章乃前十祀之所通用，而言終古無絶，則送神之曲也。魂亦神也。**

【校勘記】

〔一〕「洪興祖曰」四字原脱，據補注補。

〔二〕予，原作「余」，據錢澄之屈詁改。

天問

王夫之曰：原以造化變遷、人事得失，莫非天理之昭著，故舉天之不測不爽者，以問憯不畏明之庸主具臣，是爲天問，而非問天。篇內事雖雜舉，而自天地、山川，次及人事，追述往古，終之以楚先，未嘗無次序存焉。而要歸之旨，則以有道而興，無道則喪，黷武忌諫，耽樂淫色，疑賢信姦爲廢興存亡之本。原諷諫之心，於此而至，抑非徒渫憤抒愁已也。

曰：遂古之初，誰傳道徒皓反之？王夫之曰：統一篇而繫以「曰」，則原所自撰成章可知。遂，與「邃」通，遠也。上下未形，何由考之？其昶案：發端問此，以見人心之靈，無不可窮之理。冥昭瞢母豆反闇，同「暗」。誰能極之？洪興祖曰：言幽明之理，瞢闇難知，誰能窮極其本原？馮皮冰反翼惟像，何以識之？洪興祖曰：淮南言：「天地未形，馮馮翼翼。」其昶案：惟，爲也。言由無形而爲有形。明明闇闇，惟時何爲？古音譌。王夫之曰：天何爲有晝夜？陰陽三合，何本何化？古音毀禾反。洪興祖曰：穀梁云：「獨陰不生，獨陽不生，獨天不生，三合然後生。」朱子曰：天者，理而已矣。是爲陰陽之本，而其兩端循環不已者，爲之化焉。圜則九重，孰營度徒落反之。王夫之曰：圜則，渾天之儀表。九重者，七曜天、經星天、宗動天之層次。惟茲何功，孰初作之？其昶案：天地無心成化，陰陽無始。斡音管維焉繫，天極焉加？王逸曰：斡，轉也。

洪興祖曰：淮南云：「帝張四維，運之以斗。」注：「四角爲維。」王夫之曰：加，託也。南北二極如棟，必有所託。方績曰：加，韻補收入七歌，古音正與虧協。八柱何當？東南何虧？古音去禾反。王逸曰：八山爲柱，皆何當值？洪興祖曰：淮南云：「地有九州八柱。」素問云：「天不足西北，地不滿東南。」九天之際，安放安屬？古音注。洪興祖曰：際，邊也。傳云：「九天之際曰九垠。」放，至也。屬，附也。隅隈多有，誰知其數？洪興祖曰：隅，角也。爾雅：「厓内爲隩，外爲隈。」天何所沓？徒合反。十二焉分？王逸曰：沓，合也。洪興祖曰：左傳注云：「一歲日月十二會。」王夫之曰：此皆問天地幽明之故。原好學深思，得其所以然，爲吉凶順逆之原本，而爲習而不察者，詰使察識，而不自錮於昏昏之内也。日月安屬？列星安陳？洪興祖曰：列子云：「天，積氣耳。日月星宿，亦積氣中之有光曜者。」出自湯音陽谷，次于蒙汜。詳里反。王逸曰：次，舍也。洪興祖曰：書：「宅嵎夷，曰暘谷。」即湯谷。爾雅：「西至日所入，爲太蒙。」即蒙汜。自明及晦，所行幾里？夜光何德，死則又育？王逸曰：夜光，月也。育，生也。洪興祖曰：書有「旁死魄」、「哉生明」。先儒云：「月光生於日所照，魄生於日所蔽。」其昶案：何德，問其何等體性也。厥利維何，而顧菟在腹？洪興祖曰：菟，與「兔」同。朱子曰：顧菟在腹，則世俗桂樹、蛙兔之傳，其惑久矣。月中微黑處，乃鏡中天地之影，略有形似，非真有是物也。王夫之曰：此問二曜顯晦之理。毛奇齡曰：顧兔，月中兔名。以兔本善視，故禮記：「兔曰明視。」其昶案：「厥利維何」者，言月果何所利，而腹顧兔於中。蓋斥俗説之無稽也。女岐無合，夫音扶焉取九子？王逸曰：女岐，神女，無夫而生九子。伯强何處？惠氣安在？昨宰反。王逸曰：伯强，大厲疫鬼也。惠氣，和氣也。王夫之曰：此問氣化之變。伯强，一曰禺强。其昶案：生氣盛，或無夫而有九子；死氣盛，則疫厲興。方績曰：廣韻：子，六止；在，十五海。古海、止同韻。何闔而晦？何開而明？古音彌郎反。角宿未旦，曜靈安藏？王逸曰：角、亢，東方星。曜靈，日也。王夫之曰：此問晝夜之所以分。其昶案：「女岐」四句，申言天地氣化。此四句，申言日月晦明。以上皆問天象。

不任汩鴻，師何以尚市羊反之？王逸曰：汩，治也。鴻，大水。師，衆也。尚，舉也。言鮌才不任治鴻水，衆人何以舉之？洪興祖曰：荀子云：「禹有功，抑下鴻。」鴻，即洪水。其昶案：禹敷土，奠高山大川。將問地形，故以鮌、禹事發端。僉曰：何憂？何不課而行古音杭之？王逸曰：課，試也。朱子曰：衆人以爲無憂，堯何不且小試之，而遽行其説。鴟龜曳銜，鮌何聽平聲焉？毛奇齡曰：曳，猶踵曳，以尾相撣援也。銜，猶轡銜，以口相結銜也。鮌築堤障水，宛委盤錯，如鴟龜牽銜者然，是就鴟龜形而因之爲堤。古人制物多因物形，如視鴟制柂，觀魚制帆之類。特不用疏導，但用防遏，則迄無成功，是聽鴟龜之計而誤之耳。所謂鮌之治水也障之，禹之治水也導之也。揚雄蜀本紀：張儀築蜀城，依龜行蹤築之。又史稽曰：張儀依龜跡築蜀城，非猶夫崇伯之智也。崇伯，鮌封號，即是其事。順欲成功，帝何刑焉？其昶案：吴越春秋云：禹傷父功不成。

順欲，謂禹順父之欲。其成功亦由於纂前緒，而堯何遽罪鮌？永遏在羽山，夫何三年不施？古音式何反。王逸曰：施，舍也。王夫之曰：「施」與「弛」同，釋也。伯禹腹鮌，夫何以變化？古音毁禾反。俞樾曰：腹，當作「复」。説文：「复，行故道也。」言禹治水亦惟行鮌之故道，而何以能變化？纂就前緒，遂成考功。王逸曰：父死稱考。何續初繼業，而厥謀不同？洪泉極深，何以寘之？洪興祖曰：「寘」與「填」同。淮南云：「禹乃以息土填洪水。」地方九則，何以墳之？王逸曰：墳，分也。謂九州之地，凡有九品，禹何以能分別之？應龍何畫？河海何歷？王逸曰：有翼曰應龍。禹治洪水時，有神龍以尾畫地，導水所注當決者，因而治之。鮌何所營？孫詒讓曰：營，惑也，亂也。禹何所成？王夫之曰：此因地形而問鮌、禹之事。言得失成敗，莫不自己也。康回憑怒，墬古「地」字何故以東南傾？王逸曰：康回，共工名也。淮南言：「共工與顓頊争爲帝，不得，怒而觸不周之山，天維絶，地柱折。」故東南傾也。洪興祖曰：春秋傳：「震電馮怒。」注云：「馮，盛也。」九州安錯，倉故反。川谷何洿？音户。洪興祖曰：錯，置也。水深謂之洿。東流不溢，孰知其故？東西南北，其脩孰多？南北順墮，音妥。其衍幾何？王逸曰：修，長也。衍，廣大也。王夫之曰：墮，一作「橢」，圓而長也。崑崙縣圃，其尻丘刀反安在？昨宰反。王逸曰：崑崙，在西北，其巔曰縣圃，乃上通於天。朱子曰：崑崙，據水經，在西域，一名阿耨達山。其昶案：尻，諸本作「凥」。康熙字典「尻」字下引此，作「尻」。今據改。廣雅：「尻，臀也。」史記：「中國山川東北流，其維首在隴蜀，尾没於勃碣。」尻，猶尾也。莊子亦以首尻對舉。增城九重，其高幾里？洪興祖曰：淮南云：「崑崙虛中有增城九重，其高萬一千里百一十四步二尺六寸。」注云：「增，重也。」四方之門，其誰從焉？洪興祖曰：淮南言：東北蒼門，東開明之門，東南陽門，南暑門，西南白門，西閶闔之門，西北幽都之門，北寒門。「八極之雲，是雨天下。八門[二]之風，是節寒暑」。西北辟啓，何氣通焉？洪興祖曰：辟，與「闢」同。淮南云：「北門開以納不周之風。」日安不到，燭龍何照？洪興祖曰：山海經：「鍾山之神曰燭陰，視爲晝，瞑爲夜，吹爲冬，呼爲夏。」注云：「即燭龍也。」王夫之曰：北極之北，去黄道遠，日所不到，燭龍以目光代日。羲和之未揚，若華何光？王夫之曰：若華，若木之華。其昶案：南北之極，有半年爲夜者，既不見日，意必有神物爲光。燭龍、若華，皆古人寓言。何所冬暖？況袁反。何所夏寒？王夫之曰：以上廣詰地理。

焉有石林，洪興祖曰：吴都賦云：「雖有石林之岝崿，請攘臂而靡之。」錢澄之曰：石林，疑即珊瑚之類。何獸能言？王逸曰：禮記：「猩猩能言。」焉有龍虬，音糾。負熊以遊。王逸曰：有角曰龍，無角曰虬。毛奇齡曰：外紀：黄帝氏有熊，嘗乘斑龍四巡。又世言有熊鼎成，乘龍上升。雄虺許偉反九首，儵同倏忽焉在？咋宰反。洪興祖曰：爾雅：「蝮虺，博三寸，首大如擘。」儵忽，疾急貌。其昶案：九首故大。何所不死？洪興祖曰：山海經：「不死民在交脛國東。」

長人何守，王逸曰：括地象云：「長人，長狄。」春秋云：「防風氏也。禹會諸侯，防風氏後至，於是使守封隅之山也。」方績曰：守，當與「首」同韻。首尾爲一韻，中二句爲一韻。靡蓱九衢，毛奇齡曰：靡蓱，蔓蘋也。其葉九出爲九衢。山海經：「建木在弱水西」，「百仞無枝，上有九欘，下有九衢。」曰「下有」，則木枝無九衢可知。或即弱水中之靡蓱。古賦云：「搴弱水之九衢。」枲相里反華安居？洪興祖曰：麻有子曰枲。天對云：「浮山孰産，赤華伊枲。」山海經「浮山有草，其葉如麻，赤花。」即枲華也。靈蛇吞象，厥大何如？洪興祖曰：山海經海内南[二]有巴蛇，身長百尋，食象，三年而出其骨。黑水玄沚，三危安在？昨辛反。洪興祖曰：言黑水、玄沚、三危，皆安在也。書：「導黑水，至於三危。」張揖云：「三危山，在鳥鼠之西，黑水出其南。」毛奇齡曰：西京賦：「乃若昆明靈池，黑水玄沚。」因黑水所渚，原名玄沚，故記載有其名，漢宫亦擬其形。延年不死，壽何所止？蔣驥曰：穆天子傳：「黑水之阿，爰有木禾，食者得上壽。」淮南云：「三危之國，石城金室，飲氣之民，不死之野。」鯪音陵魚何所，疏舉反。洪興祖曰：山海經：「西海中近列姑射山有陵魚，人面人手魚身。」天對云「鯪魚人貌，邇列姑射」是也。鬿音祈堆焉處？洪興祖曰：山海經：「北號山有鳥，狀如雞，而白首鼠足，名曰鬿雀。」天對云：「鬿雀峙北號，惟人是食。」案：字書，鴭音堆，雀屬。則鬿堆，即鬿雀也。羿焉彃音畢日，烏焉解羽？王逸曰：淮南言：堯時十日並出，草木焦枯，堯命羿仰射十日，中其九日，日中九烏皆死，墮其羽翼。洪興祖曰：說文：「彃，射也。」穆天子傳：「北至曠原之野，飛鳥之所解其羽。」王夫之曰：以上廣詰物變也。凡此諸問，原本天地，推極物理，盡其生成變化之萬殊，蓋欲使聞之者，於其有實者，窮所自之理，以推得失興喪之故，而擴其心志，勿迷錮於牀笫户牖之閒；於其無實者，必聽之審，辨之明，而後不爲所惑也。其昶案：自篇首至此，問天象、地理、物變，以下皆言人事。

禹之力獻功，降省下土方。朱子曰：下土方，蓋用商頌語。禹以勤力獻進其功，堯因使省下土四方。焉得彼嵞音塗山女，而通之於台桑？王逸曰：言禹治水，道娶塗山氏之女，而通夫婦之道於台桑之地。洪興祖曰：嵞山，九江當塗也。閔妃匹合，厥身是繼。王逸曰：閔，憂也。禹所以憂無妃匹者，欲爲身立繼嗣。胡維嗜不同味，而快鼂飽？王夫之曰：禹之循理遏欲，所以興也。懷王徒以色故而寵鄭袖，反覆致詰，欲令鏡古以自悟也。毛奇齡曰：鼂飽者，急於行役，所謂朝食、蓐食也。柳對：「呱呱之不盡，而孰圖味？」亦是意也。其昶案：人口有同嗜，禹菲飲食，故曰「嗜不同味」。此問禹既急於治水，何又娶於塗山；既憂無妃匹，何又樂於朝飽？而辛、壬、癸、甲，四日即行乎？史記言：「過家門不敢入，薄衣食。」是其事也。家元伯先生謂：洪注此言禹之所嗜，與衆人異味。以文義求之，當作「胡爲快鼂飽，而嗜不同味」。味與繼，古音同部。啓代益作后，卒然離蠥。魚列反。王逸曰：離，遭也。蠥，憂也。禹以天下禪益，天下皆去益而歸啓。洪興祖曰：有扈氏與夏同姓，啓繼世以有天下，有扈不服，大戰於甘，故曰「卒然離蠥」。何啓惟憂，而能拘是達。洪興祖曰：惟，思也。其昶案：漢書注：「拘，曲礙也。」有扈氏不服，爲曲礙，能平服之，是謂能達。啓，繼世賢君。蓋以望之頊襄也。皆歸䠶同「射」鞫，音菊。而無害厥躬。王逸曰：射，行也。其昶案：「射，行」，訓見廣雅。鞫，説文云：「窮治罪人也。」射鞫者，行法也。此言禹、益皆以冢宰聽政，朝覲訟獄皆歸之，天下亦無有害於其躬者。何后益作革，而禹播降。古音户工反。毛奇齡曰：何以民卒背益，而惟禹之德獨播於衆也？書云：「邁種德，德乃降。」其昶案：啓代益作后，故曰「后益作革」。此申言禹功德之遠，民不能忘，故不歸益而歸啓，曰「吾君之子也」。啓棘賓商，九辯九歌。王逸曰：賓，列也。其昶案：「賓，列」，訓見廣雅。棘，急也。商者，章也，張也。言啓急欲張列其九辯九歌之樂。啓晚而荒樂，見墨子。何勤子屠母，而死分竟地？古音沱。朱子曰：淮南説：禹治水時，塗山氏化爲石，時方孕啓，禹曰：「歸我子。」於是石破北方而啓生。孫詒讓曰：分地，指啓死而太康失國之事。其昶案：竟，與「境」同。此再申言啓德之不終，雖有生時瑞異，而身殁禍作。蓋思憂則能達，荒樂則鮮終。離騷云「啓九辯與九歌」、「不顧難以圖後」。帝降夷羿，革孽夏民。王逸曰：帝，天帝也。夷羿，諸侯，弑夏后相者也。王夫之曰：革夏祚，孽夏民。胡䠶夫河伯，而妻去聲彼雒同「洛」嬪。王逸曰：傳云：「河伯化爲白龍，羿見射之，眇其左目。」羿又夢與雒水神宓妃交接。馮同「憑」珧音遥利決，封豨虚豈反是䠶。古音食侖反。王逸曰：馮，挾也。珧，弓名。決，射鞲。封豨，神獸。洪興祖曰：爾雅：「弓以蜃者謂之珧。」注云：「用蜃飾弓兩頭。」儀禮注云：「決以象骨爲之，著右大擘指，以鉤弦。」其昶案：禽封豨，射河伯，屈子以爲有窮羿，而淮南以爲堯時羿。古事傳聞異辭多如此。何獻烝肉之膏，而后帝不若。王逸曰：烝，祭也。若，順也。言羿獵射豨，以其肉膏祭天帝，天帝猶不順羿之所爲。錢澄之曰：問帝既已降之，何又不順之。浞娶純狐，眩妻爰謀。古音媒。王逸曰：言浞娶於純狐氏女。遂與浞謀殺羿。其昶案：「眩妻」之稱，猶本篇之稱「惑婦」、「眩弟」及詩稱「哲婦」之類。鄧廷楨曰：謀有上聲。左傳「輿人之謀」，與「每」韻。何羿之䠶革，而交吞揆之？洪興祖曰：禮云：「貫革之射。」左傳云：「蹲甲而射之，徹七札焉。」言有力也。羿之射藝如此，唯不恤國事，故其衆交合而吞滅之。孫詒讓曰：揆，亦滅也。吕覽云：「剗而類，揆吾家。」其昶案：帝降而王，傳子之局，至禹而定，故首論夏事。以上禹爲法，羿爲戒，啓在法戒之閒。

阻窮西征，巖何越焉？錢澄之曰：阻窮，猶禁絶也。永遏在東，不容西征。毛奇齡曰：「險」、「巖」同字。傅巖，史作傅險。化爲黄熊，巫何活焉？王夫之曰：此據晉侯寢疾，黄熊入夢而言。羽淵在東海，西至晉國，越太行之巖險。活，謂降其神如生也。咸播秬音巨黍，莆薄胡反雚音丸是營。王逸曰：秬黍，黑黍也。洪興祖曰：莆，即「蒲」字。蒲，水草，可以作席。其昶案：爾雅：「雚，芄蘭。」説文：「芄蘭，莞也。」是「雚」、「莞」同字。東方朔傳：「莞蒲爲席。」即此所云「莆雚」也。「莆雚是營」，謂起居之適。禮云「莞簟之安」是也。「播秬黍」，猶莊子之言「播精」，謂食粟之美。何由并投，而鮌疾脩盈。孫詒讓曰：并投，猶屏棄。其祖案：謂不以飲食起居爲安，而以疾爲苦也。徐無鬼勞武侯之病，以謂「萬乘之主，苦一國之民，以養耳目鼻口，夫神者不自許也」。即此意。鮌疾，謂鮌作祟。韓宣子問子産：「寡君夢黄熊入於寢門，其何厲鬼也？」晉侯疾三月，有加無瘳，故曰「脩盈」。白蜺嬰茀，胡爲此堂？洪興祖曰：蜺，雌虹也。説文：「霓，雲貌。」即此「茀」字。其祖案：嬰，繞也。天對云：「王子怪駭，蜺形茀裳。」言蜺身而雲氣繞之，有似裳也。此堂，謂文子之堂。安得夫良藥，不能固臧？王逸曰：崔文子學仙於王子僑，子僑化爲白蜺而嬰茀，持藥與文子，文子驚怪，引戈擊蜺，中之，因墮其藥，俯而視之，子僑之尸也。洪興祖曰：事見列仙傳。王念孫曰：臧，讀爲「藏」。天式從横，陽離爰死。王逸曰：人失陽氣則死。其祖案：天式，猶言天道。爰，猶乃也。天道一縱一横，言陰陽有代謝之理。大鳥何鳴，夫焉喪去聲厥體？方績曰：廣韻：死，五旨。體，十一薺。古薺、旨同韻。王逸曰：文子取子僑之尸，置室中，覆以弊篚，須臾化爲大鳥而鳴，開視之，飜飛而去。其祖案：喻言己之哀鳴，亦欲以良藥詒君，而祈天永命也。無益於君，而自喪厥體，可痛耳。以上言壽命不恒，富貴佚欲之樂不可久據，故宜及時自修，諷頃襄也。

蓱號起雨，何以興之？洪興祖曰：山海經：「屏翳在海東，時人謂之雨師。」顔師古云：「屏翳，一曰蓱號。」撰體協脅，鹿何膺之？王逸曰：膺，受也。洪興祖曰：撰，具也。王夫之曰：協脅，脅骨駢生也。鹿，五鹿，衛地。蓱號起雨，氣機之動於微者也。晉文公觀脅於曹，授塊於五鹿，而拜賜之徵卒驗，幾有先見，要惟晉文任賢自彊，有以膺之也。其昶案：言晉文以起澆。

鼇戴山抃，音卞。何以安之？洪興祖曰：列子云：「五山之根，無所連箸。帝命禺强使巨鼇十五，舉首而戴之，五山始峙而不動。」釋舟陵行，何以遷之？毛奇齡曰：論語「奡盪舟」，此即奡事。澆、奡同。其昶案：帝王世紀：「寒浞襲有窮之號，因羿之室生奡，多力，能陸地行舟。浞使奡殺夏帝相，封奡於過。夏之貴臣伯靡收斟、尋二國餘燼，殺浞立少康，滅奡於過，有窮遂亡。」此言鼇能戴山舞抃而安，澆雖多力，而不能安其國。蓋祿之膺，必有所以膺之由，如晉文是已；祚之遷，亦必有所以遷之由，澆是已。下遂舉澆事而申言之。惟澆在户，何求於嫂？鄧廷楨曰：嫂，諧「叟」聲。何少康逐犬，而顛隕厥首。王逸曰：少康因田獵放犬，遂襲殺澆。其昶案：此必少康襲殺澆於其嫂之室，故問澆何求於嫂而在其户，又何少康逐犬於野，而澆隕其首於户？女歧縫裳，而館同爰止。王逸曰：女歧，澆嫂也。爰，於也。言女歧與澆淫佚，爲之縫裳，於是共舍而宿止也。何顛易厥首，而親以逢殆？王逸曰：言少康夜襲，得女歧頭，以爲澆，因斷之。故言「易首」，遇危殆也。湯謀易旅，何以厚之？朱子曰：杜預云：「少康爲虞庖正，有田一成，有衆一旅，遂滅過澆。」旅，謂一旅五百人。其昶案：「湯」、「陽」、「暘」，同字。五行志「時陽若」，即洪範之「時暘若」。史記索隱：「暘谷，本作湯谷。」本書「暘谷」屢見，皆作「湯」字。湯謀，即陽謀。易旅，治軍旅也。言少康雖陽以田獵，治軍以襲澆，而但有一旅，果何以厚集其勢？覆舟斟尋，何道取之？鄧廷楨曰：「取」之聲，當以緅、掫爲正。朱子曰：言夏后相已傾覆於斟尋之國，今少康以何道而能復取澆乎？張惠言曰：竹書紀年：「帝相二十七年，澆伐斟尋，大戰於濰，覆其舟，滅之。」左氏傳：「少康收斟灌、斟尋二國之燼，以復夏。」傷頊襄不能如少康之復仇也。桀伐蒙山，何所得焉？王逸曰：夏桀征伐蒙山之國，而得妹嬉。洪興祖曰：國語：「昔夏桀伐有施，有施人以末嬉女焉。」注云：「有施，嬉姓之國。末嬉，其女也。」妹音末[三]嬉音喜何肆，湯何殛焉？王逸曰：言桀得妹喜，肆其情意，故湯放之南巢。其昶案：以上遙接前段，而終夏事，大抵其禍皆起於女戎。

舜閔在家，父何以鱞？洪興祖曰：言舜孝如此，父何以不爲娶乎？書「有鰥在下，曰虞舜」。堯不姚告，二女何親？王逸曰：姚，舜姓也。洪興祖曰：二女，娥皇、女英也。其昶案：言堯何故不告其父母，而以二女妻之？正莊子所謂「二女事之，以觀其內」也。厥萌在初，何所億焉？洪興祖曰：億，度也。其昶案：此問伊尹何由，而度桀之必亡？璜臺十成，誰所極焉？洪興祖曰：璜，美玉也。郭璞注爾雅云：「成，猶『重』也。」其昶案：新序云：「桀作瑶臺。」呂覽云：「伊尹報於亳，曰：桀迷惑於末喜，好彼琬琰，不恤其衆。」是桀之縱欲無極，皆由女寵。設問以惕之，使人思而得其故也。登立爲帝，孰道尚之？黄維章曰：上先言初萌，後言「十成」，此先言「登立」，後言「女媧」，皆倒句也。其昶案：帝王世紀：「女媧氏亦風姓也，承庖犧制度，一號女希，是爲女皇。」女帝始於媧，故曰「登立爲帝」。「承庖犧制度」，是其所尚之道也。女媧古華反有體，孰制匠之？王逸曰：傳言女媧人頭蛇身，一日七十化，其體如此。洪興祖曰：列子云：「女媧氏蛇身、人面、牛首、虎鼻，此有非人之狀，而有聖人之德。」注云：「人形貌自有偶與禽獸相似者，亦如相書龜背、鵠步、鳶肩、鷹喙耳。」其昶案：淮南及山海經注皆言女媧七十化。「孰制匠」者，謂其變化多，莫可擬似也。此因鄭袖而言舜之登庸，由於二女釐降；桀之縱欲，由於迷惑妺嬉。末又上溯古女帝形體之怪異者，以見人之至貴在德不在色也。以上論妃匹，一法一戒。

舜服厥弟，終然爲害。王夫之曰：服，順也。其昶案：然，猶乃也。何肆犬豕，而厥身不危敗。王逸曰：言象無道，肆其犬豕之心。其昶案：舜封象於有痺，親之欲其貴，愛之欲其富，然必使吏治其國，豈得暴彼民哉？故「厥身不危敗」。然則所以待椒、蘭者，可知矣。吳獲迄古，南嶽是止。毛奇齡曰：迄古，即終古也。言吳之得以終古者，以泰伯採藥南嶽，故得以荆蠻爲句吳耳。史記、吳越春秋皆云：泰伯至荆蠻，自號句吳。索隱云：「吳名起於泰伯。」是時，吳已滅，其曰「終古」者，言吳名不衰，世已有此也。孰期去斯，得兩男子？其昶案：斯，指吳。不意泰伯去之吳，仲雍亦偕行也。象肆犬豕而不危敗者，以吏治其國；吳兩男子之稱赫然終古者，以讓國去位。今頃襄以弟子蘭爲令尹，非所以愛之矣。此因椒、蘭而及象，又因象而及泰伯、仲雍，蓋痛頃襄無賢兄弟也。以上論親親之道，以舜及泰伯、仲雍爲法，以象爲戒。

緣鵠飾玉，后帝是饗。王逸曰：后帝，謂殷湯。其昶案：周書云：湯以諸侯來獻，命伊尹爲四方獻令，因其地勢所有，正南之獻有翠羽、菌鶴，正北之獻有白玉。即此所云「緣鵠飾玉」也。鵠，亦鶴類，故淮南云：「鴻鵠鶬鶴。」饗，讀如「享多儀」之「享」。萬國來享，言尹能使天下歸殷也。何承謀夏桀，終以滅喪？張惠言曰：何去湯就桀，而桀終以滅喪？不用故也。帝乃降觀，下逢伊摯。王逸曰：帝，謂湯也。其昶案：尹耕有莘之野，湯三使往聘，故曰「下逢」。何條放致罰，而黎服大説？弋制反。方績曰：説文：「説，从言，兑聲。」洪興祖曰：史記：「桀敗於有娀之虚，奔於鳴條。」此言「條放」者，自鳴條放之也。「致罰」者，湯誥所謂「致天之罰」也。黎，謂羣黎百姓。天對云：「條伐巢放，民用潰厥疣，以夷於膚，夫曷不謡？」其昶案：前四句，言尹能佐殷而無救於夏；此四句，言湯能用尹，故以臣放君，而羣黎九服大説。簡狄在臺嚳苦篤反何宜？古音魚何反。玄鳥致貽女何嘉？古音居沙反。王逸曰：簡狄，帝嚳之妃也。言簡狄侍帝嚳於臺上，有飛燕墮遺其卵，喜而吞之，因生契也。方績曰：沙音梭。韻補：嘉，入九歌。舊本作「何喜」，是後人不通古音妄改之也。後漢禮儀志引此作「嘉」。其昶案：此問帝嚳何以宜，簡狄何以嘉？蓋由湯能恢大前緒，正如商頌之作，必言「天命玄鳥，降而生商」也。以上論用賢則興，不用賢則亡，一法一戒。

該秉季德，厥父是臧。錢澄之曰：該，槩也。王者家天下，季德也。子復傳子，爲「該秉季德」。其昶案：禮運以禹、湯、文、武爲小康。季德，猶小康也。厥父是臧，洪注言「爲父所善，以有天下」是也。蓋即禮運「大道既隱，天下爲家，各親其親，各子其子」之義。胡終弊於有扈，牧夫牛羊？王逸曰：澆滅夏后相，相之遺腹子曰少康，後爲有仍牧正，典主牛羊。洪興祖曰：書序云：「啓與有扈戰於甘之野。」淮南云：「有扈氏爲義而亡。」注云：「有扈，夏啓之庶兄，以堯、舜與賢，啓獨與子，故伐啓，啓亡之。」其昶案：此言自禹以後，皆繼世以有天下。一傳啓，有有扈之戰；再傳太康，有羿之亂；四傳至相，遂有浞、澆之弑。夏統中絶，禍始於有扈。及其終也，夷爲牧豎，較有扈之亂爲尤甚焉。故曰「終弊於有扈」。此言天位不可恃。干協時舞，何以懷之？洪興祖曰：莊子云：「執干而舞。」干，盾也。協，合也。其昶案：此言啓既荒於樂舞，將何以懷有扈？墨子云：「啓乃淫泆康樂，萬舞翼翼，天用弗式。」是其事也。平脅曼膚，何以肥之？方績曰：廣韻：懷，十四皆；肥，八微。古微、皆同韻。其昶案：此申言少康爲牧正之事。「平脅曼膚」，猶言膏梁紈袴，何以善牧牛羊，而能使之肥也？有扈牧豎，云何而逢？其昶案：「有扈牧豎」，要其始終之亂而言之。問夏禹傳子，何又逢此禍亂也？擊牀先出，其命何從？其昶案：帝王世紀云：「奡之殺帝相也，妃仍氏女曰后緡，歸有仍，生少康。」「擊牀先出」，謂后緡之得竄去。「其命何從」，謂少康生於有仍也。恒秉季德，焉得夫朴匹角反牛？古音疑。洪興祖曰：説文：「特牛，牛父也。」言其朴特。其昶案：此葛伯仇餉事也。再言「秉季德」者，天子家天下，諸侯亦世其國，故得暴彼民也。葛伯不祀，湯使人饋之牛羊。「焉得夫朴牛」，問安從得此犧牲也。何往營班祿，不但還來？其昶案：班祿，謂藉田。葛又不祀，湯不但又使人問之，且使亳衆往爲之耕也。昏微遵迹，有狄不寧。孫詒讓曰：狄，讀爲「惕」。其昶案：葛伯率其民，以追奪老弱之饋食者。「昏微遵跡」，猶言潛踵其後。何繁鳥萃棘，負子肆情？其昶案：亳衆來饋於葛，如繁鳥之萃於荊棘。「負子肆情」，則謂其殺是童子。湯始征，自葛載。此言葛伯之助桀爲虐，而速其亡也。眩弟竝淫，危害厥兄。古音虛王反。洪興祖曰：眩弟，猶惑婦。言舜有惑亂之弟。何變化以作詐，後嗣而逢長？王逸曰：象欲殺舜，變化其態，内作姦詐，使舜治廩，從下焚之，又命穿井，從上寘之，終不能害舜。其昶案：舜非特象所不能害，且傳禹天下，而子商均爲封國，歷夏、殷至周，虞閼父爲陶正，武王配以元女大姬，而封之陳，以備三恪，故曰「後嗣逢長」。視秉季德者之多佚君暴政，爲何如。以上論虞、夏之得失。

成湯東巡，有莘爰極。王逸曰：爰，於也。極，至也。言湯東巡狩，至於有莘國，以爲婚姻也。何乞彼小臣，而吉妃是得？王逸曰：小臣，謂伊尹。洪興祖曰：列女傳：「湯妃，有莘氏之女，明而有序。」左傳以后稷之妃爲「吉人」，與此「吉妃」同意。其昶案：此言湯之求尹，由吉妃而得也。水濱之木，得彼小子。夫何惡之，媵有莘之婦？古音房以反。其昶案：吕覽云：「有侁氏女子採桑，得嬰兒空桑中，獻其君。君令烰人養之，察其所以然。曰：其母居伊水上，孕，夢神告曰：『臼出水而東走，毋顧。』明日，視臼出水，告其鄰，東走十里而顧，其邑盡爲水，身因化爲空桑。伊尹長而賢，湯使人請之有侁氏，有侁氏不可。伊尹亦欲歸湯，湯於是請取婦爲婚。有莘氏喜，以伊尹爲媵送女。」張惠言曰：能用賢者求之，不能用賢者棄之。湯出重泉，夫何辠古「罪」字尤？古音羽其反。王逸曰：重泉，地名。洪興祖曰：史記：「夏桀不務德，乃召湯而囚之夏臺，已而釋之。」不勝心伐帝，夫誰使挑之？王逸曰：帝，謂桀也。言湯不勝衆人之心，而以伐桀。其昶案：東面而征西夷怨，南面而征北狄怨，故曰「不勝心伐帝」。挑，謂易代也。問桀之帝位，誰使其挑之？天對云：「師憑怒以割，癸挑而讎。」以上論夏、商之興亡。

會鼂争盟，何踐吾期？其昶案：盟，即盟津。史記云：「不期而會盟津者，八百諸侯。」蒼鳥羣飛，孰使萃之？孫詒讓曰：蒼鳥，即蒼雉。王逸以比諸將帥，是也。齊世家：「師尚父誓曰：蒼兕蒼兕。」索隱云：「本或作『蒼雉』。」到擊紂躬，其昶案：到，同「倒」。史記云：「紂師皆倒兵以戰。」叔旦不嘉。古音居沙反。王逸曰：始至孟津，白魚入於王舟，羣臣咸曰：「休哉！」周公曰：「雖休勿休。」故曰「叔旦不嘉」也。何親揆發，其昶案：揆發，猶上文之言「吞揆」。揆，滅也。「發」、「伐」同字。詩箋：「發，伐也。」盧植禮記注：「伐，發也。」是其證。足周之命以咨嗟？古音子些反。王夫之曰：周公成周之景命，而流言繁興，使公咨嗟，有毁室取子之憂。讒言之爲害甚矣。授殷天下，其位安施？古音式禾反。反成乃亡，其罪伊何？王夫之曰：施，置也。乃，汝也。言管叔以武庚欲授還殷之天下，則將置成王何地？棄親即讎，衹以反[四]速武庚之亡而已。其昶案：「其罪伊何」，深痛之辭。爭遣伐器，何以行古音杭之？竝驅擊翼，何以將之？王夫之曰：伐器，斧斨之屬。行、將，所奉之辭，以致討也。竝驅，盡驅除也。擊翼，翦其黨也。周公破斧折斨，以平商奄，盡翦亂人之黨，其奉辭伐罪，將王命而行，以何爲名乎？惟管叔之不度德，而棄懿親，自取之也。其昶案：翼，即大誥「考翼不可征」之「翼」。叙周事，又反覆於二叔之亂，意在椒、蘭也。昭后成遊，南土爰底。洪興祖曰：左傳「昭王南征不復」，注云：「昭王，成王孫，南巡狩，涉漢，船壞而溺。」厥利惟何，逢彼白雉？毛奇齡曰：竹書紀年：昭王之季，荆人卑詞致於王，曰「願獻白雉」。昭王信之而南巡，遂遇害。王夫之曰：楚王貪商於，而會武關。殆類此也。穆王巧梅，夫何爲周流？洪興祖曰：史記：「周穆王得驥、温驪、驊騮、騄耳之駟，西巡狩，樂而忘歸。徐偃王作亂，造父爲穆王御，長驅歸周。」王夫之曰：梅，與「枚」通，馬策也。巧梅，善御也。環理天下，夫何索求？其昶案：左傳云：「穆王欲肆其心，周行天下，將必有車轍馬迹焉。」環理，猶言周行。「夫何索求」，皆其貪肆之心所致耳。妖夫曳衒，熒絹反。何號平聲于市？王逸曰：周幽王前世有童謡曰：「檿弧箕服，實亡周國。」後有夫婦賣是器，以爲妖怪，執而戮之。洪興祖曰：曳衒，行且賣也。毛奇齡曰：號市，呼賣於市也。周幽誰誅，焉得夫褒姒？王逸曰：昔夏后氏之衰，有二神龍止於夏庭而言曰：「余，褒之二君也。」夏后布幣糈而告之，龍亡而漦在，櫝而藏之。至厲王之末，發而觀之，漦流於庭，化爲玄黿，入王後宮。後宮處妾遇之而孕，無夫而生子，懼而棄之。時被戮夫婦夜亡，道聞後宮處妾所棄女啼聲，哀而收之，遂奔褒。褒人後有罪，幽王欲誅之，乃入此女以贖罪，是爲褒姒。其昶案：以上論周一代之興亡。

天命反側，何罰何佑？古音異。齊桓九合，卒然身弒。王逸曰：齊桓公任管仲，九合諸侯。洪興祖曰：小白之死，諸子相攻，身不得殮，與見殺無異。其昶案：將言天命之反側無定，而齊桓一身倏興倏敗，故以之發端。彼王紂之躬，孰使亂惑？王逸曰：惑妲己也。何惡輔弼，讒諂是服？古音蒲北反。洪興祖曰：服，用也。比干何逆，而抑沈之？方績曰：沈，讀爲「蟲」。王逸曰：比干諫紂，紂怒，乃殺之，剖其心。洪興祖曰：抑沈，猶九章云「情沈抑而不達」也。雷開何順，而賜封之？王逸曰：雷開，佞人，阿順於紂，乃賜之金玉而封之也。何聖人之一德，卒其異方？洪興祖曰：下文云「梅伯受醢，箕子佯狂」。此異方也。梅音浼伯受醢，箕子詳同「佯」狂。王逸曰：梅伯，紂諸侯也。忠直而數諫紂，紂怒，殺之，菹醢其身。箕子見之，則被髮佯狂也。洪興祖曰：淮南云：「菹梅伯之骸。」稷維元子，帝何竺音篤之？蔣驥曰：「竺」、「毒」通用。言稷爲元子，帝當愛之，何爲而毒苦之邪？俞樾曰：帝謂帝嚳。投之於冰上，鳥何燠音郁之？王逸曰：燠，温也。詩云：「誕寘之寒冰，鳥覆翼之。」何馮弓挾矢，殊能將之？既驚帝切激[五]，何逢長之？王逸曰：帝，謂紂也。毛奇齡曰：文王脱羑里之囚，紂賜之弓矢鈇鉞，使得專征伐。「驚帝切激」，書稱：「西伯戡黎，祖伊奔告。」史記稱崇侯虎譖西伯：「諸侯嚮之，將不利。」是也。逢長，是立國久長義。伯昌号同「號」衰，秉鞭作牧。古音墨。王逸曰：伯昌，謂文王也。王夫之曰：秉鞭，御也。西伯賜鉞專征，御天下，作牧伯。其昶案：「号衰」者，号稱衰世。文王作易，大傳云：「其衰世之意邪？」何令徹彼岐社，命有殷國？王逸曰：徹，壞也。洪興祖曰：此言文王秉鞭作牧以事紂，而武王伐殷以有天下也。詩云：「迺立冢土，戎醜攸行。」「冢土，大社。美太王之社，遂爲大社也。」其昶案：「作牧」，承上「殊能將之」；「徹社」，承上「何逢長之」。遷藏就岐何能依？王夫之曰：藏，帑也。其昶案：此承「徹岐社」而言。太王遷岐，特以避狄難，豈能久依於此？殷有惑婦何所譏？王逸曰：惑婦，謂妲己也。譏，諫也。妲己惑誤於紂，不可復譏諫。其昶案：周自后稷開基，積德累仁如此，商王受之，惟婦言是用又如此。殷命之所以不救，而周之所以命有殷國者也。受賜茲醢，西伯上告。古音穀。王夫之曰：受，紂名。其昶案：呂覽云：「紂殺梅伯而醢之，殺鬼侯而脯之，以禮諸侯於廟，文王流涕而咨之。」上告，謂文王之流涕咨紂也。何親就上帝罰，殷之命以不救？洪興祖曰：言紂爲無道，自致天討，故不可救也。天對云：「孰盈癸惡，兵躬殄祀。」師望在肆昌何識？職吏反。鼓刀揚聲后何喜？香忌反。王逸曰：師望，謂太公。后，謂文王也。呂望鼓刀在列肆，文王親往問之，對曰：「下屠屠牛，上屠屠國。」文王喜，載與俱歸。其昶案：此言文王雖服事殷，然亦未嘗不喜得賢以安天下。鹽鐵論云：「太公屠牛於朝歌，利不及妻子。」武發殺殷何所悒？音邑。載尸集戰何所急？王逸曰：言武王發欲誅紂，何所悁悒而不能久忍？尸，主也。集，會也。武王伐紂，載文王木主，稱太子發，急欲奉行天誅，爲民除害也。洪興祖曰：悒，憂也。張惠言曰：此言武王伐紂，似非所急，然后稷、太王、文王之業，必以武承之，況大仇未復，可苟安乎？伯林雉經，維其何故？王逸曰：伯，長也。林，君也。謂晉太子申生爲驪姬所譖，遂雉經而自殺。洪興祖曰：國語：「雉經於新城之廟。」注云：「頭槍而懸死也。」王夫之曰：妹喜也，妲己也，褒姒也，驪姬也，原屢言致詰以致痛。何感天抑墜，夫誰畏懼？洪興祖曰：左傳：「狐突遇太子曰：『夷吾無禮，余得請於帝矣。』又曰：『帝許我罰有罪矣。』」此言申生之冤，感天抑地。毛奇齡曰：抑，冤也。其昶案：夫誰畏懼，言申生之降神，仍欲惕懼晉君耳。死不忘國，惓惓無已之忠也。幸則爲呂望之佐周，不幸則爲申生之死晉。以上論天命之無常，覆舉商、周之興亡證之。傳所謂近己而事變相類也。天命罰佑之效，明白如此，而主曾不悟，故遂以死自決。史稱原「明於治亂，嫻於辭令」，觀其論列三代興亡，如指諸掌，誠命世之偉才矣。

皇天集命，惟何戒之？其昶案：此言伊尹放太甲事也。「用集大命」，語見今太甲篇。受禮天下，又使至代之。其昶案：書：伊尹「奉嗣王祗見厥祖，侯甸羣后咸在。」故曰「受禮天下」。史記：「太甲既立，不遵湯德，伊尹放之於桐宮。三年，伊尹攝行政當國。」故曰「又使至代之」。承前段言申生降神，以儆晉君，遂及太甲、伊尹之事。蓋以悔過遷善冀之頃襄也。仍以天命發端。初湯臣摯，後茲丞輔。王逸曰：備輔翼丞疑。洪興祖曰：言伊尹初爲媵臣，後乃以爲相耳。何卒官湯，尊食宗緒？徐吕反。王逸曰：卒，終也。洪興祖曰：官湯，猶言相湯。尊食，廟食也。其昶案：宗緒，即洛誥之「宗功」。言尹之所以配享先王，而爲宗功者，以既相湯，又輔太甲。傷己亦懷王舊臣，無益於嗣君耳。勳闔夢生，少離散亡。王逸曰：勳，功也。闔，吳王闔廬。夢，闔廬祖父壽夢。壽夢卒，太子諸樊立。諸樊傳弟餘祭，餘祭傳弟夷末。夷末卒，太子王僚立。闔廬，諸樊之長子，次不得爲王，放在外，乃使專諸刺殺王僚，代爲吳王。王夫之曰：生，與「姓」同，孫也。錢澄之曰：勳闔者，大其開吳之功也。何壯武厲，能流厥嚴？俞正燮曰：嚴，本作「莊」，漢人避諱所改。洪興祖曰：闔廬用伍子胥、孫武破楚入郢。錢澄之曰：少罹散亡，壯能武厲，至今仰其威名。其昶案：周書謚法：「屢征殺伐曰莊。」闔廬曾破楚，幾至亡國，武功足稱。太甲不可幾矣，豈吳光亦不可幾邪？彭鏗斟雉，帝何饗？虛良反。受壽永多，夫何長？洪興祖曰：斟，勺也。神仙傳：「彭祖，姓籛名鏗，顓頊玄孫，善養性，能調鼎，進雉羹於堯，堯封於彭城。歷夏經殷至周，年七百六十七歲而不衰。」其昶案：喻言己之所以拳拳，亦欲國祚不傾，使其君得保壽命，與上「陽離爰死」節相應。中央共牧后何怒？毛奇齡曰：中央，中國也。其昶案：史記：「召公、周公二相行政，號曰共和。」竹書紀年：「共伯干王位。」沈約注云：「大旱既久，廬舍俱焚，卜於太陽，兆曰：『厲王爲祟。』周公、召公乃立太子靖，共和遂歸國。」魯連子亦云：「共伯，名和，好行仁義。厲王奔彘，諸侯奉和以行天子事，號曰共和。十四年，厲王死，共伯使諸侯奉王子靖爲宣王，而共伯復歸國於衞。」史記不言共伯和，特所記詳略有異，其爲諸侯共治則一也。故曰「中央共牧」。怒，即指「厲王爲祟」之事。痛懷王客死於秦，亦猶厲王之死於彘也。蠭同「蜂」，蛾古「蟻」字。微命力何固？洪興祖曰：傳云：「蠭蠆有毒，而况國乎？」其昶案：復仇洩憤，蠭蛾之微，猶且有然，懷王客死，頃襄獨不念其父乎？驚女采薇鹿何祐？古音異。毛奇齡曰：譙周古史攷云：「夷齊采薇，有婦人難之。」劉峻辨命論云：「夷叔斃淑媛之言。」注：「夷齊采薇，有女子謂之曰：『子義不食周粟，此亦周之草木也。』因餓首陽。」又廣博物志：「夷齊逃首陽，棄薇不食，白鹿乳之。」類林亦云：「夷齊棄薇，有白鹿來乳。」驚，警也。猶言警於是女也。言夷齊采薇，既驚於女，何以鹿復祐之也？北至回水萃何喜？香忌反。王逸曰：萃，止也。毛奇齡曰：莊子云：「北至於首陽之山。」首陽在蒲坂，華山北，河曲中。禹貢：「河水至雷首下，屈曲而南，故曰河曲。」曲，即回也。猶瓠子歌所謂「北渡回」也。其昶案：此言君不聽諫，國將危亡，天下無可自容之地，將從夷齊於首陽矣。何祐何喜，采薇之歌，亡國之痛也。兄有噬犬弟何欲？易之以百兩音亮卒無禄。王逸曰：噬犬，齧犬也。秦伯有齧犬，弟鍼欲請之，不肯與。鍼以百兩易之，又不聽，因逐鍼而奪其爵禄。洪興祖曰：春秋：昭元年，「夏，秦伯之弟鍼出奔晉。」傳云：「罪秦伯也。」晉語：「秦后子來仕，其車千乘。」后子，即鍼也。天對注云：「百兩，蓋謂車也。」其昶案：此又言秦之無道，由來舊矣，自其先世兄弟且以利相爭奪。而楚乃忘仇忍恥，與爲婚姻，豈足恃邪？以上言武功不可不厲，國仇不可不思。己雖與世長辭，而秦之貪利忘親，終不能不痛切言之，史公所謂「冀幸君之一悟」也。以下再舉楚事而切言之。

薄暮雷電歸何憂？其昶案：詩緇衣鄭注：「歸，或爲懷。」歸何憂，懷何憂也。此言天變可畏。厥嚴不奉帝何求？蔣驥曰：求，猶責也。其昶案：帝，天帝也。天降嚴威，而人不知承奉，其奈之何哉？伏匿穴處爰何云？王逸曰：吾將退於江濱，當復何言乎？荆勳作師，夫何長上聲先？姚文田曰：先，與「云」爲韻。一本無「先」字，失諧。其昶案：稱楚爲「荆勳」，猶稱闔廬爲「勳闔」。師，衆也。「長」、「先」二字同義。言楚衆若此，不當復居人後，夫誰能爲之長先？悟過改更，平聲。蔣驥曰：左傳：「吴入楚，昭王奔隨，藍尹亹不與王舟。及楚寧，王欲殺之，子西曰：『子常惟思舊怨以敗，君何效焉？』王使復其所。」「子西遷都於鄀，而改紀其政。」所謂「悟過改更」也。又何言吴光争國，久余是勝。平聲。王逸曰：光，闔廬名。洪興祖曰：懷王與秦戰，爲秦所敗，亡其六郡，入秦不返。故原徵吴光争國事諷之。蔣驥曰：「又何言」至「是勝」爲一句。左傳：「吴師在陳，楚大夫皆懼，曰：『闔廬惟能用其民，以敗我於柏舉，今聞其嗣又甚焉，將若之何？』」所謂「久余是勝」也。言楚既能知過而改其政，又何復以吴之常勝爲言而懼之乎？何環穿自閭社丘陵，句。爰出子文？王逸曰：子文，楚令尹也。名鬬穀於菟，有仁賢之行。王夫之曰：吴光挾争國之威，破楚入郢。昭王出奔，鬬辛救之，穴牆而逃，出閭社，越丘陵，乃免於難。辛出自子文之後，固楚同姓之世臣也。楚自亡而存，皆宗臣之力。而懷王惑於靳尚、張儀，疏遠世臣，故詰之。其昶案：左傳：「楚子涉雎濟江，入於雲中，鬭辛與其弟以王奔隨。吳謂隨曰：『天致罰於楚，而君又竄之。』」環穿，即竄也。吾告堵敖以不長，王夫之曰：楚人謂不成君者爲敖。堵敖，楚成王兄，立而遇弒。此言昭王奔隨，國人不知，傳其已死，告於子西。王且如堵敖。其昶案：以，同「已」。吾者，代楚衆之辭。其後楚卒滅於秦，屈子其先見乎。「吾告堵敖以不長」，此乃微言，至爲深痛。何試上自予，忠名彌彰？王夫之曰：昭王奔隨，子西因自立以拒吳，試以上位自予，非貪大位，爲社稷計也。故忠名不損，昭王能知其忠，任以國政，楚以復振。哀今王之聽讒而疑忌也。其昶案：試上，猶擬上也。言其帝制自爲。左傳正義云：「王之在隨也，國內無主，子西以民無所依，恐其潰散，故僞爲王之車服，以安道路之人，國於脾洩之地。於時子西蓋假稱王矣。」子西，平王子，亦楚宗臣。楚爲吳光所勝，亡而復存。以此終篇，其存君興國之念，何其篤也。

【校勘記】

[一]「門」，原作「方」。據補注改。

[二]「海內南」，原作「南海內」，據山海經改。

[三]「未」，原作「末」。説文女部：「妹，从女，未聲。」據改。

[四]「反」字原脱，據王夫之楚辭通釋補。

[五]「切激」，原作「激切」，據補注乙，注同。

屈賦哲微下

九章

王逸曰：屈原放於江南之壄，思君念國，故復作九章。章者，著也，明也。言己所陳忠信之道，甚著明也。

惜誦以致愍音敏兮，王逸曰：愍，病也。其昶案：說文：「惜，痛也。」惜誦，猶痛陳也。詩云：「家父作誦，以究王訩。」發憤以抒情。所非忠而言之兮，朱子曰：所者，誓詞。指蒼天以爲正。平聲。令五帝以折中兮，王逸曰：五帝，謂五方神也。東方爲太皞，南方爲炎帝，西方爲少昊，北方爲顓頊，中央爲黄帝。戒六神與嚮服。古音逼。王逸曰：六神，謂六宗之神。嚮，對也。朱子曰：服，服罪之詞。書所謂「五刑有服」者也。俾山川以備御兮，命咎繇使聽直。竭忠誠以事君兮，反離羣而贅肬。古音怡。洪興祖曰：肬，瘤腫也。莊子曰：「附贅懸肬。」忘儇音喧媚以背衆兮，王逸曰：儇，佞也。朱子曰：吾寧忘儇媚之態，以與衆違。待明君其知之。言與行其可迹兮，情與貌其不變。上聲。故相臣莫若君兮，所以證之不遠。吾誼先君而後身兮，羌衆人之所仇。專惟君而無他兮，朱子曰：惟，思念也。又衆兆之所讐。壹心而不豫兮，王逸曰：豫，猶豫也。羌不可保也。其昶案：自言徑情直行，宜其不保。疾親君而無他兮，王夫之曰：疾，亟也。有招禍之道上聲也。王夫之曰：此追述未放以前之情事，故自白其忠貞之易知，以冀君之違衆以鑒已。故明知爲招禍之道，而不恤也。其昶案：以上惜誦之始，猶冀君知。

思君其莫我忠兮，忽忘身之賤貧。事君而不貳兮，迷不知寵之門。忠何辜以遇罰兮，亦非予之所志。俞樾曰：禮鄭注：「志，猶知也。」行不羣以顛越兮，又衆兆之所咍。古音異。王逸曰：咍，笑也。紛逢尤以離謗兮，洪興祖曰：離，遭也。謇不可釋古音爍也。情沈抑而不達兮，又蔽而莫之白古音博也。心鬱悒予侘傺兮，又莫察予之中情。陳第曰：情，或是「愫」字，與「路」韻。固煩言不可結而詒兮，願陳志而無路。退靜默而莫予知兮，進號呼[一]又莫吾聞。申侘傺之煩惑兮，王逸曰：申，重也。中悶瞀音茂之忳忳。徒渾反。王夫之曰：此述諫而不聽，又思再諫時之情。其昶案：以上因惜誦而遇罰。

昔予夢登天兮，魂中道而無杭。洪興祖曰：杭，與「航」同。吾使厲神占之兮，王夫之曰：厲神，大神之巫。曰有志極而無旁。王逸曰：旁，輔也。但有勞極心志，終無輔佐。終危獨以離異兮，曰君可思而不可恃。故衆口其鑠書藥反金兮，洪興祖曰：顏師古云：「美金見毀，衆共疑之，數被燒鍊，以至銷鑠。」初若是而逢殆。古音弟。吴汝綸曰：「初若是而逢殆」，謂懷王時疏絀也。史記：離騷作於懷王時；而離騷序謂：九章頃襄時遷江南所作。懲於羹而吹韲音賫兮，王逸曰：人有歠羹而中熱，心中懲忿，見韲則恐而吹之，言易改移也。洪興祖曰：鄭康成云：「凡醯醬所和，細切爲韲。」何不變此志也？欲釋階而登天兮，王夫之曰：謂無左右近習之援。猶有曩之態古音刹也。衆駭遽以離心兮，又何以爲此伴也？王逸曰：伴，侶也。洪興祖曰：言衆人見己所爲如此，皆驚駭皇遽，離心而異志也。同極而異路兮，又何以爲此援王眷反也？洪興祖曰：援，救助也。其昶案：以上占夢，戒其直言見忌。

晉申生之孝子兮，父信讒而不好。古音休去聲。行婞直而不豫兮，鮌功用而不就。吾聞作忠以造怨兮，忽謂之過言。九折臂而成醫兮，洪興祖曰：左氏云：「三折肱知爲良醫。」吾至今而知其信然。如延反。矰弋機而在上兮，洪興祖曰：淮南云：「矰繳機而在上。」注云：「矰，弋，射鳥短矢也。機，發也。」罻音尉羅張而在下。古音户。王逸曰：罻羅，捕鳥網也。設張辟以娛君兮，王念孫曰：張，讀「弧張」之「張」。辟，讀「機辟」之「辟」。鄭注周官：「弧張，罿罦之屬。」其昶案：以逸樂導君，皆陷阱也。願側身而無所。疎舉反。其昶案：君蹈危機，則己亦側身無所，所謂覆巢之下無完卵也。欲儃知然反佪以干傺兮，王逸曰：儃佪，猶低佪。曾國藩曰：傺，當作「際」，謂際遇、際會。莊子云：「仁義之士貴際。」恐重去聲患而離尤。古音怡。欲高飛而遠集兮，君罔謂女同「汝」何之。欲橫奔而失路兮，蓋堅志而不忍。其昶案：遠集、横奔，皆謂去適他國。「君罔謂女何之」，言見棄於君，固不問其所之，特己不忍耳。背膺牉音判以交痛兮，王逸曰：膺，胸也。牉，分也。心鬱結而紆軫。章忍反。王逸曰：紆，曲也。軫，隱也。擣木蘭以矯蕙兮，糳音作申椒以爲糧。洪興祖曰：説文：「糲米一斛，舂九斗曰糳。」播江離與滋菊兮，王逸曰：播，種也。詩云：「播厥百穀。」願春日以爲糗芳。王逸曰：糗，糒也。恐情質之不信同「伸」兮，故重著以自明。古音芒。其昶案：此又惜誦以告後人也。撟居表反茲媚以私處兮，願曾同「增」思而遠身。王逸曰：曾，重也。其昶案：以上留既有患，去又不忍，惟有清潔自保，媚茲幽獨而已。此惜誦後無聊之思也。

右惜誦朱子曰：其言作忠造怨，遭讒畏罪之意，曲盡彼此之情狀，爲君臣者，皆不可以不察。王夫之曰：此章追述進諫之始末，雖作於頃襄之世，而所述者乃未遷以前屏居漢北之情事，故無決於自沈之志。

余幼好此奇服兮，年既老而不衰。所追反。王逸曰：衰，懈也。帶長鋏音夾之陸離兮，王逸曰：長鋏，劍名。冠切雲之崔嵬。五灰反。五臣曰：切雲，冠名。被明月兮佩寶璐，音路。洪興祖曰：淮南云「明月之珠」，注：「夜光之珠，有似月光，故曰明月。」説文：「璐，玉名。」

世溷濁而莫余知兮，吾方高馳而不顧。駕青虬兮驂白螭，音痴。吾與重華遊兮瑶之圃。博故反。洪興祖曰：山海經：「槐江之山，上多琅玕金玉，實爲帝之平圃。」登崑崙兮食玉英，古音央。與天地兮比壽，與日月兮齊光。陳澧曰：以上言人不知而不愠，與古聖人爲徒，高矣，美矣，足以不朽也。哀南夷之莫吾知兮，旦余濟乎江湘。王夫之曰：南夷，武陵西南蠻夷，今辰沅苗種也。既被遷江南，將絶江水，泝湘而上，與諸夷雜處，誰復有知我者乎？乘鄂渚而反顧兮，王逸曰：乘，登也。王夫之曰：鄂渚，今江夏。欸音哀秋冬之緒風。古音方愔反。王逸曰：欸，歎也。緒，餘也。步余馬兮山皋，邸余車兮方林。王夫之曰：步，解駕使散行也。邸，閣而懸之不用也。乘舲音靈船余上沅兮，洪興祖曰：淮南云「越舲蜀艇」，注：「舲，小船也。」上，謂遡流而上。王夫之曰：自江夏往辰陽，絶江而南，至洞庭，乃西泝沅水而上。洞庭九派，湘水爲其正支。涉洞庭，則涉湘矣。故前云濟湘，此云上沅。齊吴榜以擊汰。音泰。王逸曰：吴榜，船櫂也。汰，水波也。洪興祖曰：字書：「䑶，船也。」吴，借用。朱子曰：齊，同時並舉也。船容與而不進兮，淹回水而凝滯。音帶。朝發枉渚兮，夕宿辰陽。洪興祖曰：水經云：「沅水東逕辰陽縣南，東[二]合辰水。舊治在辰水之陽，故取名焉。楚辭所謂『夕宿辰陽』也。沅水又東，歷小灣，謂之枉渚。」苟余心其端直兮，雖僻遠其何傷？其昶案：以上途中所歷。

入漵徐吕反浦余儃佪兮，蔣驥曰：辰州志：「漵浦在萬山中。」迷不知吾之所如。深林杳以冥冥兮，乃猨狖之所居。山峻高以蔽日兮，下幽晦以多雨。霰雪紛其無垠音銀兮，洪興祖曰：垠，畔岸也。朱子曰：霰，雨凍如珠，將爲雪者也。雲霏霏而承宇。王夫之曰：雲嵐垂地，簷宇若出其下。哀吾生之無樂兮，幽獨處乎山中。吾不能變心以從俗兮，固將愁苦而終窮。其昶案：以上貶所。

接輿髡首兮，桑扈臝力果反行。姚文田曰：「行」字從庚轉入東韻。朱子曰：接輿，楚狂也。披髮佯狂，後乃自髡。桑扈，即莊子所謂子桑户，論語所謂子桑伯子。家語云：「伯子不衣冠而處。」即此裸行之證。忠不必用兮，賢不必以。王逸曰：以，亦用也。伍子逢殃兮，王逸曰：伍子，伍子胥也。比干葅醢。古音喜。與前世而皆然兮，王夫之曰：與，數也。歷數前世之賢而不用者。吾又何怨乎今之人。余將董道而不豫兮，王逸曰：董，正也。豫，猶豫也。固將重昏而終身。王夫之曰：重昏，幽閉於南夷荒遠之中也。人不足怨，而守正無疑，安於幽廢，明己非以黜辱故而生怨，所怨者，君昏國危。其昶案：以上引義命自安。

亂曰：鸞鳥鳳皇，日以遠雲阮反兮。王夫之曰：言君側無賢。燕雀烏鵲，巢堂壇音善兮。王夫之曰：疾小人乘權誤國。露申辛夷，死林薄兮。王夫之曰：露申，或即申椒。草木叢生曰薄。腥臊音騷竝御，芳不得薄兮。王夫之曰：御，進也。薄，與「泊」同，近也。陰陽易位，時不當平聲兮。懷信侘傺，忽乎吾將行古音杭兮。其昶案：生不當時，陰陽易位。此所謂將行者，言將去人間世，而視死若歸也。以上慨世。

右涉江

王夫之曰：涉江，自漢北而遷於湘、沅，絶大江而南也。

皇天之不純命兮，王夫之曰：純，常也。言天命之無常。何百姓之震愆？其昶案：言震撼愆差。民離散而相失兮，方仲春而東遷。其昶案：秦在楚之西，楚屢被秦兵，則當時之轉徙避難者，必東遷江夏。疑此是懷王三十年，陷秦時事，故有天命靡常之感。去故鄉而就遠兮，遵江夏以流亡。王夫之曰：江夏，江漢合流也。漢水方夏，水漲於石首，東溢，合於江，故漢有夏名。其經流至漢陽，乃與江合，而漢口亦名夏口。出國門而軫懷兮，王逸曰：軫，痛也。甲之鼂吾以行。古音杭。王逸曰：甲，日也。鼂，旦也。發郢都而去閭兮，洪興祖曰：前漢：南郡江陵縣，故楚郢都。閭，里門也。荒忽其焉極。楫齊揚以容與兮，哀見君而不再得。其昶案：此史公所謂「楚人既咎子蘭以勸懷王入秦而不反」也。以上楚民避亂東遷，原亦以其時竄逐去郢。

望長楸而太息兮，涕淫淫其若霰。蘇見反。過夏首而西浮兮，王逸曰：夏首，夏水口也。錢澄之曰：由郢入漢，以至夏口，皆東行。由夏口出江，而轉溯湖湘，則西浮矣。其昶案：流亡之民東遷江夏而止，而原獨以竄逐，復過夏首而西浮，故下文曰「眇不知余所蹠」。顧龍門而不見。洪興祖曰：水經云：「龍門，即郢城之東門。」心嬋媛而傷懷兮，眇不知余所蹠。古音鵲。王逸曰：蹠，踐也。順風波以從流兮，焉洋洋而爲客。古音恪。淩陽侯之氾濫兮，王逸曰：陽侯，大波之神。洪興祖曰：戰國策：「塞漏舟而輕陽侯之波，則舟覆矣。」忽翱翔之焉薄。心絓結而不解兮，思蹇產而不釋。古音施灼反。王逸曰：蹇產，詰屈也。王念孫曰：絓亦結也。絓結雙聲，蹇產疊韻。凡雙聲疊韻字，皆上下同義。將運舟而下浮兮，上洞庭而下江。古音工。其昶案：由漢入江，故曰下浮。自夏口望洞庭，則在江之上流。去終古之所居兮，今逍遥而來東。其昶案：以上叙竄逐，又自江夏而西浮沅、湘。來東者，來自東也。

羌靈魂之欲歸兮，何須臾而忘反。其昶案：此及抽思篇之「靈魂」，皆謂懷王也。言懷王思歸，已亦何嘗須臾忘反君乎？此即史公所謂「繫心懷王，不忘欲反，冀幸君之一悟，俗之一改」也。背夏浦而西思兮，哀故都之日遠。雲阮反。其昶案：史記：秦伏兵武關，楚王至則閉武關，遂與西至咸陽。此曰「西思」，思咸陽也；前曰「東遷」、曰「來東」，思夏浦也。此則背夏浦而西思矣。「哀故都之日遠」，竄逐之臣，雖欲悟君，以反懷王，不可得也。登大墳以遠望兮，王逸曰：水中高者爲墳。詩云：「遵彼汝墳。」聊以舒吾憂心。哀州土之平樂兮，悲江介之遺風。古音方愔反。洪興祖曰：介，間也。其昶案：哀州土平樂，蓋諷其忘仇耳，故「冀幸俗之一改」。當陵陽之焉至兮，錢澄之曰：陵陽，即前「陽侯之波」。焉至，言不知從何而至也。其衵案：淮南「陽侯之波」，注云：「陽侯，陵陽國侯也。」淼音眇南渡之焉如。朱子曰：淼，滉[三]漾無涯也。曾不知夏之爲丘兮，蔣驥曰：夏，即夏水。爲丘，即滄海桑田意。孰兩東門之可蕪。朱子曰：郢都東關有二門。其衵案：此因南渡，遂言夏水可爲丘陵。彼州土平樂者，曾不知陵谷之有遷變，孰知郢門之可蕪邪？言其昏而忘亂也。心不怡之長久兮，憂與憂其相接。吴汝綸曰：懷王不反，己復被放，故曰「憂與憂相接」。惟郢路之遼遠兮，江與夏之不可涉。忽若去不信兮，至今九年而不復。吴汝綸曰：「江與夏之不可涉」，述其諫入秦之言也。九年不復，則未報此國仇耳。其衵案：懷王失國後三年，卒於秦。此文之作又後六年。「忽若去不信」者，言不信其去國忽已九年也。仇恥未復，故含慼益深。慘鬱鬱而不通兮，蹇侘傺而含慼。其衵案：以上國破君亡之恨。

外承歡之汋音綽約兮，王逸曰：汋約，好貌。諶音忱荏音稔弱而難持。王逸曰：諶，誠也。其衵案：子蘭，懷王穉子，故曰「荏弱」。此豈能持國柄者乎？忠湛湛徒感反而願進兮，王逸曰：湛湛，重厚貌。妒被音披離而鄣同「障」之。洪興祖曰：鄣，壅也。其衵案：史稱屈平既嫉子蘭，故被讒而遷。堯舜之抗行兮，瞭音了杳杳而薄天。古音汀。洪興祖曰：杳杳，遠貌。王夫之曰：瞭，明也。薄天，言德之高峻，極於天也。衆讒人之嫉妒兮，被之以不慈之僞名。洪興祖曰：言此者，以明堯舜大聖，猶不免讒謗，況餘人乎。朱子曰：莊子云：「堯不慈，舜不孝。」蓋戰國時流俗有此語也。憎愠音穩惀音論之脩美兮，蔣驥曰：愠惀，六書故云：「忠悃貌。」好夫人之忼苦朗反慨。洪興祖曰：君子之愠惀，若可鄙者；小人之忼慨，若可喜者。惟明者能察之。衆踥音妾蹀音牒而日進兮，洪興祖曰：踥蹀，行貌。美超遠而逾邁。蔣驥曰：「美」對「衆」言，即脩美也。其昶案：以上深抉忠佞賢姦、進退消長之故，爲萬世戒。史公所謂懷王「兵挫地削，客死於秦，爲天下笑」。此不知人之禍也。

亂曰：曼予目以流觀兮，洪興祖曰：說文：「曼，引也。」冀壹反之何時？鳥飛反故鄉兮，狐死必首丘。古音期。洪興祖曰：記云：「樂，樂其所自生；禮，不忘其本。古人有言曰：『狐死正丘首，仁也。』」信非吾罪而棄逐兮，何日夜而忘之。

右哀郢

吴汝綸曰：向疑此篇爲頃襄王徙陳時作。徙陳在襄王二十一年，屈原遷逐蓋在襄王初年，不能至徙陳時尚在也。然篇內百姓離散相失，及兩東門之可蕪，皆非一身放逐之感，且必皆實事，非空言，殆懷王失國之恨歟。

心鬱鬱之憂思兮，獨永歎乎增傷。思蹇產之不釋兮，曼遭夜之方長。悲秋風之動容兮，何回極之浮浮。朱子曰：秋風動容，謂秋風起而草木變色。回極，指天極回旋之樞軸。浮浮，言其運轉之速而不可常。錢澄之曰：杜甫詩云「風連西極動」，猶此義也。數惟蓀之多怒兮，傷予心之懮懮。音憂。錢澄之曰：史記稱「王怒而疏原」，又載其擊秦失利，皆以怒而敗。固知王之多怒也。願摇起而横奔兮，覽民尤以自鎮。平聲。其昶案：摇起、横奔，謂使齊之役。尤，同「疣」，病也。民之病秦久矣，故願結齊拒秦，以自鎮安，原之計畫如是。所謂「成言」者，此也。結微情以陳辭兮，矯以遺夫美人。昔君與我成言兮，曰黄昏以爲期。羌中道而回畔兮，反既有此他志。平聲。憍吾以其美好兮，洪興祖曰：憍，矜也。莊子云：「虚憍而恃氣。」覽余以其脩姱。古音枯去聲。與余言而不信兮，蓋爲余而造怒。其昶案：以上追思立朝之時謀國大計，忽逢君怒而不見用。

願承閒而自察兮，心震悼而不敢。悲夷猶而冀進兮，心怛傷之憺憺。音亶。王夫之曰：憺憺，猶蕩蕩。其昶案：自察者，願王之自反。冀進者，冀王之進德也。歷兹情以陳辭兮，蓀詳同「佯」聾而不聞。固切人之不媚兮，朱子曰：言懇切之人不能輭媚。衆果以我爲患。初吾所陳之耿著兮，豈至今其庸亡。同「忘」。何獨樂斯之謇謇兮，願蓀美之可光。馬瑞辰曰：諸本作「可完」。此當從王逸注：「完，一作『光』。」與「亡」爲韻。望三五以爲像兮，王逸曰：三王、五伯可修法也。指彭咸以爲儀。古音魚何反。其昶案：君臣交相勉也。夫何極而不至兮，洪興祖曰：言以聖賢爲法，盡心行之，何遠而不至也。故遠聞而難虧。古音科。王逸曰：功名布流，長不滅也。善不由外來兮，名不可以虛作。孰無施而有報兮，孰不實而有穫。其昶案：新書云：「楚懷王心矜好高人，無道而欲有霸王之號。」原所諫語，乃切中其病，聽張儀詐獻商於地六百里，此正所謂不實而欲有穫也。少歌曰：朱子曰：少歌，樂章音節之名。荀子佹詩亦有「小歌」，即此類也。與美人抽怨兮，王逸曰：爲君陳道，拔恨意也。並日夜而無正。平聲。其昶案：周禮注：「正，猶定也。」憍吾以其美好兮，敖同「傲」朕辭而不聽。平聲。其昶案：以上追思昔日陳諫之辭。

倡曰：其昶案：「倡曰」者，更端言之。有鳥自南兮，來集漢北。姚鼐曰：懷王入秦，渡漢而北，故託言「有鳥」，而悲傷其南望郢而不得反也。故曰：「雖流放，睠顧楚國，繫心懷王，不忘欲返。」好姱佳麗兮，牉獨處此異域。既惸榮反獨而不羣兮，又無良媒在其側。道卓遠而日忘兮，願自申而不得。望南山而流涕兮，臨流水而太息。望孟夏之短夜兮，何晦明之若歲。吴汝綸曰：遭夜方長，秋風動容，屈子作此篇之時令也。孟夏短夜，則代設懷王夢歸之幻境也。惟郢路之遼遠兮，魂一夕而九逝。曾不知路之曲直兮，南指月與列星。願徑逝而不得兮，魂識路之營營。何靈魂之信直兮，人之心不與吾心同。吴汝綸曰：人，秦也。吾，懷王也。理弱而媒不通兮，尚不知余之從容。姚鼐曰：言懷王以信直而爲秦欺矣，又無行理爲通一言，王尚不知余之心。所謂「以此見懷王之終不悟也」。其昶案：以上遥思懷王在秦之況。

亂曰：長瀨湍流，泝江潭古音淫兮。狂顧南行，王逸曰：狂，猶遽也。聊以娱心兮。軫石崴嵬，洪興祖曰：軫石，謂石之方者如車軫。崴嵬，不平也。蹇吾願兮。王夫之曰：蹇，語助詞。超回志度，行隱進古音薦兮。其昶案：回與度對文。志，識也。言其程途徑直不回遠，故進而不自覺也。低佪夷猶，宿北姑兮。王逸曰：北姑，地名。煩寃瞀容，實沛徂昨胡反兮。其昶案：低佪，緩行。沛徂，速行。瞀容，猶蒙茸。揚雄賦「飛蒙茸而走陸」，注云：「亂走貌。」愁歎苦神，靈遥思兮。路遠處幽，又無行媒古音迷兮。道思作頌，王夫之曰：道，言也。聊以自救兮。朱子曰：救，解也。憂心不遂，斯言誰告古音㲉兮。其昶案：以上洪注所謂「總理一賦之終，以爲亂辭」云云爾。

右抽思

滔滔孟夏兮，王逸曰：滔滔，盛陽貌。洪興祖曰：原以仲春去國，以孟夏徂南土也。草木莽莽。古音姥。王夫之曰：莽莽，叢生貌。傷懷永哀兮，汩徂南土。眴同「瞬」兮杳杳，孔静幽默。古音穆。王逸曰：言江南山高澤深，視之冥冥，野甚清静，漠無人聲。鬱結紆軫兮，離慜同「愍」而長鞠。王逸曰：鞠，窮也。撫情効志兮，冤屈而自抑。古音懿。刓五官反方以爲圜兮，王逸曰：刓，削。常度未替。王逸曰：替，廢也。其昶案：刓方爲圜，乃老氏「和光同塵」之旨。然常度猶未替也。易初本迪兮，其昶案：爾雅：「迪，道也。」史記作「由」，引王逸注「由，道也」。「迪」、「由」通借。正義云：「本，常也。」言人違離常道。君子所鄙。章畫音獲志墨兮，王逸曰：章，明也。王夫之曰：志，記也。錢澄之曰：畫墨，猶繩墨。前圖未改。古音紀。内厚質正兮，大人所盛。巧倕音垂不斵兮，王逸曰：倕，堯巧工也。斵，斫也。孰察其撥正？王逸曰：言君子不居爵位，衆亦莫知其賢能。孫詒讓曰：淮南「扶撥以爲正」，高注：「撥，枉也。」其昶案：以上自述平生守正大節。

玄文處幽兮，矇瞍謂之不章。洪興祖曰：有眸子而無見曰矇，無眸子曰瞍。其昶案：章，謂文采。離婁微睇兮，瞽以爲無明。古音芒。王逸曰：言離婁明目，無所不見，微有所眄，盲人輕之，以爲無明也。變白以爲黑兮，倒上以爲下。古音户。鳳皇在笯音奴兮，王逸曰：笯，籠落也。雞鶩音木翔舞。同糅玉石兮，一概而相量。平聲。夫惟黨人之鄙固兮，羌不知余之所臧。王念孫曰：臧，讀爲「藏」。任重載盛兮，洪興祖曰：盛，多也。陷滯而不濟。懷瑾握瑜兮，窮不知所示。王逸曰：示，語也。王夫之曰：黨人以匪材而居大任，以致陷覆，且愎諫自用，使有嘉謀、嘉猷者，無可告語。邑犬之羣吠兮，吠所怪古音記也。非俊疑傑兮，固庸態古音剃也。文質疏内音訥兮，洪興祖曰：内，木訥也。衆不知余之異采。古音泚。材朴委積兮，莫知余之所有。古音以。其昶案：以上傷不見用於當世。

重仁襲義兮，洪興祖曰：淮南：「聖人重仁襲恩。」注云：「襲，亦重累。」謹厚以爲豐。重華不可遻兮，王夫之曰：遻，與「晤」同。孰知余之從容。古固有不竝兮，洪興祖曰：言聖賢有不並時而生者。豈知其何故也？湯、禹久遠兮，邈而不可慕也。懲違改忿兮，朱子曰：違，過也。抑心而自彊。上聲。其昶案：不怨天，不尤人，至死而不移，是之謂自彊。離慜而不遷兮，願志之有像。上聲。王逸曰：像，法也。其昶案：謂以古人爲法也。進路北次兮，王逸曰：次，舍也。日昧昧其將暮。莫故切。朱子曰：言將北歸郢都，而日暮不得前也。舒憂娱哀兮，限之以大故。王逸曰：大故，死也。其昶案：限之以大故，猶言要之以一死。以死爲「舒憂娱哀」，所謂求仁得仁者也。以上上觀千載，有繼往聖之志。

亂曰：浩浩沅湘，分流汩兮。脩路幽蔽，道遠忽兮。懷質抱情，獨無匹兮。伯樂既没，其昶：「没」、「匹」爲韻。驥焉程兮？王逸曰：言騏驥不遇伯樂，則無所程量其才力。姚文田曰：「程」與「情」韻。民生稟命，各有所錯兮。王逸曰：錯，安也。定心廣志，余何畏懼兮？曾音增傷爰哀，永歎喟兮。世溷濁莫吾知，人心不可謂兮。王逸曰：謂，猶說也。王夫之曰：舉國安危樂亡，不可與言也。知死不可讓，願勿愛古音衣去聲兮。洪興祖曰：屈子以爲知死之不可讓，則舍生而取義可也。所惡有甚於死者，豈復愛七尺之軀哉。戚學標曰：說文：「㤅，从心，旡聲。古文𢟪。」旡讀欱。今通用「愛」字。禮記注：「愛，或爲哀」。哀讀衣，愛如之。明告君子，吾將以爲類兮。王夫之曰：歸於一死，而猶表著己志者，蓋欲使有心者，超然於禍福之外，抗忠直以匡危亂，勿懲己之放逐，而欲勿與爲類也。其昶案：以上下觀千載，有待來哲之思。

右懷沙

思美人兮，擥涕而竚眙。音夷。洪興祖曰：文選注：「佇眙，立視也。」朱子曰：擥，猶收也。媒絕路阻兮，言不可結而詒。蹇蹇之煩冤兮，陷滯而不發。王逸曰：含辭鬱結，不得揚也。申旦以舒中情兮，其昶案：申旦，猶申明。志沈菀音鬱而莫達。願寄言於浮雲兮，遇豐隆而不將。因歸鳥而致辭兮，羌迅高而難當。朱子曰：鳥飛速而又高，難可當值。其袓案：以上懷忠莫達。

高辛之靈盛兮，洪興祖曰：史記：「帝嚳高辛者，黃帝之曾孫，生而神靈。」遭玄鳥而致詒。王逸曰：嚳妃吞燕卵以生契也。其袓案：致詒者，詩所云：「天命玄鳥，降而生商也。」此即孟子「彊爲善，後世子孫必有繼者」之恉。懷王已矣，猶不能不逌眙於頃襄也。欲變節以從俗兮，媿易初而屈志。平聲。其袓案：變節從俗，則不能靈盛以感天。屈志，謂屈意以事秦也。獨歷年而離愍兮，羌馮同「憑」心猶未化。古音訛。朱子曰：馮，憤懣也。其袓案：懷王十七年，怒伐秦，秦大破楚師於丹陽，斬首八萬，虜屈匄，取漢中地。懷王乃悉發國中兵以深入擊秦，魏聞之，襲楚，楚大困。明年，秦割漢中地與楚和，王曰：「不願得地，願得儀而甘心焉。」故曰「馮心未化」。甯隱閔而壽考兮，何變易之可爲？古音譌。其袓案：懷王十八年，儀至，因之。賂鄭袖免，因以連横說王。是時原使於齊，反，諫曰：「何不殺儀？」王悔之不及。隱閔壽考，謂飲恨終身。變易，謂復與秦和。知前轍之不遂兮，未改此度。其袓案：懷王二十年，齊湣王惡楚之與秦合，乃遺楚書，於是懷王竟不合秦，是「知前轍之不遂」也。二十四年，又倍齊而合秦，秦來迎婦。至是三次與秦合，故曰「未改此度」。車既覆而馬顛兮，蹇獨懷此異路。其袓案：懷王二十六年，齊、韓、魏來伐楚，楚使太子質於秦。二十七年，太子亡歸。二十八年，秦與諸侯共攻楚，取重丘，殺唐昧。二十九年，秦取襄城，殺景缺。故曰「車覆馬顛」。和、戰皆不可，惟有自彊以俟時。改轍異路，獨原有此懷耳。勒騏驥而更駕兮，造父爲我操之。朱子曰：操之，執轡也。王夫之曰：原願懲前敗而改轍，已將授以固本保邦、待時而動之策。如操轡徐行，審端正術，則可以自彊，而待彊秦之敝。遷逡次而勿驅兮，朱子曰：遷，猶進也。逡次，猶逡巡。聊假日以須旹。指嶓冢之西隈兮，與纁黃以爲期。王夫之曰：嶓冢，在秦西，秦始封之地。秦者，楚不共戴天之讐。深謀定慮，以西擣其穴，雖未可卒圖，而黃昏不爲遲暮。孫詒讓曰：纁黃，即昏黃。其昶案：以上言己所欲致辭効忠之事。

開春發歲兮，白日出之悠悠。王夫之曰：初春韶日，喻頃襄初立，且有更新之望。其昶案：懷王三十年，秦復伐楚，取八城。昭王誘懷王入秦，國人召太子於齊，立之。吾將蕩志而愉樂兮，遵江夏以娛憂。擥大薄之芳茝兮，洪興祖曰：薄，叢薄也。搴長洲之宿莽。古音姥。惜吾不及古人兮，陳本禮曰：古人，指高辛。吾誰與玩此芳草？古音楚。王夫之曰：原雖不見任，而猶未罹重譴，故將集思廣謀，以有爲於國，乃頃襄無夏少康、燕昭王之志，則懷芳自玩，誰與聽之？解萹薄與雜菜兮，王逸曰：萹，萹畜也。王夫之曰：雜菜，惡菜也。錢澄之曰：解，猶採也。備以爲交佩。古音避。王逸曰：交，合也。佩繽紛以繚轉兮，遂萎絶而離異。王夫之曰：繚轉，縈回於左右也。惡草充佩，則芳草萎而不用。其昶案：令尹子蘭使上官大夫短原於頃襄，頃襄怒而遷之。吾且儃佪以娛憂兮，觀南人之變態。古音剃。其昶案：君臣上下，竊以得位爲樂，並無欲反懷王之志，忘讐忍耻，故曰「變態」。竊快在其中心兮，揚厥憑而不竢。古音矣。

其昶案：淮南注：「揚，和也。」「揚厥憑」者，和其憤懣之心。不竢，言其忘讐之速也。以上遷謫之由。

芳與澤其雜糅兮，羌芳華自中出。古音砌。紛郁郁其遠烝兮，滿内而外揚。情與質信可保兮，羌居蔽而聞章。王逸曰：雖在山澤，名宣布也。其昶案：此承上擥茝、搴莽而言。國之賢才，猶有可用，内治誠修，則國耻可振。令薜荔以爲理兮，憚舉趾而緣木。因芙蓉而爲媒兮，憚褰裳而濡足。其昶案：理媒，喻臣也。緣木、濡足，言己身之不保，何能薦賢。登高吾不説兮，入下吾不能。古音泥。蔣驥曰：登高，承緣木；入下，承濡足。固朕形之不服兮，然容與而狐疑。王引之曰：然，猶乃也。其昶案：明知賢才有益於國，徒以己之不諧於世，不能薦達，不能不自疑耳。服，謂諧習。廣遂前畫音獲兮，未改此度也。錢澄之曰：廣遂，多方以遂之也。其昶案：前畫，即上所云固本求賢之策。忠謀不用，無能改於其德。命則處幽，吾將罷兮，願及白日之未暮莫故反也。獨煢煢而南行兮，思彭咸之故也。王夫之曰：罷，止也。未暮，國尚未亡也。故，故迹也。謂憤世沈江，彭咸之故事，己忠莫白，國事益非，命已處於幽暗莫伸，唯及敗亡未至之日，一死而已。其昶案：以上誓死之志。

右思美人

王夫之曰：此篇述其所爲國謀之深遠。要以固本自彊，報秦讐而免於敗亡，而頃襄不察。誓以必死，非悻悻抱憤，乃以己之用舍，繫國之存亡，不忍見宗邦之淪没，故必死而無疑焉。

惜往日之曾信兮，洪興祖曰：史記：「原博聞强志，明於治亂，嫺於辭令，入則與王圖議國事，以出號令；出則接遇賓客，應對諸侯。王甚任之。」受命詔以昭時。其昶案：昭時，猶言曉世。奉先功以照下兮，王逸曰：承宣祖業以示民。明法度之嫌疑。王逸曰：草創憲度，定衆難也。國富强而法立兮，屬貞臣而日娭。同「嬉」。王夫之曰：娭，樂也。朱子曰：日娭，所謂逸於得人也。祕密事之載心兮，雖過失猶弗治。平聲。王夫之曰：王許其雖有過失，不責治之。其昶案：此猶言十世宥之也。蓋王戒其祕密，故原不以草藁與上官大夫。心純庬莫江反而不泄兮，洪興祖曰：庬，厚也。泄，漏也。遭讒人而嫉之。君含怒而待臣兮，不清澂其然否。古音胚。朱子曰：史記：「懷王使屈原造爲憲令，屬草藁未定，上官大夫見而欲奪之，原不與，因讒之曰：『王使屈平爲令，衆莫不知，每一令出，平伐其功，曰「非我莫能爲也。」』王怒而疏屈平。」即此事。蔽晦君之聰明兮，虚惑誤又以欺。弗參驗以考實兮，遠遷臣而弗思。信讒諛之溷濁兮，盛氣志而過之。洪興祖曰：漢書云：「聞將軍有意督過之。」何貞臣之無辠兮，被離謗而見尤。古音怡。王夫之曰：離謗，謗以離其上下之交也。慙光景之誠信兮，身幽隱而備之。其昶案：國語注：「備，收藏也。」光景，謂日。容光必照，由其真陽充實，今己身幽隱收藏，必其誠信之不足，故足慚也。臨沅［四］湘之玄淵兮，遂自忍而沈流。古音僚。卒没身而絶名兮，惜壅君之不昭。君無度而弗察兮，朱子曰：記云：「無節於内者，其察物弗省矣。」其衵案：謂無權衡。使芳草爲藪幽。焉舒情而抽信兮，其衵案：焉，於是也。恬死亡而不聊。古音劉。洪興祖曰：恬，安也。言安於死亡，不苟生也。獨鄣壅而蔽隱兮，使貞臣而無由。屈復曰：獨是壅蔽之奸人在側，即有貞臣，無由使矣。其衵案：以上惜往日懷王信任之專，遭讒而敗。今不難一死，而惜君之壅蔽。

聞百里之爲虜兮，伊尹烹於庖厨。古音稠。呂望屠於朝歌兮，甯戚歌而飯牛。古音疑。不逢湯武與桓繆兮，世孰云而知之。吳信讒而弗味兮，洪興祖曰：言貪嗜讒諛，不知忠直之味。子胥死而後憂。介子忠而立枯兮，文君寤而追求。王逸曰：介子，介子推。文君，晉文公也。封介山而爲之禁兮，報大德之優游。洪興祖曰：史記：「晉初定，賞從亡，未至隱者介子推。子推從者乃懸書宫門，文公出，見其書，使人召之，則亡。遂求其所在，聞其入緜上山中。於是文公環緜上山中而封之，以爲介推田，號曰介山。」莊子云：「介子推，至忠也，自割其股，以食文公。公後背之，子推怒而去，抱木而燔死。」思久故之親身兮，洪興祖曰：親身，言不離左右。因縞素而哭之。王逸曰：文公思子推，爲變服，悲而哭之。或忠信而死節兮，或訑音移謾謨官反而不疑。洪興祖曰：訑、謾，皆欺也。弗省察而按實兮，聽讒人之虚辭。芳與澤其雜糅兮，孰申旦而别之？何芳草之早殀兮，微霜降而下戒。諒聰不明而蔽壅兮，洪興祖曰：易噬嗑、夬卦皆曰：「聰不明也。」使讒諛而日得。去聲，音戴。朱子曰：得，得志也。

自前世之嫉賢兮，謂蕙若其不可佩。洪興祖曰：若，杜若也。妒佳治之芬芳兮，嫫母姣而自好。洪興祖曰：說文：「嫫母，都醜也。」其昶案：好，當爲「媚」，廣雅：「媚，好也。」疑校者旁注其訓，因譌爲正文，遂至失韻，不可讀矣。雖有西施之美容兮，讒妒入以自代。古音地。戚學標曰：代，从弋聲。弋，古讀同「翳」。願陳情以白行兮，得罪過之不意。朱子曰：不意，出於意外也。情冤見之日明兮，朱子曰：情冤，情實與冤枉，猶言曲直也。如列宿音秀之錯置。乘騏驥而馳騁兮，無轡銜而自載。洪興祖曰：說文：「銜，馬勒口中，行馬者也。」朱子曰：載，乘也。乘氾音汎泭音敷以下流兮，朱子曰：氾泭，編竹木以渡水者也。無舟檝同「楫」而自備。背法度而心治兮，王夫之曰：心治，思治也。辟同「譬」與此其無異。錢澄之曰：身廢且死，而猶眷眷國事，極言法度之不可背。甯溘死而流亡兮，恐禍殃之有再。古音至。王夫之曰：再者，懷王辱死於秦，頃襄將爲之繼也。不畢辭而赴淵兮，惜壅君之不識。去聲。朱子曰：不死則恐邦其淪喪，而辱爲臣僕。箕子之憂，蓋如此也。識，記也。設若不盡其辭而閔默以死，則上官、靳尚之徒，壅君之罪，誰當記之邪？其爲後世君臣之戒，可謂深切著明矣。其昶案：以上歷數古人遇合之無常，見士不遇不足惜，獨己所立之法度，實興亡治亂所關，故雖死而猶欲畢其辭也。

右惜往日

后皇嘉樹，朱子曰：后皇，指楚王。橘徠同「來」服古音蒲北反兮。王逸曰：服，習也。服習南土，便其風氣。受命不遷，生南國兮。朱子曰：漢書：「江陵千樹橘。」楚地正産橘也。「受命不遷」，記所謂「橘逾淮而北爲枳」也。深固難徙，更壹志兮。王夫之曰：喻忠臣生死依於宗國。緑葉素榮，洪興祖曰：爾雅：「草謂之榮，木謂之花。」此言素榮，則亦通稱。紛其可喜去聲兮。曾同「層」枝剡以冉反棘，王逸曰：剡，利也。棘，橘枝，刺若棘也。其昶批：棘，从束，不从束。圜果摶度官反兮。朱子曰：摶，與「團」同。青黄雜糅，文章爛盧干反兮。王夫之曰：當橘熟時，或青或黄。精色内白，類任道兮。王夫之曰：内，瓤也。内含精液而清白，類人有精白之心，可託以大任。紛緼宜修，王夫之曰：紛緼，剖之而香霧霏微也。姱而不醜古音簸兮。其昶案：以上頌橘，以下述志。

嗟爾幼志，有以異兮。獨立不遷，豈不可喜去聲兮。深固難徙，廓其無求兮。蘇世獨立，陳本禮曰：蘇，與「疎」同。横而不流兮。陳澧曰：此中庸所謂「强哉矯」也。閉心自慎，終不失過平聲兮。王夫之曰：含忠内韞，不敢輕泄。如上官大夫所譖者。秉德無私，參天地古音沱兮。願歲并謝，與長友古音以兮。屈復曰：橘不彫，故願於歲寒並謝之時，而長與爲友。淑離不淫，王夫之曰：離，麗也。梗其有理兮。其昶案：爾雅：「梗，正直也。」梗謂不淫，有文理謂淑麗。年歲雖少，可師長兮。其昶案：師長，謂以長者爲師，指伯夷也。欲比其行於伯夷，故植橘以爲像也。行比伯夷，置以爲像上聲兮。王夫之曰：置，植也。植之園圃，以礪己志，因而頌之。

右橘頌

姚鼐曰：此篇尚在懷王朝初被讒時所作，故首言「后皇」，末言「年歲雖少」，與涉江「年既老」之時異矣。而「閉心自慎」之語，又若以辨釋上官所云「每一令出平伐其功」之爲誣也。

悲回風之搖蕙兮，心冤結而內傷。朱子曰：回風，旋轉之風也。亦上篇「悲秋風動容」之意。物有微而隕性兮，王夫之曰：性，生也。聲有隱而先倡。黃文煥曰：霜降冰至，皆風倡之先矣。錢澄之曰：秋風起，蕙草先死；害氣至，賢人先喪。夫何彭咸之造思兮，暨志介而不忘。其昶案：夫何，言其無端而至也。慕彭咸之思，與自決之志，無須臾忘。萬變其情豈可蓋兮，洪興祖曰：蓋，掩也。孰虛僞之可長？其昶案：此自言其情發於至誠，所謂「指蒼天以爲正」也。鳥獸鳴以號平聲羣兮，草苴子閭反比而不芳。王逸曰：生曰草，枯曰苴。比，合也。魚葺鱗以自別兮，朱子曰：魚整治其鱗，以自別異。蛟龍隱其文章。故荼音徒薺不同畝兮，朱子曰：荼，苦菜。薺，甘菜。蘭茝幽而獨芳。錢澄之曰：萬物各從其類，則君子豈能與小人並世乎？惟佳人之永都兮，朱子曰：都，美也。王夫之曰：佳人，猶言君子。更統世以自眖，平聲。其昶案：統計萬世，而以古人自眖也。眇遠志之所及兮，憐浮雲之相羊。介眇志之所惑兮，錢澄之曰：介然此微志也。竊賦詩之所明。古音芒。其昶案：毛詩序云：「詩有六義焉，一曰風，二曰賦。」今以心慮煩惑，故竊取賦詩之義，以自明其所志也。自屈子創爲此體，而遂有賦之名，班固曰：賦者，古詩之流也。以上言賢者不容於世，自明己志在此，無可悔也。

惟佳人之獨懷兮，折芳椒以自處。去聲。曾歔欷之嗟嗟兮，獨隱伏而思慮。涕泣交而淒淒兮，思不眠以至曙。終長夜之曼曼兮，掩此哀而不去。王夫之曰：宵而不安於寢。寤從容以周流兮，聊逍遥以自恃。上聲。傷太息之愍憐兮，氣於音烏邑而不可止。洪興祖曰：顏師古云：「於邑，短氣。」王夫之曰：旦而不怡於遊。糺吉酉反思心以爲纕兮，洪興祖曰：糺，繩三合也。編愁苦以爲膺。王逸曰：膺，絡胷者也。哲若木以蔽光兮，王逸曰：光，謂日光。隨飄風之所仍。王逸曰：仍，因也。其昶案：蔽光，自晦其明也。隨風，任運無心也。存髣髴而不見兮，心踊躍其若湯。王逸曰：中心沸熱若湯。錢澄之曰：原所存者愁憤而已，或有一時依稀不見，而即一時踊躍若湯。撫佩衽以案志兮，洪興祖曰：案，抑也。超惘惘而遂行。古音杭。王夫之曰：憂從中來，不可忍戢，惟整衣惝怳，抑志而赴江南。歲曶曶音忽其若頹兮，旹亦冉冉而將至。朱子曰：時，謂衰老之期。薠蘅槁而節離兮，朱子曰：草枯則節處斷落。芳已歇而不比。毗志反。其昶案：天地閉，賢人隱，所憂非止一身之故。憐思心之不可懲兮，證此言之不可聊。古音劉。錢澄之曰：謂無聊之極，而爲此言。甯溘死而流亡兮，不忍此心之常愁。孤子唫古「吟」字而抆音吻淚兮，洪興祖曰：抆，拭也。放子出而不還。音旋。朱子曰：放，棄逐也。孰能思而不隱兮，朱子曰：隱，痛也。昭彭咸之所聞。

其昶案：言彭咸遺迹昭昭在耳目也。以上述赴江南之時，幽憂愁苦之情，而因以彭咸自證。

登石巒落官反以遠望兮，路眇眇之默默。錢澄之曰：眇眇以遠，默默以幽。其昶案：之，猶與也。入景響之無應兮，洪興祖曰：景，物之陰影也。葛洪始作影。聞去聲省想而不可得。王夫之曰：登高山而回瞻故國，省想其聲容，不可得而見聞，宗國之安危不可知，是以鬱戚愈不能堪。愁鬱鬱之無快兮，居戚戚而不可解。古音計。心鞿羈而不開兮，氣繚轉而自締。穆眇眇之無垠兮，莽芒芒之無儀。古音俄。朱子曰：儀，猶像也。聲有隱而相感兮，物有純而不可爲。古音譌。其昶案：再申篇首之意，言因秋聲興感，而知氣化所乘。凡物之彫隕，實亦無可柰何也。邈漫漫之不可量兮，縹匹妙反緜緜之不可紆。傷魚反。朱子曰：縹，微細也。愁悄悄之常悲兮，翩冥冥之不可娛。淩大波而流風兮，託彭咸之所居。

其昶案：以上言眷懷君國之念，登高遠望，益生其感，惟有淩大波以從彭咸，庶幾可以忘憂耳。

上高巖之峭岸兮，處雌蜺之標顛。古音真。洪興祖曰：標，杪也。顛，頂也。王夫之曰：此下言沈湘以後，精神不泯，游翱天宇之内，脱濁世之污卑，釋離愁之菀結，以一死自靖於先君，逌然自得也。據青冥而攄虹兮，王逸曰：上至玄冥，舒光曜也。遂倏忽而捫天。古音汀。吸湛露之浮涼兮，漱縮又反凝霜之雰雰。古音軒。依風穴以自息兮，蔣驥曰：風穴，在崑崙之巔。淮南云：「崑崙山，北門開，以納不周之風。」忽傾寤以嬋媛。王夫之曰：此想像魂遊空際，與霜露風虹相爲往來之貌。此下俯瞰江山之貌。

馮崑崙以瞰苦濫反霧兮，王夫之曰：瞰，俯視也。隱岐山以清江。古音工。洪興祖曰：岐，與「岷」同。岷山在蜀郡氐道縣，大江所出。朱子曰：隱，依也。如「隱几」之「隱」。王夫之曰：清江，澄江水，使清也。憚涌湍之礚礚古蓋反兮，王夫之曰：憚，驚也。聽波聲之洶洶。許容反。紛容容之無經兮，罔芒芒之無紀。其袒案：無經紀，言隨水泛濫。軋音押洋洋之無從兮，朱子曰：軋，傾壓貌。馳委移之焉止。王夫之曰：委移，與逶迤同。曲折自如也。其袒案：無從、焉止，言水之源流。漂音飄翻翻其上下兮，翼遥遥其左右。古音以。其袒案：上下左右，言波瀾。氾潏潏音決其前後兮，伴張弛音矢之信期。上聲。王夫之曰：伴，與「泮」同。其袒案：前後、張弛，言潮汐。觀炎氣之相仍兮，窺煙液之所積。王夫之曰：煙，雲也。液，雨也。此春夏之氣。悲霜雪之俱下兮，聽潮水之相擊。王夫之曰：此秋冬之氣。借光景以往來兮，施黄棘之枉策。王逸曰：言己願借神光電景，飛注往來，施黄棘之刺，以爲馬策。言其利用急疾也。王夫之曰：以上言沈湘之後，魂爽不昧。離污濁而釋不解之憂，故不忍常愁，而決於一死。乃豫想其浩然之氣，不隨生死爲聚散，而蝹蜦旁薄於兩閒者如此。蔣驥曰：中山經：苦山有木名黄棘，其實如蘭。

求介子之所存兮，王逸曰：介子推也。見伯夷之放迹。資鵲反。心調度而弗去兮，刻著志之無適。其昶案：介子、伯夷，皆古志節之士。刻著，猶牢著也。言嚮慕二子之專。曰吾怨往昔之所冀兮，悼來者之愁愁。他歷反。王逸曰：愁愁，欲利貌。朱子曰：往昔所冀，謂猶欲有爲於時。蔣驥曰：愁，同「愓」。來者愁愁，言危亡將至而可懼也。其昶案：「曰」者，語辭。言己之志節專一如此，既不能有爲，又不忍見國之危亡，則惟有死之可樂耳。浮江淮而入海兮，從子胥而自適。洪興祖曰：越絶書云：「子胥死，王使捐於大江，乃發憤馳騰，氣若奔馬，乃歸神大海。」望大河之洲渚兮，王夫之曰：大河，黄河。悲申徒之抗迹。洪興祖曰：莊子云：「申徒狄諫而不聽，負石自投於河。」淮南注云：「申徒狄，殷末人也。不忍見紂亂，自沈於淵。」驟諫君而不聽兮，任重石之何益？王逸曰：任，負也。洪興祖曰：懷沙，即任石也。心絓結而不解兮，思蹇産而不釋。王夫之曰：此復言子胥死而吴亡，申徒沈而殷滅。君不閔己之死而生悔悟，則雖死無益，心終不能自釋。蓋原愛君憂國之心，不以生死而忘，非但憤世疾邪，悻悻焉決意捐生而已。

右悲回風 王夫之曰：此章蓋原自沈時永訣之辭。

【校勘記】

〔一〕「號呼」，原作「呼號」，據補注乙。

〔二〕「南東」二字，原作「東南」，據水經乙。

〔三〕「滉」，原作「混」，據朱熹楚辭集注改。

〔四〕「沅」，原作「江」，據補注改。

遠遊

姚永樸曰：太史公屈賈傳贊云：「讀離騷諸篇，悲其志。適長沙，觀屈原所自沈淵，未嘗不垂涕，想見其爲人。」又云：「讀鵩鳥賦，同死生，輕去就，又爽然自失矣。」案：遠遊與鵩鳥賦同一旨趣，楊子雲反離騷云：「棄由聃之所珍兮，蹠彭咸之所遺。」觀於遠遊，又何嘗「棄由聃之所珍」乎？

悲時俗之迫阸兮，王夫之曰：阸，與「隘」通。願輕舉而遠遊。質菲薄而無因兮，焉託乘而上浮。遭沈濁而汙穢兮，獨鬱結其誰語！去聲。夜耿耿而不寐兮，魂營營而至曙。惟天地之無窮兮，哀人生之長勤。往者余弗及兮，來者吾不聞。步徙倚而遥思兮，怊音超惝昌兩反怳吁往反而乖懷。古音回。洪興祖曰：怊，悵恨也。意荒忽而流蕩兮，其昶案：荒忽，猶恍惚。心愁悽而增悲。神儵忽而不反兮，形枯槁而獨留。王夫之曰：寓形宇内，爲時凡幾，斯既生人之大哀矣。况素懷不展，與時乖違，愁心苦志，神將去形，枯魚銜索，亦奚以爲。内惟省以端操兮，求正氣之所由。朱子曰：知愁歎之無益而有損，乃能反自循省，而求其本初也。漠虛静以恬愉兮，澹無爲而自得。聞赤松之清塵兮，洪興祖曰：列仙傳：「赤松子，神農時爲雨師。」願承風乎遺則。其昶案：以上悲時俗之迫隘，念人生之長勤，而因有觀化頤生之志。

貴真人之休德兮，洪興祖曰：休，美也。美往世之登仙。與化去而不見兮，王夫之曰：「與化去」者，蜕形而往，所謂尸解也。名聲著而日延。奇傅説之託辰星兮，洪興祖曰：莊子音義云：「傅説死，其精神乘東維，託龍尾。今尾上有傅説星。」淮南云「傅説之所騎辰尾」是也。羨韓衆之得一。王逸曰：衆，一作「終」。洪興祖曰：列仙傳：「齊人韓終，爲王採藥，王不肯服，終自服之，遂得仙也。」形穆穆以寖遠兮，離人羣而遁逸。因氣變而遂曾同「增」舉兮，洪興祖曰：曾，高舉也。忽神奔而鬼怪。古音記。洪興祖曰：淮南云：「鬼出電入。」又云：「電〔一〕奔而鬼騰。」皆神速之意。時髣髴以遥見兮，精皎皎以往來。古音利。絶氛埃而淑尤兮，朱子曰：言其淑善而絶尤。終不反乎故都。免衆患而不懼兮，世莫知其所如。其昶案：如此則時俗之迫隘，不足爲患。恐天時之代序兮，耀靈曄而西征。洪興祖曰：博雅云：「耀靈，日也。」朱子曰：曄，閃光貌。微霜降而下淪兮，悼芳草之先雲。古「零」字。聊仿音旁佯音羊而逍遥兮，永歷年而無成。其昶案：年歲易邁，若稍一逍遥玩愒，便已無成。承「人生之長勤」言。誰可與玩斯遺芳兮，晨鄉風而舒情。王夫之曰：鄉，與「嚮」通。高陽邈已遠兮，余將焉所程？王夫之曰：無從取法。其昶案：以上申發首節之義，羨仙去之樂，而因歎高陽已邈，故都無可留戀。

重曰：春秋忽其不淹兮，奚久留此故居？軒轅不可攀援兮，吾將從王喬而娛戲。

古音呼。洪興祖曰：列仙傳：「王子喬，周靈王太子晉也。」餐六氣而飲沆胡朗反瀣音械兮，洪興祖曰：莊子云：「御六氣之辨。」五臣注琴賦云：「沆瀣，清露。」漱正陽而含朝霞。古音胡。保神明之清澂兮，精氣入而麤穢除。順凱風以從遊兮，王逸曰：南風曰凱風。至南巢而壹息。俞樾曰：書序有「巢伯來朝」，鄭云：「巢，南方之國，世一見。」據大行人云：「九州之外，謂之蕃國，世一見。」則南巢固在九州之外矣。見王子而宿之兮，朱子曰：宿，與「肅」通。審壹氣之和德。朱子曰：審，究問也。曰：「道可受兮，不可傳。洪興祖曰：「曰」者，王子之言也。謂可受以心，不可傳以言語。其小無内兮，其大無垠。古音研。王夫之曰：小無内者，一身之内無毫毛，非元氣之所察。大無垠者，與天地陰陽合體也。其昶案：垠，从艮聲。安古琴說：艮，古音艱。枚乘七發以圻諧先、門韻。「圻」、「垠」同字。無滑音骨而魂兮，洪興祖曰：滑，亂也。彼將自然。壹氣孔神兮，於中夜存。虛以待之兮，無爲之先。庶類以成兮，此德之門。」朱子曰：人能無滑亂其魂，則身心自然，而氣之甚神者，當中夜虛静之時，自存於己，而不相離矣。如此，則於應世之務，皆虛以待之於無爲之先，而庶類自成，萬化自出。其昶案：以上從王喬聞至貴之道。

聞至貴而遂徂兮，忽乎吾將行。古音杭。王夫之曰：至貴，上所聞之道要也。忽乎，迫欲行之也。既得受修行之術於王喬，遂如其言以行之。下文皆行之之事。仍羽人於丹丘兮，王逸曰：丹丘，晝夜常明也。九懷云：「夕宿乎明光。」明光，即丹丘也。洪興祖曰：羽人，飛仙也。王夫之曰：仍，效之也。留不死之舊鄉。朝濯髮於湯谷兮，夕晞余身兮九陽。洪興祖曰：仲長統云「九陽代燭」，注云：「九陽，日也。」吸飛泉之微液兮，懷琬琰之華英。古音央。洪興祖曰：琬琰，皆玉名。黄庭經：「含漱金醴吞玉英。」玉色頩普茗反以脕音晚顔兮，洪興祖曰：頩，美貌。脕，澤也。精醕粹而始壯。質銷鑠以汋約兮，洪興祖曰：汋約，柔弱貌。莊子云：「肌膚若冰雪，綽約若處子。」質銷鑠，謂凡質盡也。司馬相如云：「列仙之儒，形容甚臞。」神要平聲眇以淫放。洪興祖曰：廣雅云：「淫，遊也。」其昶案：以上言行道之效。

嘉南州之炎德兮，麗桂樹之冬榮。山蕭條而無獸兮，野寂漠其無人。載營魄而登霞兮，朱子曰：霞，與「遐」通。王夫之曰：營，魂也。掩浮雲而上征。朱子曰：上四句記時物，下二句言以此時昇仙而去也。其昶案：原，楚人，故至南巢見王子，復自南州上征，先入帝宫，尚未覩南疑也。命天閽其開關兮，排閶闔而望予。洪興祖曰：排，推也。朱子曰：望予，須我之來也。召豐隆使先導兮，問太微之所居。洪興祖曰：大象賦注云：「太微宫垣，十星，在翼、軫北。」集重陽入帝宫兮，洪興祖曰：積陽爲天，天有九重，故曰重陽。造旬始而觀清都。王逸曰：旬始，星名。春秋考異郵云：「太白，名旬始。」洪興祖曰：造，至也。列子云：「清都、紫微、鈞天、廣樂，帝之所居。」其昶案：以上從南州上入帝宫。

朝發軔於太儀兮，王逸曰：太儀，天帝之庭。夕始臨乎於微閭。王逸曰：暮至東方之玉山也。爾雅：「東方之美者，有醫無閭之珣玗琪焉。」釋文：一云「微母閭」。屯余車之萬乘兮，紛容與而竝馳。駕八龍之婉婉兮，載雲旗之逶蛇。音移。建雄虹之采旄兮，五色雜而炫燿。服偃蹇以低昂兮，洪興祖曰：以二馬夾轅謂之服。驂連蜷以驕驁。五到反。朱子曰：驂，衡外挽靷兩馬也。騎去聲膠葛以雜亂兮，斑曼衍而方行。古音杭。洪興祖曰：斑，駮文也。撰余轡而正策兮，吾將過乎句芒。王逸曰：東方甲乙，其帝太皓，其神句芒。其昶案：以上從帝都太儀，而始臨於東。

歷太皓以右轉兮，朱子曰：太皓，即太皞。前飛廉以啓路。陽杲杲其未光兮，洪興祖曰：詩云：「杲杲出日。」淩天地以徑度。洪興祖曰：徑，直也。其昶案：自東至西，不歷轉於南，故曰徑度。風伯爲予先驅兮，氛埃辟同「避」而清涼。鳳皇翼其承旂兮，遇蓐音辱收乎西皇。王逸曰：西方庚辛，其帝少皓，其神蓐收。西皇，即少昊也。其昶案：以上由東至西。

擥彗星以爲旍兮，洪興祖曰：旍，即「旌」字。舉斗柄以爲麾。古音許戈反。洪興祖曰：天文志：「北斗七星，杓攜龍角。」杓，斗柄也。麾，旗屬。叛同「判」陸離其上下兮，遊驚霧之流波。旹曖曃音逮其曭音儻莽兮，洪興祖曰：曖曃，暗也。曭，日不明也。召玄武而奔屬。音燭。洪興祖曰：禮記：「行前朱雀而後玄武。」二十八宿，北方爲玄武。說者云：「龜蛇，位在北方，故曰玄，身有鱗甲，故曰武。」蔡邕云：「北方玄武，介蟲之長。」後文昌使掌行兮，洪興祖曰：天文志：「文昌六星，在北斗魁前。」掌行，謂掌領從行者。選署衆神以竝轂。洪興祖曰：署，置也。路曼曼其修遠兮，徐弭節而高厲。洪興祖曰：厲，渡也。左雨師使徑侍兮，右雷公以爲衛。欲度世以忘歸兮，朱子曰：度世，謂度越塵世而仙去也。意恣睢以担居桀反撟。方東樹曰：韻書「蹻」字四收，撟亦當有入聲。洪興祖曰：恣睢，自得貌。朱子曰：担撟，軒舉也。內欣欣而自美兮，聊媮娛以自樂。其昶案：以上由西轉北。北者，萬物之所藏也。意欲休息於此，而仍不能。

涉青雲以汎濫兮，忽臨睨夫舊鄉。僕夫懷余心悲兮，邊馬顧而不行。古音杭。洪興祖曰：邊，旁也。朱子曰：謂兩驂也。思舊故以想像兮，長太息而掩涕。古音底。氾容與而遐舉兮，聊抑志而自弭。音米。指炎帝而直馳兮，王逸曰：南方丙丁，其帝炎帝，其神祝融。吾將往乎南疑。古音牛。王逸曰：過衡山而觀九疑也。覽方外之荒忽兮，沛罔象而自浮。洪興祖曰：文選「罔象相求」，注云：「虛無罔象然也。」祝融戒而蹕御兮，洪興祖曰：大人賦「祝融警而蹕御」，注云：「蹕，止行人也。御，禦也。」騰告鸞鳥迎宓妃。張咸池奏承雲兮，王逸曰：承雲，即雲門，黃帝樂也。二女御洪興祖曰：御，侍也。朱子曰：二女，娥皇、女英。九韶歌。苗夔曰：韻補：歌，居之切。引遠遊，「歌」與「妃」、「夷」、「飛」、「徊」爲韻，知「哥」从「可」

聲，與「奇」从「可」聲，音「奇偶」之「奇」同音也。使湘靈鼓瑟兮，洪興祖曰：湘水之神。令海若舞馮夷。洪興祖曰：海若，莊子所稱「北海若」也。馮夷，河伯也。玄螭蟲象竝出進兮，洪興祖曰：國語云：「水之怪：龍、罔象。」形蟉於九反虬而逶蛇。古音移。洪興祖曰：蟉虬，盤曲貌。雌蜺便平聲娟以增撓兮，洪興祖曰：便娟，輕麗貌。集韻：「撓，纏也。」鸞鳥軒翥而翔飛。音樂博衍無終極兮，朱子曰：博衍，寬平之意。焉乃逝以徘徊。王夫之曰：焉乃，猶言於是。舒并節以馳騖兮，王夫之曰：并節，總轡也。逴音卓絕垠乎寒門。古音民。洪興祖曰：逴，遠也。李善云：「絕垠，天邊之際也。」朱子曰：寒門，北極之門。軼音逸迅風於清源兮，從顓頊乎增冰。洪興祖曰：北方壬癸，其帝顓頊，其神玄冥。淮南云：「北方有凍寒積冰雪雹羣水之野。」其昶案：以上悲思故鄉，因往南疑，盤桓既久，而復歸於北。

歷玄冥以邪徑兮，王夫之曰：邪徑，猶言枉道。乘閒維以反顧。洪興祖曰：孝經緯云：「天有七衡而六間。」淮南云：「兩維之間，九十一度。」注云：「自東北至東南爲兩維，帀四維，三百六十五度。」召黔嬴而見之兮，洪興祖曰：大人賦「左玄冥而右黔雷」，注云：「黔嬴也。」朱子曰：黔嬴，史記作「含靁」，漢書作「黔靁」，則「嬴」當爲「嬴」。王夫之曰：黔嬴，雷神。爲余先乎平路。其昶案：既遊覽四方，復窮極上下，故又召黔嬴先路。經營四荒兮，周流六漠。洪興祖曰：漢樂歌作「六幕」，謂六合也。上至列軼同「缺」兮，降望大壑。洪興祖曰：大人賦「貫列缺之倒影」，注云：「列缺，天閃也。」列子云：「渤海之東有大壑焉，實惟無底之谷，名曰歸墟。」下峥嶸而無地兮，上寥廓而無天。古音汀。洪興祖曰：顔師古云：「峥嶸，深遠貌。寥廓，廣遠也。」視儵忽而無見兮，聽惝怳而無聞。超無爲以至清兮，與泰初而爲鄰。洪興祖曰：列子云：「泰初者，氣之始也。」朱子曰：屈子本以來者不聞爲憂，而願爲方仙之道，至此則真可以後天不老，而凋三光矣。下視人世甕盎之間，百千蚊蚋，須臾之頃，萬起萬滅，何足道哉！何足道哉！

【校勘記】

［一］「電」，原作「雷」，據補注改。

卜居

王夫之曰：卜居者，設爲之辭，以章己之獨志也。居，處也。君子處躬，信諸心而與天下異趨。澄濁之辯，粲如分流；吉凶之故，輕若飄羽。恐天下後世且以己爲過高，不知俾躬處休之善術，故託爲問之蓍龜，而詹尹不能決，以旌己志。

屈原既放，三年不得復見，竭知盡忠，而蔽障於讒。古音崇。心煩慮亂，不知所從。往見太卜鄭詹尹，王夫之曰：太卜，爲國掌卜筮之官。曰：「余有所疑，願因先生決之。」詹尹乃端策拂龜，五臣曰：策，蓍也。曰：「君將何以教之？」屈原曰：「吾寧悃悃款款朴以忠乎？朱子曰：悃款，誠實傾盡之貌。將送往勞去聲來斯無窮乎？王夫之曰：不忠於國，則惟奔走勢要，終身不疲。寧誅鋤草茅以力耕乎？將遊大人以成名乎？朱子曰：大人，猶貴人。寧正言不諱以危身乎？將從俗富貴以媮同「偷」生乎？寧超然高舉以保真乎？將哫訾栗斯，喔咿儒兒，俞樾曰：哫訾，即趦趄。儒兒，即囁嚅也。其昶案：哫、訾、栗、斯，四字爲一義。喔、咿、儒、兒，四字爲一義。以事婦人乎？朱子曰：婦人，蓋謂鄭袖。寧廉潔正直以自清乎？將突梯滑音骨稽，王逸曰：轉隨俗也。如脂如韋，洪興祖曰：韋，柔皮也。朱子曰：脂，肥澤。以絜楹乎？其昶案：絜楹，猶言雕楹。春秋「丹桓公楹」，穀梁傳：「丹楹，非禮也。」漢書云：「周室衰，禮法壞，諸侯刻桷丹楹。」此言潔清者不受飾，若絜楹則隨俗爲美觀，故王逸注曰「順滑澤也」。寧昂昂若千里之駒乎？將氾氾若水中之鳧，與波上下，偷以全吾軀乎？寧與騏驥亢軛乎？將隨駑馬之迹乎？洪興祖：軛，車轅前衡也。王夫之曰：亢，與伉同，竝也。將與雞鶩爭食乎？五臣曰：鶩，鴨也。寧與黃鵠比翼乎？洪興祖曰：師古云：「黃鵠，大鳥，一舉千里。」將與雞鶩爭食乎？此孰吉孰凶，何去何從？世溷濁而不清，蟬翼爲重，千鈞爲輕；黃鐘毀棄，五臣曰：黃鐘，樂器。瓦釜雷鳴；讒人高張，洪興祖曰：張，自侈大也。賢士無名。吁嗟默默兮，誰知吾之廉貞！」詹尹乃釋策而謝曰：「夫尺有所短，寸有所長，物有所不足，智有所不明，古音芒。數有所不逮，神有所不通。古音湯。用君之心，行君之意，龜策誠不能知此事。」

漁父

屈原既放，游於江潭，行吟澤畔，顏色憔悴，形容枯槁。漁父見而問之，曰：「子非三閭大夫與？王逸曰：屈原仕於懷王，爲三閭大夫。三閭之職，掌王族三姓，曰昭、屈、景。何故至於斯？」蔣驥曰：未悉所以放之之故。屈原曰：「舉世皆濁我獨清，衆人皆醉我獨醒，平聲。是以見放。」漁父曰：「聖人不凝滯於物，而能與世推移。世人皆濁，何不淈音谷其泥而揚其波？音疲。王夫之曰：淈，撓亂之也。其昶案：泥波相混，不分清濁也。衆人皆醉，何不餔音逋其糟而歠音啜其釃？音離。五臣曰：餔，食也。歠，飲也。洪興祖曰：釃，薄酒也。其昶案：糟釃並御，不別精粗也。何故深思高舉，自令放爲？」屈原曰：「吾聞之，新沐者必彈冠，新浴者必振衣。戚學標曰：禮鄭注：「衣，讀曰殷，聲之誤也。」凡近衣之聲，多或類殷。安能以身之察察，受物之汶汶者乎？五臣曰：察察，潔白也。洪興祖曰：汶汶，沾辱也。蔣驥曰：二語切沐浴者言。史記於「振衣」下多一「人」字，尤爲可見。寧赴湘流，葬於江魚之腹中。安能以皓皓之白，古音博。王逸曰：皓皓，猶皎皎。蒙世俗之温蠖於郭反乎？」司馬貞曰：温蠖，猶惛憒也。其昶案：温蠖，舊作「塵埃」，今從史記。漁父莞爾而笑，鼓枻音曳而去。王逸曰：叩船舷也。

歌曰：「滄浪音郎之水清兮，洪興祖曰：禹貢注云：「漾水至武都爲漢，至江夏謂之夏水，又東爲滄浪之水，在荆州。」可以濯吾纓。朱子曰：纓，冠系也。滄浪之水濁音蜀兮，可以濯吾足。」遂去，不復與言。

招魂

張裕釗曰：招魂，招懷王也。屈子蓋深痛懷王之客死，而頃襄宴安淫樂，置君父仇恥於不問。其辭至爲深痛。吳汝綸曰：懷王爲秦所虜，魂亡魄失，屈子戀君而招之，盛言歸來之樂，以深痛其在秦之愁苦。文中所陳，皆人君之事。太史公明言：「讀離騷、天問、招魂、哀郢，悲其志。」其爲屈賦無疑。

朕幼清以廉潔兮，吳汝綸曰：朕，懷王也。身服義而未沬。音寐。王逸曰：沬，已也。主此盛德兮，牽於俗而蕪穢。上無所考此盛德兮，吳汝綸曰：上，與「尚」同。考，成也。長離同「罹」殃而愁苦。吳汝綸曰：言懷王本有盛德，爲俗所牽，曾不能成此盛德而罹禍也。帝告巫陽王逸曰：帝，謂天帝也。王夫之曰：巫陽，古之神巫。曰：「有人在下，吳汝綸曰：人，懷王也。我欲輔之。魂魄離散，汝筮予之。」蔣驥曰：予，同「與」。吳汝綸曰：筮，與「遾」同。爾雅：「遾，逮也。」謂遠捕之也。巫陽對曰：「掌㝱同「夢」上帝其難從。吳汝綸曰：「從」、「蹤」同字。「掌夢」屬下讀。其昶案：夢，即篇末「與王趨夢兮」之夢，謂雲夢也。言此爲上帝掌夢之人，魂魄離散，其難蹤跡也。蓋上下四方，不知其所在，故不能逮與，必從而招之。夢爲楚之澤，故知此所招者，乃懷王也。若必筮予之，恐後之謝，不能復用。」平聲。朱子曰：恐其離散之遠，而或後之，以致徂謝。其昶案：「恐後之謝，不能復用」二語，乃微言也。用，讀爲「庸」，與

「蹤」爲韻。此必懷王已死於秦，屈子慟之，不忍質言其死。因古有臯復之禮，北面三號，禮疏云：「三號者，一號於上，冀神在天而來；一號於下，冀神在地而來；一號於中，冀神在天地之閒而來也。」故本此義作爲招魂之篇，亦史公所謂「繫心懷王，不忘欲反」者也。生歸無望，今望其魂反，其痛更深矣。以上爲通篇立案。

巫陽焉乃下招曰：王念孫曰：焉乃，語詞，猶言於是下招。魂兮歸來，去君之恒幹，王逸曰：恒，常也。幹，體也。何爲四方些。寫邪反。洪興祖曰：説文：「些，語詞也。」王夫之曰：些，楚人歌曲之餘聲。舍君之樂處，蔣驥曰：樂處，謂楚。而離同「罹」彼不祥些。魂兮歸來，東方不可以託些。長人千仞，洪興祖曰：山海經：「東海之外，大荒之中，有大人之國。」惟魂是索些。十日代出，洪興祖曰：莊子云：「昔者十日並出，萬物皆照。」代出，言一日至，一日出，交會相代也。流金鑠石些。彼皆習之，王夫之曰：彼，謂彼土之人。習者，相與慣習，不畏炎灼。魂往必釋施灼反些。王逸曰：釋，解也。歸來歸來，不可以託些。其昶案：此招魂於東。魂兮歸來，南方不可以止些。雕題黑齒，王逸曰：題，額也。洪興祖曰：禮記：「南方曰蠻，雕題交趾。」注云：「雕題，刻其肌，以丹青涅之。」得人肉以祀，上聲。以其骨爲醢古音喜些。蝮蛇蓁蓁，音臻。王逸曰：蓁蓁，積聚之貌。洪興祖曰：山海經：「蝮蛇，色如綬文，大者百餘斤。」封狐千里些。王夫之曰：千里，言能爲妖怪，倏忽千里也。雄虺九首，往來儵忽，吞人以益其心些。五世曰：益其心，助其毒也。歸來歸來，不可以久淫些。五臣云：淫，淹也。其昶案：此招魂於南。魂兮歸來，西方之害，流沙千里些。旋去聲入雷淵，蔣驥曰：雷淵，即西域，河源所注之雷翥海。靡莫爲反散而不可止些。王逸曰：靡，碎也。幸而得脱，其外曠宇些。王逸曰：無人之土也。吴汝綸曰：幸而得脱，殆懷王走趙，復爲秦得之後所爲歟。其昶案：秦在西，故言於此。赤螘同「蟻」若象，王逸曰：螘，蚍蜉也。蔣驥曰：八紘譯史：蟻國在極西，其色赤，大如象。玄蠭同「蜂」若壺古音瓠些。王逸曰：壺，乾瓠也。洪興祖曰：方言：「蠭大而蜜謂之壺蠭。」五穀不生，藂同「叢」菅音姦是食些。王逸曰：菅，茅也。其土爛人，王夫之曰：燥氣灼人，筋骨糜裂也。求水無所得些。朱子曰：今環靈、夏之間，有旱海六七百里，無水泉，即其證也。彷徉無所倚，廣大無所極些。王夫之曰：彷徉、廣大，皆曠杳無可棲泊之意。歸來歸來，恐自遺賊些。王逸曰：賊，害也。其昶案：此招魂於西。魂兮歸來，北方不可以止些。增冰峨峨，飛雪千里些。洪興祖曰：尸子云：「北極左右，有不釋之冰。」歸來歸來，不可以久音几些。其昶案：此招魂於北。魂兮歸來，君無上天古音汀些。虎豹九關，啄害下人些。錢枚曰：山海經：「崑崙，帝之下都，面有九門，門有開明獸守之」，「虎身人面」。一夫九首，拔木九千古音親些。王夫之曰：言此九首之夫，力能拔九千木而不倦。豺狼從目，往來侁侁音莘些。五臣曰：從，豎也。侁侁，衆貌。懸人以娭，投之深淵些。致命於帝，然後得瞑失人反些。其袛案：此言豺狼或以人爲娭戲，投之深淵，不得出，必待天命盡，乃克瞑目而死。「致命於帝」，猶言委其命於天也。傷不即死，痛苦之甚。歸來歸來，往恐危身些。其袛案：此招魂於上。魂兮歸來，君無下此幽都古音家居反些。王逸曰：地下幽冥，故稱幽都。土伯九約，其角觺觺音疑些。王逸曰：約，屈也。地有土伯，其身九屈，有角，觸害人。五臣曰：觺觺，銛利貌。孫志祖曰：説文繫傳云：「土伯九約，謂身有九節也。」敦脄音梅血拇，逐人駓駓音丕些。王逸曰：敦，厚。脄，背也。駓駓，走貌。王夫之曰：以指攫人，血嘗染拇。參目虎首，其身若牛音疑些。洪興祖曰：博雅云：「參，三也。」此皆甘人，王逸曰：言此物食人，以爲甘美。歸來歸來，恐自遺災些。其袛案：此招魂於下。魂兮歸來，入修門古音民些。王逸曰：修門，郢城門。洪興祖曰：伍端休江陵記云：「南關三門，其一名龍門，一名修門。」工祝招君，五臣曰：工祝，良巫也。背行先些。王夫之曰：背行，卻行。先，導也。秦篝齊縷，鄭綿絡古音路些。其袛案：類篇：「上大下小而長，謂之篝笭。」儀禮鄭注：「篚，竹器，如笭者。」古之復者，升屋而號曰「皋某復」，招以衣，受用篚，以衣尸。鄭謂：「衣尸者覆之，若得魂反之。」此云秦篝，殆即篚類。齊縷、鄭綿，皆謂衣也。絡，謂絡繹。禮疏云：「諸侯既用褒衣，又以冕服、爵弁服而復也。」招具該備，永嘯呼去聲些。朱子曰：招具，謂上三物。嘯呼，即所謂皋也。魂兮歸來，反故居去聲些。其袛案：此正敘皋復招魂之事。禮疏云：「凡復者，緣孝子之心，望得魂氣復反。」蓋既復而後行死事，若懷王未死，不能豫凶事也。以上言懷王羈魂於外之愁苦，以下則盛陳楚宮室服御之崇麗娛樂。凡所陳皆生人之趣也，死則無此矣，縱招魂歸來，已不能復用。此蓋諷諫頃襄，動其哀死之心，而激其不共戴天之志，故又以射獵終之。自來解者皆失其恉。

天地四方，多賊姦些。像設君室，靜閒安些。王夫之曰：像設者，以意想像而設言之。自此至末「反故居些」，皆像設之辭。高堂邃宇，檻層軒些。其昶案：殿堂前檐特起，曲椽無中梁者曰軒。檻者，層軒之下有欄版也。漢書：「天子自臨軒檻。」層臺累榭，臨高山些。朱子曰：言其高出於山上，而下臨其山也。網户朱綴，刻方連些。朱子曰：網户者，以木爲門扉，而刻爲方目，如羅網之狀。朱綴者，以朱丹飾其交綴之處，使其所刻之方相連屬也。冬有突音要廈，王逸曰：突，複室也。廈，大屋也。夏室寒些。川谷徑復，王逸曰：流源爲川，注谿爲谷。五臣云：徑，往也。流潺湲些。光風轉蕙，五臣曰：日光風氣。氾崇蘭古音蓮些。王逸曰：氾，猶汎汎，搖動貌。王念孫曰：崇，猶叢。廣雅：「崇，聚也。」經堂入奧，王逸曰：西南隅謂之奧。朱塵筵些。王逸曰：塵，承塵也。吳汝綸曰：筵，借爲「延」。砥室翠翹，挂曲瓊古音旋些。王逸曰：翹，羽也。曲瓊，玉鈎也。以砥石爲壁，平而滑澤。以翠鳥之羽，雕飾玉鈎，以懸衣物。翡翠珠被，王逸曰：被，衾也。洪興祖曰：翡，赤羽雀。翠，青羽雀。爛齊光些。王逸曰：牀上之被，飾以翡翠羽及珠璣，其文爛然而同光明。蒻阿拂壁，王夫之曰：所以爲壁衣。王念孫曰：蒻，與

「弱」同。阿，細繒也。弱阿，猶淮南之言「弱緆」。羅幬音儔張些。洪興祖曰：爾雅：「幬，謂之帳。」纂組綺縞，王夫之曰：結縷純赤曰纂，五色雜曰組，素練曰縞，文繒曰綺。結琦璜些。洪興祖曰：琦，玉名。璜，半璧也。王夫之曰：繫以琦璜，蓋流蘇之類。室中之觀，多珍怪古音記些。其昶案：以上堂室陳設之美。

蘭膏明燭，王逸曰：蘭膏，以蘭香煉膏也。華容備些。五臣曰：華容，謂美人也。二八侍宿，王逸曰：二八，二列也。大夫有二列之樂，故晉悼公賜魏絳女樂二八、歌鐘二肆也。射音亦遞代古音地些。王逸曰：射，厭也。意有厭倦，則使更相代。九侯淑女，朱子曰：設言商九侯之女，入之紂，而不喜淫者也。王夫之曰：言美人貞静似之。多迅衆些。吴汝綸曰：迅，與「洵」同。盛鬋音翦不同制，王逸曰：鬋，鬢也。五臣曰：盛飾理鬢，其制不同。實滿宮些。容態好比，順彌代古音地些。王夫之曰：比，合也。彌代，猶言蓋世。好合柔順，世無與匹也。弱顔固植，謇其有意些。王逸曰：植，志也。心志堅固，不可侵犯。五臣曰：有意，禮則之意。朱子曰：謇，語辭。姱容修態，王逸曰：姱，好貌。修，長也。絙音亘洞房些。王逸曰：絙，竟也。五臣曰：洞，深也。洪興祖曰：絙，與「亘」同。蛾眉曼睩，音禄。王逸曰：睩，視貌。五臣曰：曼，長也。目騰光些。靡顔膩女吏反理，王逸曰：靡，緻也。膩，滑也。其昶案：理，謂肌理。遺視矊音綿些。洪興祖曰：矊，眇遠貌。王夫之曰：遺視，猶言留眄。離榭修幕，王夫之曰：

離榭，別館之榭。修幕，長廊而施之幕也。侍君之閒音閑些。朱子曰：閒，閑暇也。翡帷翠帳，飾高堂些。紅壁沙版，王逸曰：沙，丹砂也。王夫之曰：以丹砂塗户版。玄玉梁些。五臣曰：黑玉飾於屋梁。仰觀刻桷，畫龍蛇古音移些。朱子曰：桷，椽也。刻爲龍蛇而彩畫之。坐堂伏檻，臨曲池些。芙蓉始發，雜芰荷古音奚些。紫莖屏風，王逸曰：或云：紫莖，言荷莖紫色。屏風，言荷葉障風也。文緣波古音疲些。王逸曰：風起水動，波緣其葉上而生文也。文異豹飾，洪興祖曰：詩云：「羔裘豹飾。」王夫之曰：文異，服飾奇瑋也。侍陂音皮陁音移些。王夫之曰：水堰側岸曰陂。陁，與「池」同。軒輬音涼既低，王逸曰：軒、輬，皆輕車名。低，屯也。孫詒讓曰：涉江：「邸余車兮方林。」邸，一作「低」。步騎羅古音離些。王逸曰：徒行爲步，乘馬曰騎。蘭薄户樹，瓊木籬些。五臣曰：木叢生曰薄。言夾户種叢蘭，又栽木爲藩籬以自蔽。瓊者，美言也。魂兮歸來，何遠爲古音庚些？其昶案：以上妾媵游觀之樂。

室家遂宗，其昶案：廣雅：「宗，聚也。」食多方些。稻粢子夷反穱音捉麥。王逸曰：粢，稷也。洪興祖曰：穱，稻處種麥也。挐女居反黃粱些。王逸曰：挐，糅也。洪興祖曰：本草：「黃粱出蜀、漢，閩[二]、浙間亦種之，香美逾於諸粱，號爲竹根黃。」大苦鹹酸，辛甘行古音杭些。其昶案：周禮注：「行，猶用也。」肥牛之腱，音健。五臣曰：腱，筋肉。臑音儒若芳些。洪興祖曰：說文：「臑，爛也。」王夫之曰：若芳，猶言而芳。和酸若苦，王夫之曰：若苦，猶言與苦。陳吴羹古郎反些。洪興祖曰：淮南云：「窮荆吴甘酸之變。」注云：「二國善醎酸之和。」胹音而鼈炮蒲交反羔。洪興祖曰：炮，合毛炙物。朱子曰：胹，煮也。有柘音蔗漿些。王夫之曰：柘，與「蔗」通。鵠酸臇子兖反鳧。王逸曰：以酸酢烹鵠爲羹。洪興祖曰：鵠，鴻鵠。臇，臛少汁也。鳧，野鴨也。煎鴻鶬音倉些。洪興祖曰：鶬，麋鴰也。露鷄臛音霍蠵，音攜。王逸曰：露雞，露棲之雞。蠵，大龜之屬。洪興祖曰：臛，字書作「膗」，肉羹也。厲而不爽平聲些。王逸曰：厲，烈也。爽，敗也。洪興祖曰：老子云：「五味令人口爽。」粔音巨籹音女蜜餌，有餦音張餭音皇些。王逸曰：以蜜和米麪熬煎，作粔籹，擣黍作餌，又有美餳。洪興祖曰：方言：「餌謂之糕，餳謂之餦餭。」瑶漿蜜勺，實羽觴些。王逸曰：實，滿也。王夫之曰：皆言酒也。瑶，其色。蜜，其味也。勺，與「酌」通。羽觴，翠羽飾爵也。挫糟凍飲，五臣曰：糟，酒滓也。李善曰：凍，冷也。王夫之曰：挫，壓也。壓去其糟爲清酒。酎音紂清涼些。洪興祖曰：月令：「孟夏，天子飲酎。」注云：「春酒至此始成。」華酌既陳，有瓊漿些。王逸曰：酌，酒斗也。言華酌陳列，復有瓊漿，恣意所用。歸反故室，敬而無妨些。王夫之曰：以酒將敬，醉而無妨也。其袒案：以上飲饌之盛。

肴羞未通，洪興祖曰：肴，骨體，又菹也。致滋味爲羞。王夫之曰：通，偏設也。女樂羅些。敶鐘按鼓，五臣曰：按，猶擊也。造新歌些。涉江采菱，發陽荷些。文選注曰：荷，當作「阿」。涉江、采菱、陽阿，皆楚歌名。洪興祖曰：淮南云：「歌采菱，發陽阿。」美人既醉，朱顏酡音馱些。王逸曰：酡，著也。面著赤色。娭光眇視，目曾同「層」波些。王夫之曰：娭光，流目送光。眇視，微眄也。曾波，目若含水，波紋重疊之狀。被文服纖，王逸曰：文謂綺繡，纖謂羅縠。麗而不奇古音渠禾反些。孫志祖曰：雖華麗，不奇衺也。長髮曼鬋，豔陸離些。二八齊容，王逸曰：儀容齊一。起鄭舞些。王逸曰：鄭國之舞也。衽若交竿，撫案下古音户些。王逸曰：舞者衣衽掉搖，回轉相鉤，狀若交竹竿，以手抑案而徐來下也。竽瑟狂會，搷音田鳴鼓些。王夫之曰：狂會，競奏也。搷，與「填」通，鼓聲。宮庭震驚，發激楚些。李善曰：激楚，歌曲也。吳歈音俞蔡謳，奏大呂些。王逸曰：歈、謳，皆歌也。大呂，六律名。士女雜坐，亂而不分些。吳汝綸曰：劉勰辨騷摘「士女雜坐」等句，以爲屈原異乎經典之据，則固不謂此篇爲宋玉作矣。放敶組纓，班其相紛些。蔣驥曰：放，散。組，帶也。班，坐列也。鄭衛妖玩，來雜陳古音田些。朱子曰：妖玩，妖好可玩之物。激楚之結，獨秀先些。王夫之曰：結，曲尾也。曲終而奏激楚，獨秀於先作之樂也。此言歌舞之美。菎音昆蔽象棊，王逸曰：菎，玉也。蔽，簙箸，以玉飾之也。洪興祖曰：方言：「秦、晉之閒謂之簙，吳、楚之閒謂之蔽，或謂之箭裏，或謂之棊。」其衵案：菎，借爲「琨」。有六簙音博些。王逸曰：投六箸，行六棊，故爲六簙。分曹並進，遒相迫些。五臣曰：遒，急也。言務以求勝。成梟堅堯反而牟，王逸曰：倍勝爲牟。洪興祖曰：淮南云：「善博者不欲牟，不恐不勝。」王夫之曰：梟，博采。呼五白些。王逸曰：五白，簙齒也。洪興祖曰：列子云：「樓上博者射，明瓊張中。」説者曰：「凡戲争能取中皆曰射。明瓊，齒五白也。」晉制犀比，王逸曰：言晉國工作簙棊箸，比集犀角，以爲雕飾。費白日些。洪興祖曰：費，耗也。王夫之曰：費白日，猶言消日。鏗鐘搖簴，音巨。王逸曰：鏗，撞也。五臣曰：簴，懸鐘格。王夫之曰：鐘聲震搖，簴爲之動。考工記所謂若自其簴鳴也。揳音甲梓瑟些。五臣曰：以梓木爲瑟。洪興祖曰：揳，轢也。娱酒不廢，朱子曰：不廢，猶言不已也。沈日夜古音豫些。朱子曰：沈，沈湎也。蘭膏明燭，華鐙錯些。洪興祖曰：説文：「鐙，錠也。」徐鉉云：「錠中置燭，故謂之鐙。」朱子曰：華，謂刻飾華好。錯，置也。結撰至思，蘭芳假古音故些。王夫之曰：藻思中發，若蘭蕙之芳相假借也。人有所極，同心賦些。王夫之曰：人各盡其思之所至，相競美。謂酒闌作賦，以紀勝會也。酎飲盡歡，樂先故些。王夫之曰：先故，故舊也。魂兮歸來，反故居去聲些。其昶案：以上歌舞賽戲之樂。自「像設君室」至此，窮極珍靡，皆欲其妥先王之魂，則嗣君之當復仇，而未忍溺於宴樂，意自可見。其辭雖麗，其旨則哀。

亂曰：獻歲發春兮，汩吾南征。王逸曰：獻，進也。言歲始來進，春氣奮揚，萬物皆感氣而生。自傷放逐，獨南行也。菉蘋齊葉兮，白芷生。路貫廬江兮，左長薄。王逸曰：貫，出也。洪興祖曰：前漢地理志：「廬江出陵陽東南，北入江。」王夫之曰：長薄，山林亘望皆叢薄也。

倚沼畦瀛兮，遥望博。王逸曰：畦，猶區也。王夫之曰：沼，小水如池。瀛，大水如海。博，遠也。其昶案：管子謂「水之性，躍則倚」，注云：「倚，排也。謂前後相推排也。」懷王死於頃襄三年，屈子遷放亦在其時。此云遥望者，謂在貶所遥望雲夢，但見懸火烝天，知其爲獵也。青驪結駟兮，齊千乘。平聲。王逸曰：純黑爲驪。結，連也。四馬爲駟。懸火延起兮，玄顏烝。洪興祖曰：説文：「烝，火氣上行也。」楊慎曰：懸火，即周禮之「墳燭」，蓋焚林而田，所持以起火者。蔣驥曰：玄，天色。步及驟處兮，誘騁先。王逸曰：誘，導也。朱子曰：步行而及驟馬所至之處，言走之疾也。抑騖若通兮，引車右還。音旋。王逸曰：抑，止也。騖[二]，馳也。若，順也。還，轉也。朱子曰：引車右轉，以射獸之左也。其昶案：馳止順通，言進退自如也。與王趨夢兮，課後先。洪興祖曰：爾雅：「楚有雲夢。」左傳：「楚子與鄭伯田於江南之夢。」子虛賦云：「雲夢者，方八九百里。」則此澤跨江南北，亦得單稱雲，單稱夢。其昶案：與王趨夢射獵，而課第羣臣功績之先後。此想望之辭，非事實也。因其好畋，而進以講武習戎之事。楚人以弋説襄王，同此旨也。惜乎襄王終不能用，故莊辛譏其馳騁雲夢之中，而不以國家爲事。此屈子之所以死也。君王親發兮，憚青兕。王逸曰：發，射。憚，驚也。洪興祖曰：爾雅：「兕，似牛。」朱明承夜兮，時不可淹。王逸：朱明，日也。承，續也。淹，久也。其昶案：日月迅邁，蓋警其忘仇耳。皋蘭被徑兮，斯路漸。側銜反。王逸曰：皋，澤也。漸，没也。湛湛江水兮，上有楓。古音方愔反。目極千里兮，傷春心。其昶案：自楚望秦也。魂兮歸來，哀江南。古音尋。戚學標曰：南从「羊」聲，羊讀若「飪」。其昶案：南，音乃林反。見經典釋文。哀江南者，懷王西入秦，終不反，所望其歸來者，魂耳，故足哀也。此文以「掌夢」發端，以「趨夢」作結，以崇極孝養，振武刷恥，爲其微旨之所寄。

【校勘記】

［一］「閩」，原作「商」，據徐鍇說文解字繫傳改。

［二］「鶩」，原作「鶩」，據補注改。

圖書在版編目(CIP)數據

離騷賦補注　屈賦微 /（清）朱駿聲，（清）馬其昶撰；李鳳立，黄靈庚點校．—上海：上海古籍出版社，2019.9

（楚辭要籍叢刊）

ISBN 978-7-5325-9346-0

Ⅰ．①離…　Ⅱ．①朱…　②馬…　③李…　④黄…　Ⅲ．①楚辭研究　Ⅳ．①I207.223

中國版本圖書館 CIP 數據核字(2019)第 198682 號

楚辭要籍叢刊

離騷賦補注　屈賦微

［清］朱駿聲　馬其昶　撰

李鳳立　黄靈庚　點校

上海古籍出版社出版發行

（上海瑞金二路 272 號　郵政編碼 200020）

（1）網址：www.guji.com.cn

（2）E-mail：guji1@guji.com.cn

（3）易文網網址：www.ewen.co

上海展强印刷有限公司印刷

開本 850×1168　1/32　印張 9.875　插頁 3　字數 200,000

2019 年 9 月第 1 版　2019 年 9 月第 1 次印刷

印數：1—3,100

ISBN 978-7-5325-9346-0

I·3423　定價：40.00 元

如有質量問題，請與承印公司聯繫

電話：021-66366565